达洛卫夫人

〔英〕弗吉尼亚·伍尔夫 著 孙梁 苏美 译

译文名著精选

YIWEN CLASSICS

Virginia Woolf

Mrs. Dalloway

上海译文出版社

图书在版编目(CIP)数据

达洛卫夫人／(英)伍尔夫(Woolf, V.)著;孙梁
等译. —上海:上海译文出版社,2011.5(2024.3 重印)
(译文名著精选)
书名原文:Mrs. Dalloway
ISBN 978 - 7 - 5327 - 5369 - 7

Ⅰ.①达… Ⅱ.①伍… ②孙… Ⅲ.①长篇小说—英
国—现代 Ⅳ.①I561.45

中国版本图书馆 CIP 数据核字(2011)第 027184 号

Virginia Woolf
MRS. DALLOWAY

达洛卫夫人

〔英〕弗吉尼亚·伍尔夫 著 孙 梁 苏 美 译

上海译文出版社有限公司出版、发行
网址:www.yiwen.com.cn
201101 上海市闵行区号景路 159 弄 B 座
上海华顿书刊印刷有限公司印刷

开本 890×1240 1/32 印张 6.5 插页 3 字数 141,000
2011 年 5 月第 1 版 2024 年 3 月第 13 次印刷
印数:38,201—41,200 册

ISBN 978 - 7 - 5327 - 5369 - 7/I · 3117
定价:25.00 元

译本序 *

一

多少年来，谈起意识流，不少人似乎认为，那纯粹是艺术技巧或创作手法的问题，这类小说没有多少思想性和社会意义。在西方，也有人持相仿的观点。例如，当代英国影响颇大的文学评论家里维斯教授批评弗吉尼亚·伍尔夫（1882—1941）的作品意义不大，价值不高，因为其小说未充分反映现实，尽管她是技巧卓越的艺术家；并说，以伍尔夫为核心的勃卢姆斯伯里集团①，乃是一群孤芳自赏、蔑视传统与其他流派的文人雅士，心胸狭窄，视野不广。我国某些评论家也有类似的论调，譬如有人指责伍尔夫"对生活和现实的看法是片面的，她忽视了人的社会性，把人际关系和主观感受放在社会的真空中来观察和描写"。

对意识流作家及作品的另一重要观点，涉及传统与创新。相当流行的一种见解是：在当年（20 世纪 20—30 年代），意识流是崭新的、独创的文艺理论与创作方式，完全摆脱传统，反其道而行之。

以上所云，均有一定根据与道理，但又不尽然。因为，意识流小说并非一味注重技巧，而是同作家的人生观、作品的思想内容密切相关的；在某些篇章中具有相当强烈的社会性，以至尖锐的批判性；或许可以说，在这方面不亚于现实主义小说吧。弗吉尼亚·伍尔夫以及某些趣味相近的文人，并非纯粹的象牙塔里的精神贵族，而是在一定程度内，具有社会意识与民主倾向的知识分子，有时颇为激烈，甚至偏激哩。不过，归根结蒂，伍尔夫之辈是以资产阶级的个性主义、自由主义、人道主义和非理性主义来揭露与批判伪善的、扼杀性灵的资产阶级伦理、习俗、偏见和理性主义，貌似一针见血，其实浮光掠影而已。

总之，这位作家同她针砭的对象，宛如一棵树上的花果枝叶，色泽或浓或淡，个儿或大或小，盘根错节，姿态横生，外观异趣而根子则一。

就社会意识和民主思想而言，弗吉尼亚·伍尔夫曾在一些论著中表达了自己的体验。譬如，在论文《斜塔》（The Leaning Tower）内，她以形象化的比喻描述：在一九一四年之前，现代英国杰出的作家大都出身于上层阶级（除了戴·赫·劳伦斯），攻读于高等学府，可称"天之骄子"，居于金塔之顶，不了解也不想接近大众。然而，一九一四年之后，这座宝塔逐渐倾斜了，作家们再也不能"闭塔自守"，而逐步认识到：金塔原来是建立在非正义的基础上，易言之，他们的家世、财富与教养，都来源于非正义的制度。即使像劳伦斯这个矿工的儿子，成名后也不会保持矿工的本色。

伍尔夫特别同情一般妇女与穷人，在各种场合及著作中为他们呼吁，成为现代西方女权主义的先驱者。她强调，应该维护这两种人的权利，提高其社会地位。例如，在名著《自己的房间》（A Room of One's Own，1929）中，她主张，每个有志于文艺的妇女都应有自己的书斋，不受干扰地进行创作。在这本小册子的开端，她先描写有一次参观"牛桥"②的感受。据说，由于她是女人，就被禁止在堂堂学府里男研究员

---

*本文写于上世纪八十年代，对西方现代主义文学的评价带有时代局限性。鉴于当时国内相关研究不多，资料匮乏，本文是较早对《达洛卫夫人》和意识流作品进行比较深入探讨的文章，具有一定历史价值，故收录于此，供读者参考。——编者

①勃卢姆斯伯里是伦敦地名，文化中心区，伍尔夫卜居之处，在不列颠博物院附近。

②"牛桥"（Oxbridge），此词是拼凑牛津（Oxford）与剑桥（Cambridge）而成的"新词"，含有对老牌大学的讽嘲。

们用的一块草坪上走动。此外，在不列颠博物院等图书馆内，男子撰述的关于女性的书汗牛充栋，而妇女所写的关于男性的书却绝无仅有，岂非不公平之至？

第一次世界大战结束后，伍尔夫在文章及演讲中表示恳切的希望：战后能建立没有阶级的社会，其中所有的人，不论男女或穷富，都有享受教育和文化的权利。此外，她还在书信内企望消除有产者同无产者的隔阂，让工人成为作家，从而使生活变得丰富多彩，文艺更多样化。在当时的英国社会条件下，这些理想近乎"乌托邦"，但毕竟表达了这位作家的民主倾向。

正由于伍尔夫有这种思想，她在作品里对英国资本主义社会的阴暗面与顽固势力加以讽刺、暴露及批判；同时，对于被欺凌、被压抑的"小人物"寄予深切的同情和怜悯。就以《达洛卫夫人》为例，伍尔夫曾在日记中明确地阐述这部小说的主题思想和社会意义："在这本书里，我要表达的观念多极了，可谓文思泉涌。我要描述生与死、理智与疯狂；我要批判当今的社会制度，揭示其动态，而且是最本质的动态……"①作者在小说中精心塑造了两个针锋相对的典型：一个是代表上流社会与习惯势力的"大医师"威廉·布雷德肖爵士；另一个是平民出身的赛普蒂默斯·沃伦·史密斯，他由于在欧战中服役、深受刺激，加上愤世嫉俗而精神失常，终于自戕。作者以锐利的笔锋强烈地谴责前者，而怀着由衷的同情描述后者的苦难。她把批判的锋芒凝聚在那名医身上，指明他及其象征的保守势力，乃是窒杀赛普蒂默斯这类牺牲者的个性，迫使他走上绝路的刽子手。

---

① 见伍尔夫《日记》，1922 年 6 月 18 日；引自昆丁·贝尔作《弗吉尼亚·伍尔夫》评传，第 2 卷，第 99 页，屈拉特—格拉纳特出版社，1982 年。

布雷德肖大夫有一个得意的口头禅，常用来告诫病人：必须有"平稳感"，即处世要四平八稳、循规蹈矩，切忌与众不同、异想天开，而要为了社会的福祉，始终稳健。对此，作者鞭辟入里地讥讽："威廉爵士崇拜平稳，因而不仅使自己飞黄腾达，并且使英国欣欣向荣；他及其同道禁闭疯子，严禁其生育，惩罚其绝望的行径，使不适宜生存的人不能传播他们的观点，直到他们遵从他那'平稳感'的教诲……"总之，要每个人都顺从资产阶级社会的习俗、制度和秩序，决不可离经叛道，事实上，要众人都成为毫无性灵的傀儡。在这种氛围里，赛普蒂默斯被逼得发疯，但不肯屈从，不愿随波逐流，宁可自尽来维护个性与独立的精神。

关于这一要点，小说里有一节饶有意味的描绘：当情节的关键（达洛卫夫人举行的晚宴）达到高潮时，贵宾们正在觥筹交错、尽情欢乐之际，突然由布雷德肖夫妇传来赛普蒂默斯跳楼自杀的消息。达洛卫夫人心有灵犀，立即想象，那青年的灵与肉都是被那名医扼杀的："如果那年轻人曾去威廉爵士诊所求医，而爵士凭他的权力，用他一贯的方式迫使病人就范，那青年很可能会说：活不下去了。"实际上，他是以死来抗议压制与迫害，保持自由的心灵和人的本色。达洛卫夫人对死者深表同情，并在内心涌起息息相通的共鸣。然而，她毕竟是位贵妇人，世俗的桎梏牢不可破，她不可能也不愿同习惯势力决裂，相反，却有根深蒂固的虚荣心和迎合上流社会的本能；于是只得采取折衷的办法，在热闹的宴会中，悄悄地躲入斗室，以消极方式卫护纯净而孤独的性灵，实质上反映了女主人公矛盾的性格。

她性格中独立不羁的一面，也表现在对家庭女教师基尔曼的深恶痛绝，主要因为那阴郁的女人力图转化其学生（达洛卫夫人的女儿伊丽莎白），千方百计企图改变那少女的信仰，强求她皈依基尔曼自己信奉的宗教。关于这一点，作者概括道："稳健有一个姐妹，不那么笑里藏刀，却更强大、更可怕……她名唤转化，惯于蹂躏弱者的意志，热衷于炫耀自己，强加于人，硬把自己的形象铭刻在众人脸上而得意扬扬。"这种专横的作风使达洛卫夫人打心坎里憎恶，因为她"从来不想转化任何人，只愿每个人保持本来面目"。然而，基尔曼却煞费心机、不择手段地要转化伊丽莎白。这一强烈愿望充分体现在基尔曼带伊丽莎白去百货商店的场景中。那少女在店里伴着絮絮叨叨的女教师，委实不耐烦，渴望离去，基尔曼却兀自思量："倘若我能抓住她，抱紧她，使她绝对服从自己，那死也甘心了。"最后，伊丽莎白忍无可忍，径自奔出店门，把女教师撇在里面。到了街上，少女"感到自由自在，真高兴呵！清新的空气那么爽快，而在百货商店里，简直闷死人呐"。

上述两节乃是这本小说揭露与批判的聚焦点。相形之下，作者以漫画笔触描摹达洛卫家的清客——宫廷侍从休·惠特布雷德，俗不可耐的势利小人——只是轻描淡写而已，但也一语道破其本质："他没有心肝，没有脑子，徒有英国绅士的仪表与教养罢了。"简括得很，却入木三分。

至于本文开端标举的另一要点——传统与创新，也可用《达洛卫夫人》为例证。作为意识流小说的代表作之一，这本作品自然富有意识流技艺的特征，并且是主体；在当年，这种另辟蹊径的试验堪称创新。然而，伍尔夫并不割断历史、抛弃传统；相反，在塑造典型人物，刻划矛盾性格，精心布局，铺叙情节，逐步推向高潮，运用对比手法与个性分明的对话，交替穿插锐利的讽刺、强烈的谴责、幽默的笔调和诗意洋溢的抒情等方面，都同传统小说有相似之处，甚至可谓一脉相承。

譬如，《达洛卫夫人》的情节仅仅描写这位议员夫人于一九一九年夏季，在伦敦一天的活动；从清晨离家去为即将举行的宴会买花，直到子夜晚宴散席为止。看来十分简单，却是经过蓄意构思的。全书以女主人公为核心，晚宴为枢纽，突出地塑造两个极端对立的典型，赛普蒂默斯与布雷德肖，同时描绘上、中层阶级形形色色的人物，作为衬托。通过所有这些角色的活动（包括内心波动和日常行为）、纠葛与冲突，特别紧扣中心人物的思想感情，使各种细节与事件跌宕起伏，步步深化，趋向高潮，戛然而止，却又余音缭绕。总之，在主题、内容和结构上，这部意识流小说基本上类似映照世态、描摹人情的现实主义小说，而不像后来许多标新立异的小说家不屑于刻意描绘形象，或苦心构思情节。

事实上，弗吉尼亚·伍尔夫不仅在创作中而且在评论里结合新与旧，在继承传统的基础上力求创新。她在有代表性的论著《贝奈特先生和布朗太太》[1]中宣称："小说首先是关于人；"又说，"一切小说都是写人物的，同时也为了描述性格，而不是为了说教或歌颂……"这同"文学即人学"的传统观点是一致的。作为有创见的文艺批评家，伍尔夫并不全盘否定传统，而相当赞赏十八、十九世纪的现实主义小说，如笛福、奥斯丁、劳伦斯·史特恩和乔治·艾略特等的作品，尤其赞扬哈代的小说。在评论法国文学时，对文艺复兴时期人文主义散文家蒙田、近代现实主义小说家福楼拜，以及倡导意识流的另一巨擘普鲁斯特同样赞美。此外，伍尔夫格外推崇以托尔斯泰、陀思妥耶夫斯基和契诃夫等为代表的俄罗斯文学，称托翁为"真正的大师"，"《战争与和平》描写了人类一切经验同感受"；而她和乔伊斯的作品仅仅是"零星的札记"而已。

---

[1] 这篇论文（Mr. Bennett and Mrs. Brown）原是伍尔夫于1924年5月在剑桥大学宣读的演讲稿，后于1928年出版单行本。

二

弗吉尼亚·伍尔夫之所以能综合传统与创新，除了其他因素，家庭教养同个人身世起了颇大作用。她出身于书香门第，祖上几代为达官显宦。其父雷斯利·史蒂芬是德高望重的学者，崇尚理性主义及自由主义的伦理学家，又是文艺评论家和传记家（曾编纂巨著《国家名人词典》），并且是剑桥大学的"元老"之一。他的原配是大作家萨克雷之女，续弦是朱莉亚·德克沃斯，即弗吉尼亚的生母。这位日后的女作家深受父母的熏陶，她继承了父亲高超的智力、颖异的悟性与洞察力（但逐渐怀疑以至背离老父严峻的道德观念）；同时继承了母亲热爱生命和生活的本能（尽管还有悲观厌世的一面）。

她父亲生前交往的大都是文化界名流，如小说家哈代、麦瑞迪思、亨利·詹姆斯，美术史家与评论家鲁斯金等，经常是史蒂芬家的座上客。此外，他有大量藏书，因而弗吉尼亚于青少年时期即博览群书，读遍柏拉图、索福克勒斯、普鲁塔克同斯宾诺莎等所撰文、史、哲经典名著，奠定了深湛的文化基础。由于她自幼羸弱，未入学校受正规教育，而是在父亲教导下，以自修为主。这使她在以后的创作及评论中，既摆脱了清规戒律与学究气，又养成了非正统观念，我行我素，随意抒写。

另一方面，她同剑桥大学的渊源很深，因为父、兄曾在那古老的学府里攻读或任教。她正是通过兄长沙佩的介绍，结识了剑桥的不少师生，其中包括李奥纳特·伍尔夫，即她日后的丈夫，一位具有社会主义倾向的政论家和经济学家，也是文学批评家。婚后，于一九一七年，夫妇俩创办霍加斯出版社，陆续刊行了当年的"新秀"如小说家爱·摩·福斯特、凯塞琳·曼斯菲尔德，史学家与传记家列顿·司屈雷基（《维多利亚女王传》等的作者）以及诗人托·斯·艾略特的作品，对现代英国文学的发展起了开风气之先的作用。不久，勃卢姆斯伯里区的伍尔夫家成为一个小集团的中心；除了上述诸人，尚有美术评论家罗杰·弗拉伊(首先评介法国后期印象派的英国人)、画家邓肯·葛兰特、哲学家罗素与经济学家凯恩斯等，均为当时的"新星"。

这个小圈子是影响深远的英国早期先锋派，其特征是独树一帜，情趣隽雅，审美感与鉴赏力极为敏锐，文艺创作标准甚高，学术气氛浓厚；并且蔑视宗教传统和社会习俗，在这方面深受剑桥哲学教授 G. E. 摩尔(中间偏左的不可知论者)的启迪。

弗吉尼亚·伍尔夫就在这新旧递嬗的时代、社会环境和文化思潮中生活与创作。她一生共写了九部长篇小说，若干短篇小说，一个剧本和一部传记，三百五十多篇文艺评论及随笔。她逝世后，由丈夫和友人整理并出版其日记(1953)、书信(1956)以及自传(1976)。长篇小说内的重要作品是：《达洛卫夫人》(1925)，《到灯塔去》(1927)，《奥兰多》(1928)，《波浪》(1931)和《岁月》(1937)。西方评论家一般认为，最具意识流特色的是《达洛卫夫人》，迄今读者最欣赏的是《到灯塔去》，而在独特的艺术上臻于化境之作则是《波浪》。

伍尔夫撰述的文艺批评起先大都发表于《泰晤士报文学增刊》与《纽约先驱论坛报》等报刊上，因为她是特约撰稿人。以后结集，题为《普通读者》(两卷，1925，1932)。这是作者自谦，意为这些文章是一个普通读者所写，任意鉴赏，信笔拈来，并非严肃的论文。其实，这正是伍尔夫评论的特点：独抒己见，挥洒自如，夹叙夹议，机趣横生，娓娓而谈，毫无说教或枯索之嫌。在所有评论中，代表性的力作有四篇：除了上文所引《贝奈特先生和布朗太太》以及《自己的房间》之外，乃是《现代小说》与《独木桥式的艺术》。这几篇和大部分评论，在她去世后，由李奥纳特汇编成《弗吉尼亚·伍尔夫文集》(四卷，1966—

1967）。

在伍尔夫三十余年笔耕生涯里，贯串着一出悲剧，使她身心交瘁，创作蒙受损害；即她反复被忧郁症侵袭，屡次濒于精神分裂，终于绝望，投河自尽。[1]

实际上，每当伍尔夫完成一部小说，病魔便来纠缠，困扰不堪，几乎精神崩溃；但每次她都竭力挺住，同病魔周旋、搏斗，复原后又以更大的热忱投入写作。这种献身于艺术的韧性，同乔伊斯晚年濒于失明而坚持创作的毅力足以媲美了。从另一角度来看，也可以说她致力于创作是为了战胜病魔，追求解脱吧。

尽管伍尔夫写作时神志清醒，但痼疾的阴影势必在小说与文章内隐现，甚至相当浓重。譬如在《达洛卫夫人》里，当女主人公克拉丽莎在晚宴将散席时，听到赛普蒂默斯自杀的噩耗，立刻觉得自己"很像那陌生的年轻人……多奇怪，对他毫无所知却又那么熟悉"。同时，她猜准了那青年是跳楼而死的，迫使他寻短见的是布雷德肖之流。所有这些感触与想象，在一定程度内，折射了作者的心境。

小说并非自传，其中人物不等于作者，然而，作者的经历和思想感情会以间接而曲折的方式，移植在某些形象及细节内。在这一点上，克拉丽莎与赛普蒂默斯影射了女作家的复合性格以及内心冲突。具体地讲来，克拉丽莎代表作者乐生、理智与随俗的本性，特别体现在她同丈夫理查德·达洛卫和情人彼得·沃尔什的"三角"纠葛中；经过不少波折与再三权衡之后，克拉丽莎终于嫁给平庸而可靠的议员达洛卫，舍弃了心地淳厚、耽于幻想而不谙世故的"浪子"沃尔什，尽管未能忘情于他，即使在他浪迹天涯（印度）之时，也念念不忘。

---

[1] 在离伦敦不远的苏赛克斯郡内城镇罗特密尔。

另一方面，赛普蒂默斯则象征伍尔夫内心深处孤傲、高洁和厌世的情绪。事实上，伍尔夫曾在日记中透露，她要"探讨疯狂与自杀的根源，比较常人同狂人各自心目中的世态"。按这本小说最初的计划，并无赛普蒂默斯这一角色，最后自尽的乃是克拉丽莎；以后，作者改变初衷，增加了那年轻的"疯子"，为了让他体现"狂人的真谛"，而克拉丽莎成为"正常的真理"的化身。其实，前者更真切地映现了作者的深层心理。她还在日记中流露，她曾听见鸟儿用希腊语啁鸣，正如赛普蒂默斯的幻觉。此外，她在第二次精神危机中，也如小说里那狂人的结局，渴望跳楼，一死了之。

疾病的消极影响不仅表现在内容上，并且从文体中也能看出蛛丝马迹。无论在小说或论著内，伍尔夫的文笔时常是即兴的、跳跃式的，似乎心血来潮、一挥而就，或颠来倒去、自相矛盾；某些评述条理不清，论证不够严谨，引语有些失实。固然，这种风格可谓意识流的特征，但也是神经质的缺陷吧。

长期的精神抑郁以至几乎错乱，乃是伍尔夫厌世的一个重要因素。当然还有其他原因，尤其是动荡的时代、紊乱的社会以及植根于异化的思潮，也起了很大的反面作用。伍尔夫经历了两次世界大战，残酷的烽火使她震惊，尤其是法西斯对伦敦的反复大轰炸，更使她震撼不已，甚至想象希特勒很可能胜利，到那时她只能自戕了。这种阴霾密布的局势，加上种种异化现象的冲击，更促使伍尔夫趋向出世和超脱。她深感古老的欧洲文明脆弱不堪，昔日"太阳不落"的帝国如今摇摇欲坠，以及人际隔阂，人生渺茫，而于幻灭中沉沦。在思想上，她曾受弗洛伊德关于压抑的潜意识与"性本恶"等学说颇深的感染，从而助长了孤寂之感和阴郁的心理。

这些心态在伍尔夫的散文内不时流露，她曾在一篇随笔内感叹：

"红尘中的幻觉回响着芸芸众生的呻吟……","我们对自己的心灵都茫然,更谈不上渗透他人的心灵了……","我们在人间孤零零地走一遭,这样倒更惬意呢。"又如,她在日记中惴惴不安地写道:"生活恰似万丈深渊边上的羊肠小道……"这些话不但透露悲观的心思,并且表明,这位意识流作家惯于剖析深层心态,挖掘自我意识。然而,一味凝视内心,剥茧抽丝般解剖自我,可能会夸大心灵深处的疑虑、惶惑及恐惧,更觉得浮生若梦、万有虚无,而把光明与黑暗交织的大千世界看成一片灰色,甚至一团漆黑了。这,也许是意识流作品大都悲观色彩浓郁的一个缘故吧。

三

时代的脱节同社会的杌陧加剧了伍尔夫避世的倾向,另一方面,在创作和评论的领域内,却又是刺激她力求创新的动力。为什么要革新?简言之,时代变了。伍尔夫认为:"显然,在我们所处的时代,人失去了牢固的立足点,周围一切都变了,人本身也在变。"生活的各个方面,包括文化、政治、宗教意识同人际关系,等等,都在剧烈变化;知识分子(尤其是作家和艺术家)的处境不再像以前那样稳定,而是在纷纭的生活漩涡中,特别在战争的阴影下挣扎。①对这种新局面,伍尔夫曾阐述:"所有的人际关系,诸如父子、夫妇、主仆之间的关系,都变了。随着这种变化,宗教信仰、人的行为、政治与文艺等也必然要变。我们姑且说,这种变更从一九一〇年开始。"②她还申述:"在一九一〇年十二月底左右,人性开始变了。"变得更卑琐、更丑恶:"如今的

---

① 参看《斜塔》。
② 引自《贝奈特先生和布朗太太》。

人，无论英国人、德国人或法国人，看起来都那么蠢，那么丑。"①此外，由于现代生活变得更乱，节奏加快，人的意识也流动得更快，变幻多端，捉摸不定。

上述各种嬗变必然促使审美标准以及文艺的内容和形式相应地变革。新时代的作家应超越旧时代的前辈，而肩负创新的使命。至于如何划分新旧时代，伍尔夫明确地讲："我建议，把爱德华时代与乔治时代②的作家分为两大阵营。我主张，把威尔斯、贝奈特、高尔斯华绥归入爱德华时代，而把福斯特、劳伦斯、司屈雷基、乔伊斯与艾略特纳入乔治时代。"③对于前者，即代表传统的老作家，伍尔夫曾以贬义称他们是"物质主义者"，认为"他们总是描写鸡毛蒜皮，煞费苦心，孜孜矻矻，却把琐碎与飘渺的东西写成真实和持久的。"④讲得具体些，就是老一辈作家只描写外表，而没有抓住核心与本质。什么才是本质呢？伍尔夫认为是人的性灵或精神世界。她在同一篇文章内用精妙的比喻来阐述：

"生活并非一组排列得匀称的车灯，而是一圈明晃晃的光晕，一种半透明的罩子，环绕着人的意识，贯串始终。因此，小说家的任务难道不是要传达这变化莫测、无拘无束的精神世界，不管它表现得如何畸形或复杂吗？难道不是要尽可能少羼杂外界与外表的东西吗？"随即强调："至关重要的乃是性灵，包括激情、骚动，以及令人惊叹的美与丑的混合。"这番话不仅概括了作家本人的观点，也表达了意识流的

---

①引自《自己的房间》。
②分别指英王爱德华七世（1841—1910）和乔治五世（1865—1936）统治的年代。乔治五世于1910年登基，故伍尔夫说，变更从这一年开始。
③引自《贝奈特先生和布朗太太》。
④引自《现代小说》。

特色。

在另一篇评论中，伍尔夫更明确地批评传统小说的缺点而阐述自己鲜明的观点："小说被当作一种寄生动物，她从生活吸取养料，并且必须惟妙惟肖地描摹生活作为报答……文字必须局限于为生活服务，去描绘那茶壶和哈巴狗……如果他们不是如此孜孜不倦地维护他们称之为生活的权利，英国的小说家或许会变得勇敢些。他就会离开那张永恒的茶桌和那些貌似有理而荒唐无稽的日常程式……"①假如能冲破传统的樊篱而开辟新途径，则"故事可能会摇晃，情节可能会皱成一团，人物可能被摧毁无遗。总之，小说就有可能变成一件艺术品"。②此外，伍尔夫曾在《一个作家的日记》内叙述其晚期杰作《波浪》的题材和创作时的心境："一切在我脑海中闪现……所有的生活，所有的艺术……一切都飘忽着，变幻着，却又浑然一体……此刻我的心态处于不断变化、或张或弛的流程中……"

根据以上引语和其他有关论述，可以说伍尔夫及其同道反对用自然主义的老框框描绘生活表象，而重视人的内心活动，情绪的千变万化，一瞬间的感觉以及触发的联想；必须尽力开掘潜意识和深层心理，信赖本能、直觉、幻想与万花筒似的印象，怀疑以至否定理性。为了表现这一切，意识流小说大都运用内心独白，抒情旁白，自由联想，时空交错或融合，枝蔓式立体交叉，以及多维结构等技巧。

例如，在《达洛卫夫人》开端部分，作者描写女主人公为了给晚宴生色而去采购鲜花，一路上"克拉丽莎的心灵摄取了层出不穷的印象——琐细的、奇幻的、稍纵即逝的，或锐利如钢，铭刻在内心"。第

---

①②引自《小说的艺术：评福斯特的〈小说面面观〉》；瞿世镜译，《文艺理论研究》，1985 年第 2 期。

一个印象是六月清晨的空气沁人心脾，她随即联想到少女时期，在故居布尔顿庄园度过同样清新的夏日之晨，从而勾起对往日的情人彼得·沃尔什的忆念，并把他同现在的丈夫理查德比较一番；尔后又想起大战中牺牲的青年士兵，从而触发对生与死的沉思；然后又设想晚宴将是何等情景，自己同赴宴的贵妇淑女们相比，兴许会逊色吧；于是又联想到女儿伊丽莎白（她将在宴会上露面），紧接着就想起专横的家庭教师基尔曼，不禁怒火中烧，等等，等等。不断变幻而又互相关联的印象及情思在克拉丽莎内心飘浮着，波动着，伴随她沿着伦敦的大街去买鲜花。

这一片断可谓典型的意识流，其中占主导地位的是印象。这不仅是伍尔夫个人创作的特征，而且与时代思潮息息相通，因为当时正是印象主义（主要是后期）盛行的年代。首先起源于绘画，以莫奈、塞尚等为代表；随即在音乐界展开，以德彪西、拉威尔等为中坚；在文学领域内，则普鲁斯特、王尔德、伍尔夫与乔伊斯等相继倡导，蔚为一代风尚。在这一意义上，或许可以说，意识流作为创新的手法，是在印象主义（以及象征主义）等流派启迪下产生的。更广义地来讲，上述那些新文艺的开拓者大都属于早期先锋派。名目繁多，实质相仿。

至于意识流作家常用的具体手法，大致有下列几种：

从小见大——即以特殊（或局部）表示（或暗示）普遍，以个体反映群体，微观内蕴含宏观。譬如《达洛卫夫人》仅仅描述了女主人公及其周围人物一天内的行动与心理，实际上包含了大半生的经历、思想感情和人际关系，多层次地展示性格。《到灯塔去》只描绘了拉姆齐一家以及有关的人物，在相隔十年的两个半天内的活动（行为和意识），却在时空的延展上宏大得多，并且内涵深邃。

顿悟（epiphany）——同上述技巧密切相关。乔伊斯对此下过中肯的定义："一种突如其来的心领神会……唯有一个片断，却包含生活的全部意义。"①或如法国传记家和文学批评家莫洛亚赞美普鲁斯特善于使"一刹那显示永恒"。在《达洛卫夫人》里，克拉丽莎听到赛普蒂默斯自尽的信息时，思绪万千，憬悟生与死、孤独与合群、脱俗与媚俗、出世与人世等人生奥义。同时，这一细节和心理刻划揭示了主题，总结全书，并曲传作者的深层意识。

象征性意象（symbolic imagery）——运用具体事物来象征或暗示抽象观念，或作为艺术表现的手段。《达洛卫夫人》中屡次描述伦敦的大本钟，一方面渲染地方色彩与气氛，更重要的是象征眼前的现实，把人物从沉思或幻想中唤醒，因而是意识同现实之间的媒介；同时，在叙述过程中作为转折点，使一个人物的意识流转到另一个人物的内心活动。又如彼得·沃尔什从印度归来，跟克拉丽莎久别重逢，虽然藕断丝连，但旧梦难以重圆。当两人像昔日那样会晤时，彼此故作镇静，克拉丽莎尤为矜持，手里握着剪子；彼得则按老习惯，不时掏出小折刀，心神不定地拨弄。这两把小刀象征了割裂与分离，暗示这对有情人终于不能成为眷属。再如女主人公一再回忆田园风味的故居布尔顿，特别是在庄园作客的挚友萨利，那爽朗而大胆的、放浪不羁的姑娘；这些意象影射少女时期的纯洁、热情和青春的活力。

此外，《到灯塔去》内物象的主体"灯塔"本身，可能隐喻坚实的物质，即客观现实，而塔尖的闪光则有精神之光的含义，即象征主观真实，尤其暗示拉姆齐夫人灵魂之光。异曲同工的手法也用于《波浪》内：当六个青年在餐馆聚会，为朋友佩西远航印度而饯行时，桌上瓶内供着一朵石竹花，在六人眼里呈现各别的色泽和形态，因为视

---

① 参阅笔者为《都柏林人》中译本撰写的序言中有关章节。

角不同。这一意象讽喻单一而又多元的现实生活，以及因人而异的主观心境。

对照——这是古往今来许多诗人及文人沿用的修辞手段，并非创新，不过伍尔夫之辈的作家运用得微妙些。在《达洛卫夫人》内，生与死、灵与肉、爱与憎、势利的俗物与孤傲的畸零人、"平稳"与"疯狂"、"名流"和"浪子"、社会习俗和自我意识，庸庸碌碌的理查德和不合时宜的彼得，渴望自由的伊丽莎白和窒杀性灵的基尔曼，尤其是克拉丽莎性格中的矛盾及内心冲突，形成了一系列鲜明的对照，此起彼伏，相互映带，或交错如网络，在深化主题，塑造个性，铺叙情节以及渲染气氛等方面，产生烘云托月的妙处。

上述各种技巧均以清丽而细腻、遒劲而畅达的词藻，以及诗意盎然、韵味悠然的文体来表达，一些抒情插曲和哲理化意境尤其精美，似行云流水，节奏感甚强。

四

综上所述，弗吉尼亚·伍尔夫不愧为富于独创性的小说家，悟性灵敏而有真知灼见的文学批评家。诚然，她的创作和评论并非无瑕可击，而有美中不足之处。除了上文提到的颓废情绪所起的消极作用，总的看来，由于家庭、身世与社会环境等因素，伍尔夫的视野较窄，格局较小，深度有余而广度不足，颇有力度而气度欠恢宏，重视主观意识和深层心理的探索，而对客观现实及社会生活的描绘尚嫌肤浅些。所以，其创作成果可称为文艺百花园里的奇葩，还算不上文学发展史上的高峰。

伍尔夫的评论也是瑕瑜并陈，某些观点显得偏颇。她在《贝奈特先生和布朗太太》等论著内批评阿诺德·贝奈特、赫·乔·威尔斯与高尔斯华绥的作品"不完整"，他们只观察与描绘人及事物的外貌，如癌的症状、印花布图案、车厢的装饰之类，而"不观察生活"，"不观察人性"。实际上，那些老作家很讲究结构，其作品大都是完整的有机体。他们不仅刻划似乎琐碎的细节，并且相当敏锐地观察生活，洞悉人性，刻意再现世态，并描述细致的心理和强烈的感情。譬如在贝奈特的代表作《老妇常谈》中，结尾时女主人公同穷愁潦倒而奄奄一息的丈夫诀别的场景，震撼心灵，催人泪下。在高尔斯华绥的名著《福尔赛世家》第一卷《有产者》内，女主人公伊琳同丈夫索姆斯及情人波西奈之间的"三角"纠葛，引起了激烈的感情冲突和内心矛盾；对这一关键情节，作者描绘得扣人心弦，塑造的三个人物也个性分明。至于威尔斯，则在创作中熔历史、哲学和社会学于一炉，想象力丰富，视野广阔，洞察西方社会危机而憧憬理想的大同世界，并以生动的艺术形象来表现，如《隐身人》、《盲人乡》等。

伍尔夫不但批判老一辈作家，也批评同代的创新的作家。她曾在《现代小说》等论著内，赞扬乔伊斯的创作"光彩夺目"，却又说其作品的内容以至文笔相当"猥琐"；她赞赏托·斯·艾略特的诗富有"魅人的美感"，但流于"晦涩"。其实，乔伊斯是存心以"卑琐"的笔调描写卑琐的、精神麻痹的现代人。[1]况且，他的作品乍看似乎怪诞而支离破碎，实则具有史诗般的气魄与精致的内涵，如《尤利西斯》和《芬尼根守灵夜》。至于艾略特的某些诗篇，确有晦涩之弊；然而并非一概如此，主要是广泛引用典故或奇特的意象，来触发联想，引起思考，探讨和描摹现代人迷惘与失落之感，并通过精微的形

---

① 见乔伊斯致出版商葛兰特·理查兹的信(1906 年 5 月 5 日)，参阅《都柏林人》中译本序。

象思维，反映了"荒原"似的现代西方社会。总之，从主流来看，伍尔夫对两位"新星"①的批评未免主观或片面。

尽管如此，就整体而言，弗吉尼亚·伍尔夫的创作和评论是瑕不掩瑜的。因而莫洛亚在评传里赞美伍尔夫"在艺术技巧上的探索使她成为当代法国新小说的开拓者"；"她是继承英国散文传统的巨匠，又是开创新文体的奠基者"。②

这位女作家备受病魔的摧残而笔耕不辍，数十年如一日，终于获得了丰硕的果实。她不仅在欧美文坛上赢得显著的一席，并且其影响与日俱增。犹如约翰·邓恩(1572—1631)和济慈，她受到当今西方学者与评论家愈来愈高的评价，或被"重新发现"。同时，英美高等院校文学专业的师生对伍尔夫的兴趣愈来愈浓(据说超过对戴·赫·劳伦斯的热衷)，从而对其创作和论著的研究也日益深化。至于我们的态度，当然不可一味赞赏，也不宜一笔抹杀，而要实事求是地剖析和鉴别，撷取养料而扬弃糟粕。

为了介绍这位特立独行的作家，我们不揣谫陋，迻译她的力作《达洛卫夫人》，以供借鉴和评议，并祈读者匡正。

孙　梁

---

① 乔伊斯与伍尔夫生卒同年(1882—1941)，真是巧合；艾略特则年轻些(1888—1965)。当时均为文坛"新星"。
② 见《双洲》，1978 年第 1、2 期，巴黎。

达洛卫夫人说她自己去买花。

因为露西已经有活儿干了：要脱下铰链，把门打开；伦珀尔梅厄公司要派人来了。况且，克拉丽莎·达洛卫思忖：多好的早晨啊——空气那么清新，仿佛为了让海滩上的孩子们享受似的。

多美好！多痛快！就像以前在布尔顿的时候，当她一下子推开落地窗，奔向户外，她总有这种感觉；此刻耳边依稀还能听到推窗时铰链发出轻微的吱吱声。那儿清晨的空气多新鲜，多宁静，当然比眼下的更为静谧：宛如波浪拍击，或如浪花轻拂，寒意袭人，而且（对她那样年方十八的姑娘来说）又显得气氛肃穆；当时她站在打开的窗口，仿佛预感到有些可怕的事即将发生；她观赏鲜花，眺望树木间雾霭缭绕，白嘴鸦飞上飞下；她伫立着，凝视着，直到彼得·沃尔什的声音传来："在菜地里沉思吗？"——说的是这句话吗？——"我喜欢人，不太喜欢花椰菜。"——还说了这句吗？有一天早晨吃早餐时，当她已走到外面平台上，他——彼得·沃尔什肯定说过这样的话。最近他就要从印度归来了，不是六月就是七月，她记不清了；因为他的信总是写得非常枯燥乏味，倒是他的话能叫她记住，还有他的眼睛、他的小刀、他的微笑，以及他的坏脾气；千万桩往事早已烟消云散，而——说来也怪！——类似关于大白菜的话却会牢记心头。

她在镶边石的人行道上微微挺直身子，等待杜特奈尔公司的运货车开过。斯克罗普·珀维斯认为她是个可爱的女人（他很了解她，正如住在威斯敏斯特区的紧邻都相互熟悉）；她带有一点鸟儿的气质，犹如碧绿的鲣鸟，轻快、活泼，尽管她已五十出头，而且得病以来变得异常苍白了。她待在路边，身子笔挺，等着穿过大街，丝毫没有看见他。

克拉丽莎可以肯定，在威斯敏斯特住过后——多少年了？二十多年了吧——即使置身于车水马龙的大街上，或者深夜梦回时，都会感到一种特殊的寂静，或肃穆的气氛，一种不可名状的停滞，大本钟①敲响前提心吊胆之感（人们说，那可能是流感使她心脏衰弱的缘故）。听！钟声隆隆地响了。开始是预报，音调悦耳；随即报时，千准万确；沉重的音波在空中渐次消逝。她穿过维多利亚大街，一面思量：我们都是些大傻瓜。只有老天才知道人为何如此热爱生活，又如此看待生活，在自己周围构造空中楼阁，又把它推翻，每时每刻创造新花样；甚至那些衣衫褴褛的老古董，坐在街头台阶上懊丧之极的可怜虫（酗酒使他们潦倒不堪）也这样对待生活。人们都热爱生活——正因为如此，议会法令也无能为力；这一点，她是深信不疑的。人们的目光，轻快的步履，沉重的脚步，跋涉的步态，轰鸣与喧嚣；川流不息的马车、汽车、公共汽车和运货车；胸前背上挂着广告牌的人们（时而蹒跚，时而大摇大摆）；铜管乐队、手摇风琴的乐声；一片喜洋洋的气氛，叮当的铃声，头顶上飞机发出奇异的尖啸声——这一切便是她热爱的：生活、伦敦、此时此刻的六月。

眼下正是六月中旬。战争已经结束，不过，还有像福克斯克罗夫特太太那样伤心的人，她昨晚在大使馆痛不欲生，因为她的好儿子已阵亡，那所古老的庄园得让侄儿继承了。还有贝克斯巴勒夫人，人们说她主持义卖市场开幕时，手里还拿着那份电报：她最疼的儿子约翰牺牲了。然而，这一切总算过去了，感谢上帝——结束了。眼下正逢六月。国王和王后都安居在宫中。虽然为时过早，到处都已响起赛马奔腾

---

① 大本钟，伦敦议会大厦的钟楼。

的得得声，板球拍的轻扣声。洛兹、埃斯考特、雷尼莱，以及所有这类娱乐场，都隐没在灰蒙蒙、蓝幽幽的晨雾中，恰似柔软的织网，把它们全都笼罩，而随着白天的降临，雾将消失，娱乐场的草坪与场地上会出现驰骋的赛马，足尖刚碰着地便纵身跳跃；还有飞奔的小伙子，以及身穿透明纱衫、嬉笑的姑娘们，她们尽管通宵跳舞，可此刻已牵着毛茸茸的、怪模怪样的狗儿，让它们到户外溜一圈呐。即使在这样的时刻，那些拥有遗产的谨慎的老寡妇也乘着汽车，飞快地去干神秘的差使；老板们则在橱窗里摆弄人造首饰和钻石，古色古香的碧绿胸针镶嵌在十八世纪式样的底座里，分外可爱，足以吸引美国佬（可是她必须节约，不能随便为女儿伊丽莎白买珠宝）；不过，她自己也喜欢这些东西，对它们怀有可笑而真挚的热情，因为她属于这一切，她的祖先在乔治王朝的宫廷里当过大臣，她自幼便生活在珠光宝气之中，并且，今晚她将举行宴会，戴上珠翠宝饰，闪耀着炫目的光芒。但奇怪的是，当她走进公园时，只觉得一片沉寂，薄雾，嗡嗡声；欢乐的鸭子悠然嬉水。胸前有袋囊的鸟儿摇来摆去；可迎面来的是谁呢？那人背朝着行政大楼，走过来，手里拎着盖有皇室纹章的公文递送箱，恰如其分，原来是休·惠特布雷德，她的老朋友——可敬可爱的休！

"早上好，克拉丽莎！"休一本正经地说，其实他俩从小便相识了。"你上哪儿去？"

"我喜欢在伦敦漫步，"达洛卫夫人答道，"说真的，这比在乡下溜达有意思呢。"

惠特布雷德一家刚到伦敦，他们是来看病的——真不幸。别人进城是为了看电影，听歌剧，带女儿出来见见世面；他们一家却是来"看医生"的。不知有多少次，克拉丽莎曾到私人疗养所里去探望伊芙琳·惠特布雷德。敢情伊芙琳又病了？伊芙琳很不舒服，休说道，一面撅撅嘴，或挺出他那衣冠楚楚、仪表堂堂、倜傥非凡的身躯（他的衣着总是过分讲究，也许因为他在宫廷当个小吏，不得不这样呢），暗示他的妻子身上虽有些不适，但并不严重；作为一个老朋友，克拉丽莎·达洛卫不必他讲明，就能心领神会。哦，当然，她确实懂他的意思；真不幸；她心里涌起一阵姊妹般的感情，却又莫名其妙地想到自己的帽子，兴许不适合清晨戴吧？因为休总是使她有这种感觉，当他匆匆向前走去，过于彬彬有礼地抬一下帽子，并且肯定地对她说，她看上去像个十八岁的姑娘呢；又说，他一定来参加今晚的宴会，因为伊芙琳要他务必赴会；不过，他可能稍微晚些到场，因为要先带吉姆的孩子去参加宫廷晚会哩；——在休的身旁，她总感到有些局促不安，有点儿女学生气；不过对他颇有好感，因为跟他相识已久，而且确实认为，按他的路子来说，不失为好人；然而，理查德几乎被他气得发疯；至于彼得·沃尔什嘛，他至今还对她耿耿于怀，因为她喜欢休。

她的眼前浮现出布尔顿的一幕幕情景——彼得大发雷霆；休当然决不是彼得的对手，却也并非彼得认为的十足的低能儿，绝对不是傻瓜。当初他母亲要他放弃打猎，或者要他带她上巴斯①去，他二话没说就照办了，他的确并不自私；至于彼得讲的那些话，譬如说休既无心肝，又无头脑，只有英国绅士的派头与教养等等，那不过是她亲爱的彼得最坏的表现；有时候，彼得简直叫人难以忍受，没法相处；然而，像这样的早晨，跟他一起散步却是十分愉快的。

（六月的气息吹拂得花木枝叶繁茂。在平姆里科②，母亲们在给孩子喂奶。电讯不断从舰队街③送往海军部。闹哄哄的阿灵顿街和皮卡迪

---

① 巴斯，英格兰城市，以温泉和古老的罗马式浴池闻名。
② 平姆里科，伦敦东南部地区。
③ 舰队街，伦敦街名，为新闻界与报馆等集中之地。

利大街，似乎把公园里的空气都熏暖了，树叶也被烘托起来，灼热而闪烁，飘浮在克拉丽莎喜爱的神圣而活力充沛的浪潮之上。跳舞呀，骑马呀，她全都热爱。)

她和彼得好像已离别了几百年，她从不给他写信，而他的来信也枯索乏味。但是，她会忽然想到，倘若他此刻在她身旁，他会说些什么呢?——有些日子和情景会使她静静地思念他，回忆中已没有昔日那种怨愤，这可能由于她真心待人吧。她想起，在一个晴朗的早晨，她和彼得散步到圣·詹姆士公园①的中心——确实如此。不管天气多么美好，树木花草多么青翠，穿粉红衣裙的小女孩多么可爱，彼得却一概视而不见。要是她叫他把眼镜戴上，他也会照办，并且看上一眼。可是，他的兴趣在于世界的动态：瓦格纳②的音乐、波普③的诗、永恒的人性，以及克拉丽莎本人灵魂中的缺陷。他把她骂得多厉害啊! 他俩争论得多激烈! 他说她会嫁给一个首相，站在楼梯顶上迎接宾客。他称她为地地道道的主妇(她曾为此在卧室里哭泣)，还说她天生具有这种平庸的气质嘛。

眼下，她依然感到自己在圣·詹姆士公园和彼得争论，依然认为她没嫁给彼得是对的——确实很对。因为一旦结了婚，在同一所屋子里朝夕相处，夫妻之间必须有点儿自由，有一点自主权。这，理查德给了她，她也满足了理查德。(譬如，他今天上午在哪儿? 在什么委员会吧，她从不过问。)然而，跟彼得一起非得把每件事都摊开来，这令人难以容忍。当两人的关系发展到那一天，在小花园喷泉边出现了那个场

---

① 圣·詹姆士公园，在伦敦市内，白金汉宫和圣·詹姆士宫附近，是伦敦主要的公园。
② 理查德·瓦格纳(1813—1883)，德国作曲家，革新歌剧，首创"乐剧"。
③ 亚历山大·波普(1688—1744)，英国古典派诗人。

面时，她不得不与他分手了。要不然，她深信他俩都会毁掉，双方全得完蛋。尽管如此，多年来她私下里忍受了这份悲伤和苦恼，犹如利箭钻心。继而是那可怕的时刻，有人在一次音乐会上告诉她，彼得结婚了，女方是他在去印度的船上相识的。她永远忘不了这一切。彼得曾责备她冷酷无情、一本正经。她永远不能理解他的爱，而那些印度女人看来是理解的——那些愚昧、标致、脆弱的傻瓜。她对他的同情压根儿是浪费，因为他向她强调，他过得很快活，虽然他没有做成一件他俩谈论过的事，他的一生都是失败，这一点仍然叫她生气。

她不觉已走到公园门口，停留了一会儿，望着皮卡迪利大街上来来往往的公共车辆。

现在她不愿对世界上任何人说长道短。她感到自己非常年轻，却又难以形容地老迈。她像一把刀子，插入每件事物之中，同时又置身局外，袖手旁观。她看着过往的出租车，内心总有远离此地，独自去海边的感觉。她总觉得，即使活一天也极危险，倒并非由于她认为自己聪敏过人。丹尼尔斯小姐只教给他们一点肤浅的知识，她真不明白自己怎么凭这点儿学问生活过来的。实际上她一窍不通，不懂语言，也不了解历史。现在，除了在床上读回忆录之外，她几乎什么书也不看；而所有这些，过往的车辆等，却令她万分神往。她不愿议论彼得，也不愿对自己下这样那样的定论。

当下，她向前走去，心想，她唯一的天赋是，几乎能凭直觉一眼识透别人。如果让她和另一个人同处一室，直觉会使她生气或满意。德文郡大楼、巴思大楼、那幢装饰着白瓷鹦鹉的大楼，她曾看见它们灯火通明，她还记得西尔维亚、弗雷德、萨利·赛顿——那么多的人呵！她曾经通宵达旦跳舞；尔后望着四轮运货马车缓缓地经过，向市场驶去；她驱车穿过公园回家。她还记得，有一次在海德公园的 S 形湖里投入一先令镍币。但这样的事，人人都记得住。她喜欢的是此时、此地、眼前的现实，譬如坐在出租马车里的那个胖女人。她向邦德街走去，扪心自问：她必然会永远离开人世，是否会觉得遗憾？没有了她，人间一切必将继续下去，是否会感到怨恨？还是欣慰，想到一死便可了结？不过，随着人事沧桑，她在伦敦的大街上却能随遇而安，得以幸存，彼得也活过来了，他俩互相信赖，共同生存。她深信自己属于家乡的树木与房屋，尽管那屋子又丑又乱；她也属于那些素昧平生的人们；她像一片薄雾，散布在最熟悉的人们中间，他们把她高高举起，宛如树木托起云雾一般，她曾见过那种景象。然而，她的生活，她自身，却远远地伸展。此刻，她向海查德书店橱窗里张望时，心里憧憬什么？试图追忆什么？当她吟诵着打开的书上的诗句：

> 不要再怕骄阳炎热，
> 　也不怕隆冬严寒；①

是什么乡村拂晓的景象在她心中闪现？最近世界经历的创伤使男男女女都满含泪水。它带来眼泪和悲痛，勇气和韧性，以及毅然挺立、坚贞不屈的态度。例如，她最敬仰的贝克斯巴勒夫人主持义卖开幕，就是一个明证。

橱窗里还陈列着《乔罗克斯远足嬉游录》②，还有《浸过肥皂的海绵》，阿斯奎斯伯爵夫人③写的《回忆录》，以及《尼日利亚捕猎记》，每本书都打开着。店里的书多极了，但似乎没有一本适宜给疗养院里的

---

① 出自莎士比亚戏剧《辛白林》第四幕第二场第258—259行。
② 英国小说家罗伯特·史密斯·瑟蒂斯(1805—1864)的作品。
③ 玛戈特·阿斯奎斯(1864—1945)，英国作家、传记家。

伊芙琳·惠特布雷德带去。找不到什么书可以让她高兴，使这个异常干瘪瘦小的女人，在克拉丽莎走进房间的时候，露出哪怕只是一刹那亲切的表情，随后开始闲谈，关于妇女病等，谈个不停。她多么渴望使人们一见她进来就高兴啊！克拉丽莎这样思忖着，又转身折回邦德街。她心里又泛起烦恼，因为做一件事非得为他人是愚蠢的。她宁愿像理查德那样，纯粹为自己办事。她一面等着穿过街，一面想，她有一半时间不单是为了把事情做好，而是为了使人们产生这样那样的想法。她知道这是愚蠢之极的表现（这当儿警察举手示意可以通行了），因为任何人一刻都没有接受她的诱导。要是她能重度人生，那多好呵！甚至还能改变自己的面目呢！她思索着，踏上了人行道。

首先，她会长得像贝克斯巴勒夫人，有一双美丽的眼睛，黑皮肤，犹如皱折的皮革。她会像贝克斯巴勒夫人一样慢条斯理，举止庄重，身材高大，像男人一般对政治有兴趣，在乡下有一幢邸宅，极其高贵，极其真诚。可是，她的容颜恰恰相反，瘦削的身材，令人发笑的小脸蛋儿，鹰钩鼻子。诚然，她能使自己显得很体面；她的手和脚都很美，穿戴也挺入时，尽管她花钱不多。但是，近来她这个身躯（当下她停住，看一幅荷兰画），以及它的各种功能似乎不复存在——丝毫不存在。她有一种极为荒诞的感觉，感到自己能隐身，不被人看见，不为人所知；现在再也没有婚姻，也不再生儿育女，剩下的只是与人群一起，令人惊异而相当庄严地向邦德街行进。如今她是达洛卫夫人，甚至不再是克拉丽莎，而是理查德·达洛卫夫人。

邦德街使她着迷，旺季中的邦德街清晨吸引着她：街上旗帜飘扬，两旁商店林立，毫无俗气的炫耀。一匹苏格兰花呢陈列在一家店铺里，她父亲在那里买衣服达五十年之久；珠宝店里几颗珍珠；鱼店里一条冰块上的鲑鱼。

　　"这就是一切，"她望着鱼铺子说，"这就是一切。"她重复说着，在一家专营手套的店家前伫立片刻。战前，人们可以在那儿买到几乎完美的手套。她叔叔威廉以前常说，要知道一个女人的人品，只需看她穿什么鞋、戴什么手套。大战中期的一个早上，他在床上寿终正寝。他曾说："我活够了。"至于手套和鞋子嘛，她尤其喜欢手套，可是她的亲生女儿，她的伊丽莎白，却对两者都毫不在意。

　　简直一点不感兴趣。她一边想，一边继续沿邦德街往前走，进入一家花店。每逢她举行宴会，那家店总为她准备好鲜花。伊丽莎白最爱的其实是那条狗。今天早晨，屋子里到处都闻到一股柏油味儿。不过，可怜的狗格里泽尔总比基尔曼小姐好些，她宁可忍受狗的坏脾气和柏油味，以及其他种种缺点，总比关在闷热的卧室里，枯坐着念祈祷书强！没有什么比这更糟了，她想这么说。但是，正如理查德说的，这也许只是每个女孩子都得经历的一个阶段吧，也许女儿堕入情网了。可是，为什么偏要爱上基尔曼小姐呢？诚然，基尔曼小姐受过不公平的待遇，人们应当谅解她；理查德说她很能干，具有清晰的历史观念。不管怎样，她和伊丽莎白如今是形影不离。自己的女儿伊丽莎白上教堂去领受圣餐，而且她毫不在乎衣着，也不注意该怎样对待来赴午宴的客人。宗教狂往往令人冷漠无情（对大事业的信仰也如此），使感情变得麻木，这是她的体会。就拿基尔曼小姐说吧，她肯为俄国人干任何事情，也愿为奥地利人忍饥挨饿，可在暗地里却尽折磨人。她那么麻木不仁，老穿着那件绿色雨衣，年复一年总穿着那件衣服；她身上淌满汗水；只要她在房里待上五分钟，就会让你感到自己的低贱和她的优越。她那么贫困，你却那么富裕；她住的是贫民窟，家中没有靠垫，没有床，也没有小地毯或任何类似的东西。她整个灵魂都因怨天尤人而发霉了。大战期间，她被学校开除了——真是个贫苦、怨愤、不幸的女人啊！其实，人们恨的倒不是基尔曼个人，而是她代表的那种观念。当然，其中必定掺杂了许多并非基尔曼小姐的因素。在人们心目中，她已经变成一个幽灵，人们在黑夜里与之搏斗，就是骑在我们身上，吸干我们一半血液的幽灵、统治者、暴君；因为毫无疑问，假如再掷一下骰子，把黑白颠倒一番，她兴许会爱上基尔曼小姐了！不过，今生今世不可能了。不行。

然而，她心中有一个凶残的怪物在骚动！这令她焦躁不安。她的心灵宛如枝叶繁茂的森林，而在这密林深处，她仿佛听到树枝的哔剥声，感到马蹄在践踏；她再也不会觉得心满意足，或心安理得，因为那怪物——内心的仇恨——随时都会搅乱她的心，特别从她大病以来，这种仇恨的心情会使她感到皮肤破损、脊背挫伤，使她蒙受肉体的痛楚，并且使一切对于美、友谊、健康、爱情和建立幸福家庭的乐趣都像临风的小树那样摇晃，颤抖，垂倒，似乎确有一个怪物在刨根挖地，似乎她的心满意足只不过是孤芳自赏！仇恨之心多可怕呵！

要不得！要不得！她在心中喊叫，一面推开马尔伯里花店的旋门。

她挺直颀长的身子，迈着轻快的步伐向前走去；皮姆小姐立刻上前招呼。这位女士天生一张钮扣形的脸，双手老是通红，好像曾经捧了鲜花浸在冷水里似的。

这儿是鲜花的世界：翠雀、香豌豆、一束束紫丁香，还有香石竹，一大堆香石竹，更有玫瑰、三尾鸢，啊，多可爱——她就站着与皮姆小姐交谈，一面吮吸这洋溢着泥土气息的花园的清香。皮姆小姐曾得到她的恩惠，因而觉得她心肠好；确实，好多年以前，她就是个好心人，非常和善；可是今年她见老了。她在三尾鸢、玫瑰和一簇簇摇曳的紫丁香丛中，眯着眼睛两边观望，贪婪地闻着那令人心醉的芳香，领略着沁人心脾的凉爽，驱散了刚才街头的喧闹。过了一会，她睁开双目：玫瑰花儿，多么清新，恰似刚在洗衣房里熨洗干净、整齐地放在柳条盘中的花边亚麻织物；红色的香石竹浓郁端庄，花朵挺秀；紫罗兰色、白色和淡色的香豌豆花簇拥在几只碗中——仿佛已是薄暮，穿薄纱衣的少女在美妙的夏日过后，来到户外，采撷香豌豆和玫瑰，天色几乎一片湛蓝，四处盛开着翠雀、香石竹和百合花；正是傍晚六七点钟，在那一刻，每一种花朵——玫瑰、香石竹、三尾鸢、紫丁香——都闪耀着：白色、紫色、红色和深橙交织在一起；每一种花似乎各自在朦胧的花床中柔和地、纯洁地燃烧；哦，她多喜爱那灰白色的小飞蛾，在香水草四周，在暮色中的报春花四周飞进飞出！

她和皮姆小姐顺着一个个花罐走去，精心挑选花朵；她喃喃自语：那憎恨的心思真要不得，要不得——声音越来越轻柔，恍惚这种美、这芬芳、色彩，以及皮姆小姐对她的喜爱和信任汇合成一股波浪，她任凭浪潮把自己浸没，以征服她那仇恨之心，驱走那怪物，把它完全驱除；这种想法使她感到超凡脱俗，正在这时——砰，街上传来一下枪声似的响声！

"天哪，那些汽车真糟糕。"皮姆小姐走到窗前张望，又走回来，手里捧满香豌豆，脸上浮现出歉疚的微笑，仿佛那些汽车和爆破的车胎都是她的过错。

一辆汽车停在正对马尔伯里花店的人行道上，就是它发出那巨大的爆炸声，把达洛卫夫人吓了一大跳，又使皮姆小姐走到窗前并为之抱歉。过往的行人自然也止步谛视，刚巧看到装饰着淡灰色陈设的车内露出一位头号要人的脸，随即有一个男子的手把遮帘拉下，只留下一方淡灰色。

然而顷刻之间，谣言便从邦德街中央无声无形地向两边传开，一边传到牛津街，另一边传到阿特金斯街上的香水店里，宛如一片云雾，迅速遮住青山，仿佛给它罩上一层面纱；谣言确实像突如其来的庄重和宁静的云雾，降落到人们脸上。瞬息之前，这些人的面部表情还各自不同，可是此刻，神秘的羽翼已从他们身旁擦过，他们聆听了权威的声音，宗教的圣灵已经显身，她的眼睛紧紧地蒙着绑带，嘴巴张大着。但是，没有人知道究竟看到的是谁的面孔。是威尔士王子？是王后？还是首相？是哪个人的面孔呢？谁也说不上。

埃德加·J.沃基斯的手臂上套着他惯用的一卷铅管，用别人听得见的声音，以幽默的口吻说："休（首）相大人的机（汽）车嘛。"①

赛普蒂默斯·沃伦·史密斯听到了他的话，同时发现自己被挡住了。

赛普蒂默斯·沃伦·史密斯大约三十上下，长着个鹰钩鼻子，脸色苍白，穿着旧大衣和棕色鞋子；淡褐色的眼睛里闪现畏惧的神色，连陌生人见了这种眼光也会感到畏惧呢。世界已经高举鞭子，它将抽向何方？

一切都陷于停顿。汽车引擎的嗒嗒声犹如脉搏，在人的周身不规则地跳动。太阳变得分外炎热，因为那辆汽车就停在马尔伯里花店的窗外。敞顶公共汽车上层的老太太们都撑起了黑色遮阳伞；时而这边一把绿伞，时而那边一把红伞，绷地一声轻轻撑开。达洛卫夫人臂弯里捧满香豌豆走到窗前，皱起粉红色小脸向外张望，想知道出了什么事。人人都注视那辆汽车，赛普蒂默斯也在看。骑自行车的男孩都跳下车。交通车辆越积越多。而那辆汽车却放下遮帘停在街头。赛普蒂默斯思忖：那帷帘上的花纹很怪，好像一棵树。他眼前的一切事物都逐渐向一个中心

---

① 原文为 "The Proime Minister's Kyar"，模仿伦敦土音，即伦敦东区的科克奈方言。

凝聚，这景象使他恐怖万分，仿佛有什么可怕的事情就要发生，立刻就会燃烧，喷出火焰。天地在摇晃，颤抖，眼看就要化成一团烈火。是我挡住了路，他想。难道人们不是在瞅他，对他指指点点吗？难道他不是别有用心地占住了人行道，仿佛在地上生了根吗？可是，他的用心何在呢？

"咱们往前走吧，赛普蒂默斯，"他的妻子说。她是个意大利女人，个子不高，淡黄色的尖脸蛋上长着一对大眼睛。

然而，卢克丽西娅自己也禁不住注视那辆汽车和帷帘上的树纹图案。是王后坐在车内吗？——王后上街买东西吗？

司机一直在忙着打开、关上、转动着什么部件，这会儿他坐上了驾驶座。

"走吧，"卢克丽西娅说。

可是她的丈夫（他们已结婚四五年了）却吃了一惊，浑身一震，气忿地说："好吧！"仿佛她打断了他的思路。

人们必定会注意到，必定会看到他俩。人们，她望着那群盯着汽车的人们，思量着；她对那些英国人和他们的孩子、马匹、衣服颇有些羡慕；但眼下他们却成了瞧热闹的"闲人"，因为赛普蒂默斯曾经说："我要自杀。"多可怕的话呵！万一他们听到他讲的话，那怎么办？救人啊！救人啊！她环视人群，渴望大声向屠夫的儿子和妇女们呼唤：救人啊！就在去年秋天，她也披着这件外套，跟赛普蒂默斯一起站在河滨大道上；赛普蒂默斯读着报纸，一声不吭，她夺下他手里的报纸，还朝那个看见他们的老头放声大笑！可是关于倒霉，人们总是讳莫如深。她必须让他离开这儿，带他到一个公园去。

"咱们这就穿过马路吧，"她说。

她有名份挽着他的手臂走，尽管这样做并不带感情，但他不会拒绝。她仅仅二十四岁，那么单纯，那么易于冲动，为了他而离开了意大利，在英国举目无亲，瘦骨伶仃。

拉上遮帘的汽车带着深不可测的神秘气氛，向皮卡迪利大街驶去，依然受到人们的注视，依然在大街两边围观者的脸上激起同样崇敬的表情，至于那是对王后，还是对王子，或是对首相的敬意，却无人知晓。只有三个人在短短几秒钟里看到了那张面孔，究竟他们看见的是男是女，此刻还有争议。但毫无疑问，车中坐的是位大人物：显赫的权贵正悄悄地经过邦德街，与普通人仅仅相隔一箭之遥。这当口，他们国家永恒的象征——英国君主可能近在咫尺，几乎能通话哩。对这些普通人来说，这是第一次、也是最后一次千载难逢的机会。多少年后，伦敦将变成野草蔓生的荒野，在这星期三早晨匆匆经过此地的人们也都只剩下一堆白骨，唯有几只结婚戒指混杂在尸体的灰烬之中，此外便是无数腐败了的牙齿上的金粉填料。到那时，好奇的考古学家将追溯昔日的遗迹，会考证出汽车里那个人究竟是谁。

达洛卫夫人擎着鲜花走出马尔伯里花店。她想：敢情是王后吧，是王后在车内。汽车遮得严严实实，从离她一英尺远的地方驶过，她站在花店旁，沐浴在阳光下，刹那间，她脸上露出极其庄严的神色。那也许是王后到某个医院去，或者去为什么义卖市场剪彩呐。

虽然时间还很早，街上已拥挤不堪。是不是洛兹①，阿斯科特②、赫林汉姆③有赛马呢？究竟为了什么？她不明白。街上挤得水泄不通。英国的中产阶级绅士淑女坐在敞篷汽车顶层的两边，携带提包与阳伞，甚至有人在这么暖和的日子还穿着皮大衣呢；克拉丽莎觉得他们特别可笑，比任何事情都更难以设想；而且连王后本人也被阻挡了，王后也不

---

①②③都是伦敦的赛马场。

能通过。克拉丽莎被挡在布鲁克街的一边，老法官约翰·巴克赫斯特爵士则被挡在街道的另一边，他们中间隔着那辆汽车（约翰爵士已执法多年，他喜欢穿戴漂亮的女人）。当下，那司机微微欠了欠身子，不知对警察说了些什么，还是给他看了什么东西；警察敬了个礼，举起手臂，侧过头去，示意公共汽车退到一边，让那辆汽车通行。车子徐徐地、阒无声息地驶去了。

克拉丽莎猜得不错，她当然明白是怎么回事；她瞥见那个听差手中神秘的白色圆盘，上面刻着名字——是王后的名字吗？还是威尔士王子，或者首相的名字呢？它以自身发射的光彩，照亮了前进的道路（克拉丽莎眼看汽车渐渐缩小，消失）。那天晚上，在白金汉宫，它将大放光芒，四周是大吊灯、灿烂的星章、佩戴橡树叶的挺起的胸膛，休·惠特布雷德及其所有的同僚，英格兰的绅士们。而当晚克拉丽莎也要举行宴会。想到这儿，她微微挺直身体，她将以这种姿态站在楼梯口迎接宾客。

汽车虽已离去，但仍留下一丝余波，回荡在邦德街两侧的手套、帽子和成衣店里。半分钟之内，每个人的脸都转向同一方向——窗户。正在挑选手套的女士们停了下来——要什么样的手套呢？齐到肘部的还是肘以上的？柠檬色的还是浅灰色的？话音刚落便发生了一件事。要是这种事情单独出现，那真是微不足道，即使最精密的数学仪器也无能为力，尽管它们能记录中国的地震，却无法测定这类事情的振动。然而，这种事汇集在一起却能产生惊人的力量，而且引起普遍的关注，打动人们的感情：素不相识的人互相注视，他们想起了死者，想起了国旗，想起了帝国。在后街一家小酒馆里，由于一个殖民地移民在提到温莎王室①

---

① 温莎王室，对 1917 年以来的英国王室的称呼。温莎是王室的姓氏。

时出言不逊而激起一场大骚动，人们争吵着，还摔破了啤酒杯。奇怪的是，它竟会穿过街道，传到小姐们的耳中，引起她们的共鸣。当时她们正在选购配上洁白丝带的白内衣，以备婚礼之用。那辆汽车经过时引起的表面上的激动逐渐冲淡了，骨子里却触动了某种极为深沉的情感。

　　汽车轻捷地驶过皮卡迪利大街，又折向圣·詹姆士街。身材魁梧、体格健壮的男子汉，衣着讲究的男子，他们身穿燕尾服和白色长裤，头发往后梳起，不知什么缘故，所有这些人都站在惠特酒店的凸肚窗前，手叉在背后，眼睛凝望窗外；他们本能地感到一位大人物正从那里经过。不朽的伟人放出的淡淡光芒攫住了他们的心灵，正如它刚才照亮了克拉丽莎。他们顿时挺得更直，手也不再放在背后，好像已准备好为王室效忠，如果需要的话，他们会像先辈一样在炮火下牺牲。酒店四周的白色半身雕像、放着《闲谈者》杂志以及苏打水瓶的小桌子，似乎也赞许他们，好似他们象征着英国辽阔的麦地和大庄园；又把车轮轻微的轧轧声传送开去，犹如低音廊里的传音壁，以整个大教堂一般的力量，把一个声音扩张为深邃洪亮的回声。围着披肩的莫尔·帕莱脱握着鲜花，站在人行道上，她衷心祝愿那可爱的青年万事如意（车内肯定是威尔士王子），她本想把一束玫瑰——相当于一壶啤酒的价格——抛入圣·詹姆士街心，以表示她的轻松愉快以及对贫困的蔑视，可她正巧瞥见警察的眼光在盯住她，使这位爱尔兰老妇满腔忠诚之心受到挫折。圣·詹姆士宫的卫兵举手敬礼，亚历山大王后[①]的警官表示赞许。

---

① 亚历山大王后（1844—1925），英国国王爱德华七世（在位时期：1901—1910）之配偶。

就在此时，白金汉宫前聚集了一小群民众，他们全是穷苦人，懒懒散散而又信心十足地等待着，望着国旗飘扬的宫殿①，望着维多利亚女王②的雕像，她威严地站在高处；百姓们赞美女王宝座下架子上的流水和装饰的天竺葵；在墨尔街行驶的许多汽车中，他们时而选中这一辆，时而挑出那一辆，向它倾注满腔热情，其实那是驾车出游的平民；当不相干的汽车接连驶过时，他们又把这番热情收回，贮藏在内心；在整个过程中，他们一想到王室在瞅着他们，就不禁胡思乱想，激动得两腿发抖；敢情是王后在欠身致意吧，或是王子在敬礼吧；想到上帝赐予帝王家天堂般的生活，想到宫廷侍从和屈膝行礼，想到王后幼时的玩偶之屋，想到玛丽公主③同一个英国公民结婚，更想到了王子——啊，王子！听说他长得酷似老爱德华国王④，但身材匀称得多。王子住在圣·詹姆士宫，不过早上他也可能来探望母亲呢。

萨拉·布莱切利就这么自言自语。她怀里抱着孩子，上下踢动着足尖，似乎她此刻就在平姆里科自己家里的火炉围栏边上，不过她的眼睛却注视着墨尔街。当下，埃米利·科茨正在皇宫的窗前徘徊，她想到了那些女仆和寝宫，那里有无数女仆和寝宫。人群愈聚愈多，又有一个牵着一条亚伯丁⑤狗的老先生和一些无业游民挤进来。矮小的鲍利先生在奥尔巴尼区置有房产，对人生的奥秘素来守口如瓶，但某些事情却会使他突然大发议论，既不恰当，又相当感伤；譬如，穷妇人等着瞧王后

①白金汉宫上升起国旗，表示当时国王住在宫内。
②维多利亚女王（1819—1901），英国女王（1837—1901）、印度女皇（1876—1901）。她的雕像耸峙在白金汉宫旁的广场上。
③维多利亚·亚力山德拉·艾丽斯·玛丽（1897—1965）：乔治五世之女，嫁与第六代赫里伍德伯爵。
④指爱德华七世。
⑤苏格兰东北部城市名。

经过——穷苦的女人，可爱的孩子、孤儿、寡妇、战争——啧啧！谈起这一切，他竟然会热泪盈眶。透过稀疏的树木，一阵暖洋洋的微风轻轻吹入墨尔街，吹过英雄的铜像，也吹起鲍利先生的大不列颠心胸中飘扬着的国旗。当汽车转入墨尔街时，他举起帽子。当汽车驶近时，他把帽子举得更高，人也站得笔直，让平姆里科穷苦的母亲们紧挨在他身边。

忽然，科茨太太抬头向天上眺望。飞机的隆隆声钻入人群的耳鼓，预示某种不祥之兆。飞机就在树木上空飞翔，后面冒出白烟，袅袅回旋，竟然在描出什么字！在空中写字！人人都仰头观看。

飞机猛地俯冲，随即直上云霄，在高空翻了个身，迅疾飞行，时而下降，时而上升，但无论怎么飞，往哪儿飞，它的后面总曳着一团白色浓烟，在空中盘旋，组成一个个字母。不过，那是些什么字母呢？写的是 A 和 C，还是先写个 E，再写个 L 呢？这些字母在空中只显示片刻，瞬息之间即变形、融化、消逝在茫茫天穹之中。飞机急速飞开，又在另一片太空中描出一个 K，一个 E，兴许是 Y 吧？

"Blaxo"①科茨太太凝视天空，带着紧张而敬畏的口吻说。她那白嫩的婴孩，静静地躺在她的怀中，也睁开眼望着天空。

"Kreemo"②布莱切利太太如梦游者一般轻轻低语。鲍利先生安详地举着帽子，抬头望天。整个墨尔街上的人群一齐站着注视天上。此时此刻，四周变得阒无声息，一群群海鸥掠过蓝天，最初仅有一只海鸥领头翱翔，接着又出现一只。就在这异常的静谧和安宁中，在这白茫茫的纯净的气氛中，钟声敲响十一下，余音缭绕，消泯在海鸥之中。

---

① 可能为一种香皂的商标。科茨太太认为飞机写的是这个商标。
② 可能为一种乳脂商品的商标。布莱切利太太认为飞机写的乃是这一商标。

飞机调转方向，随心所欲地时而劲飞一阵，时而又向下俯冲，那么迅捷，那么自在，恰如一个溜冰运动员——

"那是 E。"布莱切利太太说——

或许像个舞蹈家，那飞机——

"那是 toffee[①]，"鲍利太太说。

（汽车驶进了大门，没有一个人向它注视；）飞机不再放出白烟，急速向远处飞去，天空中残留的白烟渐次淡薄，依附在一团团白云周围。

飞机离去，隐没在云层之后。四下里万籁俱寂。被 E、G 或 L 这些字母围绕的云朵自由地移动，仿佛注定要从西方飘向东方，去完成一项重大使命，虽然它的性质不容泄露，但是千真万确，那是一项重大使命。突然，犹如穿越隧道的火车，飞机又拨云而出，隆隆的声音响彻墨尔街、绿色公园[②]、皮卡迪利大街、摄政大街和摄政公园，传入每个人的耳鼓。机身后面白烟缭绕。飞机往下俯冲，继而又腾入高空，描出一个又一个字母——但它写的是什么字呢？

在摄政公园的大道上，卢克丽西娅·沃伦·史密斯坐在丈夫身边的座位上，抬头观看。

"瞧，瞧哪，赛普蒂默斯！"她喊道。因为霍姆斯大夫对她说过，要使她丈夫（他实际上并没有什么病，只是有点心绪不佳）把兴趣转移到其他事情上去，不要老是想着自己。

赛普蒂默斯抬头观望，心想原来是他们在给我发信号哩。当然并非用具体的词来表示，也就是说，他还不能理解用烟雾组成的语言；但是这种美、无与伦比之美是显而易见的。他的眼中噙满泪水，当他瞅着那

---

① 太妃糖，鲍利太太认为飞机是在为太妃糖做广告。
② 伦敦市内公园，与圣·詹姆士公园比邻，原为英国王室花园，白金汉宫即在其中。

些烟雾写成的字逐渐暗淡，与太空融为一体，并且以他们无限的宽容和含笑的善意，把一个又一个无法想象的美的形态赐给他，并向他发出信号，让他明白他们的意愿就是要使他无偿地永远只看到美，更多的美！泪水流下了他的面颊。

一位保姆告诉雷西娅①那个词是"太妃"，他们在给太妃糖做广告。她俩开始一起拼读：t…o…f…

"K…R…"保姆辨认着字母，赛普蒂默斯听到耳边响起她那低沉、柔和的声音，念出"凯伊"、"阿尔"，宛如音质甘美的风琴声，但是她的嗓子还带着一种蚱蜢般的粗厉声，刺激他的脊梁，并把一阵阵声浪传送到他的脑海里，在那儿经过激烈的震荡后才终止。这真是一大发现——人的嗓音在某种大气条件下（人必须讲究科学，科学至上嘛）能加速树木的生长！雷西娅高兴地把手重重地压在他的膝上，就这样，他被压在下面，无法动弹；榆树的枝叶兴奋得波动着，波动着，闪烁着光芒，色彩由浅入深，由蓝色转为巨浪般的绿色，仿佛马头上的鬃毛，又如妇女们戴的羽饰；榆树那么自豪地波动着，美妙之极！要不是雷西娅的手按住了他，这一切几乎会使他癫狂，但是他不能发狂。他要闭上眼睛，什么也不看了。

然而，树在向他招手，树叶有生命，树木也有生命。通过千千万万极细小的纤维，树叶与他那坐在椅上的身体息息相通，把他的身躯上下扇动；当树枝伸展时，他说自己也随之伸展。麻雀在凹凸不平的水池边展翅飞舞，忽上忽下，它们构成图案的一部分；白色、蓝色、中间嵌着黑色的树枝。声音和冥想交融，它们之间的间歇与声音同样意味深长。一个孩子在啼哭，远处刚巧响起号角。所有这一切象征着一种新宗教的

---

①卢克丽西娅的昵称。

诞生。

"赛普蒂默斯!"雷西娅在呼唤他。他猛然惊醒。人们一定注意到他了。

"我到喷水池那边去一会儿就回来,"她说。

因为她再也无法忍受。霍姆斯大夫尽可以说无关紧要。可是,她宁愿他不如死掉!瞧着他那样愣愣地瞪视,连她坐在身边也视而不见,这使周围的一切都变得可怕,无论是天空、树林、嬉戏的孩子,还是拉车,吹哨子,摔跤;一切都显得可怕。她确实不能再和他坐在一块了。但是他不肯自杀,而她又不能向任何人吐露真情。"赛普蒂默斯近来工作太累了……"她只能这样告诉自己的母亲。爱,使人孤独,她想。她不能告诉任何人,现在甚至不能对赛普蒂默斯诉说真情。她回头望去,只见赛普蒂默斯穿着那件旧大衣,拱着背,坐在座位上,茫然凝视。一个男子汉却说要自杀,这是懦弱的表现。然而,赛普蒂默斯曾经打过仗,他以前很勇敢,不像现在这样。她为他套上有花边的衣领,给他戴上新帽子,而他却毫不在意;没有她在身边,他反而更称心。而她呢,如果没有了他,什么也不能让她感到幸福!什么也不能!他是自私的。男人都是如此。他没有病。霍姆斯大夫说他没有病。她摊开了手。瞧!她的结婚戒指滑了下来——她已这般消瘦。是她在经受煎熬呵——却无人可告。

意大利远在天涯,那里有白色的房屋。她的姊妹们坐在屋里编织帽子。那里的街道每天晚上都挤满人群,他们边散步边嬉笑,不像这里的人那样,半死不活地蜷缩在轮椅中,瞅着栽在花盆里的几朵难看的花儿。

"你该去看看米兰的公园嘛,"她大声说。不过说给谁听呢?

四周了无人迹。她的话音消逝了,仿佛火箭消逝一般。它射出的火花掠过夜空，淹没在夜色之中，黑暗降临，笼罩了房屋、尖塔的轮廓；荒山两边的线条渐趋朦胧，只留下漆黑一团。然而，这一切虽不可见，却依然蕴含在夜色之中；尽管色彩已被吞噬，房屋上的窗户也不复显现，它们却更深沉地存在着，表现出阳光下无从传递的意境——各种事物的烦恼及悬念，在黑暗中凝聚在一起，挤成一团。黑夜夺去了黎明带给人们的宽慰。当曙光洗净四壁的黑暗，照出每个窗户，驱散田野上的薄雾，照见那些棕红色奶牛在安详地吃草，一切事物重又整整齐齐地呈现于眼前，恢复了生存。我孑然一身，多么孤寂！孤零零地站在摄政公园喷水池边，她呻吟着（一面看着那印度人和他的十字架），也许好似在夜半时分，黑暗笼罩大地，一切界线都不复存在，整个国土恢复到洪荒时期的形态，宛如古罗马人登陆时见到的那样，宇宙一片混沌，山川无名，河水自流，不知流向何方——这便是她内心的黑暗。忽然，仿佛从何处抛来一块礁石，她站在上面，诉说自己是他的妻子，好几年前他们在米兰结婚，她是他的妻子，永远、永远不会告诉别人他疯了！她转过身子，礁石倾倒了，她渐渐往下掉。因为他走了，她想——像他扬言过的那样，去自杀了——去扑在大车底下！不，他还在那儿，依旧独自坐在座位上，穿着他那件旧大衣，交叉着腿，瞪着眼，大声自言自语。

人们不准砍伐树木。世上有上帝。（他从信封背面得到这一启示。）要改变世界。人不准因仇恨而杀戮。让所有的人明白这一点（他记了下来）。他期待着。他倾听着。一只雀儿栖息在他对面的栏杆上，叫着赛普蒂默斯，赛普蒂默斯，连续叫了四五遍，尔后又拉长音符，用希腊语尖声高唱：没有什么罪行。过了一会，又有一只雀子跟它一起，拖长嗓子，用希腊语尖声唱起：没有什么死亡。两只鸟就在河对岸生命之乐园里，在树上啁鸣，那里死者在徘徊呢。

他的手在那边，死者便在那边。白色的东西在对面栏杆后集结。但是他不敢看。埃文斯就在那栏杆后面！

"你在说什么？"雷西娅在他身旁坐下，突然问。

又被打断了！她总是打断他的思路。

远离人们——他俩必须避开人们，他说（他跳起身来），立刻到那边去，那里的树下有几张椅子。园内的斜坡宛如一段绿绒，空中有蓝色和粉红色烟雾幻成顶篷，远处，在烟雾弥漫之中，参差不齐的房屋构成一道围墙，车辆转着圈子，嗡嗡作响；右边，深褐色的动物把长长的脖子伸出动物园的栅栏，又叫又嚷。他俩就在那里的一棵树荫里坐下。

"你瞧，"她指着一小群男孩，央求他看，孩子们拿着板球柱，其中一个拖着步子，走了几步，脚跟不动转了个身，然后又拖着步子走，似乎他正在音乐厅里扮演小丑呐。

"瞧，"她恳求他看。因为霍姆斯大夫告诉过她，要让他注意真实的事情，去听听音乐，打打板球——霍姆斯大夫说，她丈夫需要的正是板球这种有益的户外活动。

"你瞧呀，"她重复一遍。

看吧，一个声音对他说，却杳无人影。他，赛普蒂默斯，乃是人类最伟大的一员，刚经历了由生到死的考验，他是降临人间重建社会的上帝。他躺着，活像一床铺着的床单、白雪堆成的毯子，永远不会损坏，惟有太阳才能毁掉它。他永远受苦受难，他是替罪羊，永恒的受难者，但是他不要扮演这角色；他呻吟着，挥手把那永久的受难、永久的孤独推开了。

"瞧，"她再次说，因为他决不可在外面大声自言自语。

"嗳，瞧一下吧，"她恳求他。但有什么可瞧呢？几头羊，如此而已。

到摄政公园地铁怎么走？——人们能告诉她怎么去摄政公园地铁站吗？——两天前刚从爱丁堡①来的梅西·约翰逊想知道。

梅西·约翰逊觉得这一对看来有点儿古怪。一切都显得异样。她初次来伦敦，要到莱顿霍尔街她叔叔家去做事。这天上午她正穿过摄政公园，却被坐在椅子上的一对男女吓了一大跳：那个年轻女人似乎是外国人，那个男的，看上去疯疯癫癫。即使到她老的时候，她也不会忘却这一情景。到那时，她的记忆中又会浮现五十年前某一个和煦的夏日早晨，她如何走过摄政公园的一幕，因为她仅仅十九岁，终于有机会来到伦敦；可是这一对男女多么古怪呀，她向他们问路，女的显得很吃惊，猛地做了个手势，而那个男人呢——看上去真不对劲，也许他俩正在吵嘴，也许正在诀别，也许……她知道他俩之间肯定出了什么事。现在，所有这些人（她已回到公园的大路上），这些石制花坛、整齐的花朵以及坐在轮椅上的老头，他们多数是病人——这一切与爱丁堡相比，都显得别扭。梅西·约翰逊加入了那群迎着微风缓步向前、目光迷离者的行列——松鼠栖息在枝头，用嘴巴啄着，梳理毛皮；小水池边麻雀展翅飞翔，寻找着面包屑；几条狗儿一刻不停地围着栏杆嬉戏，或互相追逐；同时，和风吹拂着他们，给他们那种冷漠地看待生活的凝视增添了几分怪诞和平静——当梅西·约翰逊加入这一行列时，她真想大叫一声"嗬！"（因为那个坐在椅子上的青年男子把她吓坏了，她知道肯定出了什么事。）

可怕！可怕！她想哭泣。（她离开了亲人，他们曾警告她会出什么事的。）

为什么她不待在家里？她呼喊着，一面转动铁栏杆上的圆把手。

————————————————

① 苏格兰首府。

登普斯特太太（她常在摄政公园里吃早饭，把面包屑留给松鼠）在想：那姑娘依然十分无知；说真的，她认为还不如长得胖一点、懒散一点、期望少一点的好。她的女儿珀西爱喝酒。登普斯特太太感到，还是有个儿子好些。她在生活中吃了不少苦，如今看到像这样的一位姑娘，她不由得微笑起来。你会嫁人的，因为你长得够漂亮，登普斯特太太心里想。去嫁人吧，那时你就会明白喽。哦，那些厨师，等等。每个男人都有特殊的性子。要是当时我能知道的话，会不会作出那样的选择呢？登普斯特太太扪心自问。她不禁想悄悄地向梅西·约翰逊进一言，让自己那布满皱纹的脸感受怜悯的一吻。她的生活可真不容易呐，她想。为了生活，她还有什么没牺牲的呢？玫瑰花，体态，还有腿形（她把裙下肉团般的双脚并拢）。

玫瑰花，她觉得可笑。全是废话，亲爱的。因为事实上，由于生活中有吃有喝，寻找伴侣，有欢乐也有悲伤，生活不仅是玫瑰花嘛。而且，让我告诉你，卡里·登普斯特并不愿与肯蒂什城①中的任何女人交换命运。但是，她祈求怜悯。为了失去的玫瑰，怜悯她吧。她请求站在风信子花床旁的梅西·约翰逊给予她怜悯。

啊，瞧那架飞机！登普斯特太太不是总想到国外观光吗？她有个侄儿，是在异乡的传教士。飞机迅速直上高空。她总是到玛甘特②去出海，但并不远航，始终让陆地呈现在她视野之中。她讨厌那些怕水的女人。飞机一掠而过，又垂下飞行，她害怕得心都快跳了出来。飞机又往上冲去。登普斯特太太吃得准，驾驶飞机的准是个好样的小伙子。飞机迅捷地越飞越远，逐渐模糊，又继续往远处急速飞行：飞过格林威治③，

---

① 伦敦西北部地区。
② 英格兰东南部肯特郡内沿海城市。
③ 伦敦东南市镇，格林威治天文台旧址，为地球经度起算点。

飞过所有的船桅，飞过一栋栋灰色教堂，其中有圣·保罗大教堂①和其他教堂；终于，在伦敦两边展现了田野和深棕色树林，爱冒险的鸫鸟在林子里勇敢地跳跃，迅速地一瞥就啄起一只蜗牛，放在石块上猛击，一下、两下、三下。

飞机急速往远处飞去，最后只剩下一个闪亮的光点：那是理想，是凝聚点，象征人的灵魂（本特利先生就这样认为，他正在格林威治精力充沛地平整他那块草地）；它也象征着人决心通过思维、爱因斯坦、推测、数学和孟德尔学说②去挣脱躯壳，离开住宅而远走高飞——本特利先生正在雪松四周清扫，一边这样思索着——飞机又迅疾地飞去了。

尔后，一个衣衫褴褛、普普通通的男人挟着只皮包迟疑地站在圣·保罗大教堂的台阶上，因为教堂里一片芳香，多么热忱的欢迎，多少个飘扬着旗帜的坟墓，那是胜利的标志，但不是战胜军队的标志，而是战胜那烦扰的追求真理之心，他思忖，正是这种心思使我茫然若失；况且，他想，教堂还给予你伴侣，邀请你成为社团的一员，大人物属于它，殉难者为它牺牲；他兀自想，为什么不进去呢？把这个装满传单的皮包放在圣台与十字架前，它们象征一种已升华到无从寻求、无从问讯、亦无法表达而变得虚无飘渺的东西——他想，为什么不进去呢？正当他踟蹰之时，飞机又出现在勒德门圆形广场上空。

多奇怪，一片岑寂，阒无声息，惟有车辆在行驶。飞机似乎没有人指挥一般，任意地疾飞。当下它不断升入高空，直上霄汉，仿佛是什么

---

① 伦敦著名大教堂，建于 1711 年，为英国大建筑师克利斯朵弗·雷恩爵士（1632—1723）的杰作之一。

② 孟德尔学说：奥地利科学家孟德尔（1822—1884）创导的遗传学理论。他根据豌豆杂交试验的结果，于 1865 年发表《植物杂交试验》论文，首先提出遗传单位（即"基因"）的概念，并阐明其遗传规律，即孟德尔定律。

物体，纯粹为了娱乐，欣喜若狂地上升，机身后面喷出一团白烟，在蓝天盘旋，描出字母 T、O 和 F。

"他们在看什么？"克拉丽莎·达洛卫问开门的女仆。

这所房子的大厅凉快得像个地窖。达洛卫夫人把手遮在眼睛上方。当露西把门关上时，达洛卫夫人听见露西的裙子发出窸窣声，感到自己像个远离尘世的修女，觉察到熟悉的面纱裹住了面容，往日的虔诚得到了报答。厨娘在厨房里吹口哨。她听到打字机的嗒嗒声，这便是她的生活，她靠着大厅的桌子，垂下头，领受着这种影响，感到获得了祝福，心灵亦净化了。她拿起记录电话内容的小本子，喃喃自语：这样的时刻是生命之树上的蓓蕾、黑暗中的花朵（仿佛有一朵可爱的玫瑰在为她一个人苞放）；她拿起了小本子，一面思忖：自己一刻也没有信仰过上帝，但正因为如此，她更需要在日常生活中对仆人，还有对狗和鸟儿予以报答，主要的是要报答她的生活的支柱、她的丈夫理查德——报答那些欢快的声音、绿色的灯光，甚至那厨娘的口哨声，因为沃克太太是爱尔兰人，整天都在吹口哨呢——她想，人必须偿还这些悄悄积贮的美好时刻。她拿起小本子，露西站在一旁，试图向她解释：

"太太，达洛卫先生……"

克拉丽莎继续看本子上记的电话："布鲁顿夫人想知道，达洛卫先生是否能与她共进午餐？"

"太太，达洛卫先生让我告诉您，他不回来吃午饭了。"

"天哪！"克拉丽莎嚷道，她这样说是为了使露西也能感受她的失望（并非痛苦），使她感到她们之间的默契，领会其中的含义，并体验绅士淑女如何相爱，同时平静地憧憬自己的未来；露西小心地拿起达洛卫夫人的阳伞，仿佛那是女神战胜归来时留下的神圣武器，随即把它放在伞架上。

"再也不要怕,"克拉丽莎勉励自己。再也不怕太阳的炎热。因为,布鲁顿夫人请理查德而不请她参加午宴,这件事使她觉得安身立命的时刻晃动了,犹如河床上一棵草感到船桨的划动而摇曳不定,她也同样地摇晃,同样地颤抖。

米利森特·布鲁顿没有邀请她。据说她的午宴别具一格,挺有味儿。庸俗的妒忌不能离间自己和理查德的感情,可是她怕光阴似箭,从布鲁顿夫人脸上她就看到生命逐渐萎缩,好似刻在冰冷石块上的日晷;年复一年,她的生命一点一点被切除;余下的时光不能再像青春时期那样延伸,去吸取生存的色彩、风味和音调。以前,当她走进一个房间,室内便充满她的气息,当她站在客厅门口踌躇片刻时,常会领略一种美妙的悬念,恰似跳水员即将纵身跳下而感到捉摸不定,迟疑不前,因为在他下面,海水忽明忽暗,波浪眼看要訇然卷腾,却只轻柔地拨开水面,滚滚向前,掀起水珠晶莹的蔓草,旋即卷过,把它们隐没了。

她把本子放在大厅桌上,然后手扶栏杆,悠悠地起步上楼,似乎她赴宴归来,宴会上这个或那个朋友反射出她的音容笑貌;似乎她关上门,走了出来,孤零零地面对可怖的黑夜,或者,更确切地说,面对这个实实在在的六月早晨的凝视;不过她知道并且感到,这一天的早晨对某些人来说,却发出玫瑰花瓣似的柔和的光辉;她停留在打开的楼梯窗口,它传来帷帘的飘拍声和狗的吠声,也带来一天的磨练、成长和成熟;她觉得自己一下子萎缩了,衰老了,胸脯都瘪了;恍惚自己在户外,在窗外,悠悠忽忽地脱离自己的躯壳和昏昏沉沉的头脑;这一切都是因为布鲁顿夫人没有请她参加午宴,据说那位夫人的午宴挺有味儿哩。

就像修女退隐,又像孩子在宝塔上探险,她走上楼去,在窗前停留片刻，走进浴室。室内铺着绿色地毡，有一个水龙头在滴水。生命的核心一片空虚，宛如空荡荡的小阁楼。女人必须摘下漂亮的衣饰。她们必须在中午卸装。她把发针插入针插，把缀着羽毛的黄帽子放在床上。宽大的白床单十分洁净，两边拉得笔挺。她的床会越来越窄。半支蜡烛已燃尽。她曾经入迷地读马伯特男爵的回忆录，在深夜里念着关于从莫斯科撤退的记载。因为议院会议很长，理查德回来得晚，所以他坚持，必须让她在病后独自安睡。然而，实际上她宁愿读有关从莫斯科撤退的记载。这一点他也知道。于是她便独自睡在斗室中，在一张窄床上；由于睡不好，就躺着看书，心里总感到，自己虽然生过孩子，却依然保持童贞，这一想法恰如裹在身上的床单，无法消除。她在少女时期多么可爱，而忽然，有那么一刻——譬如那一回在克利夫登树林下的河岸边——当时，就由于那种冷漠的性情，她让他失望了。另一回是在康斯坦丁堡，以后一再发生同样的情况。她知道自己的缺陷。说到底，既不是美貌，也不是理智，而是一种内在的核心，渗透全身；一种热烈的情感冲破表层，使男女或女性之间冷淡的接触变得波动。她能隐约地觉察到这点。她厌恶它，对它怀有莫名其妙的戒心，她觉得，或许是天生的，乃是（一贯明智的）大自然所赐；可她有时却不禁被一个女人的魅力吸引，并非被一个少女，而是被一个诉说自己的困窘或愚蠢行为的女人所吸引，她们经常来向她倾诉。不管是出于怜悯，还是迷恋她们的美貌，或者因为自己年长，或者完全由于偶然的巧合——譬如，闻到一缕幽香，听到邻家的小提琴声（在某种时刻，声音的力量如此奇异）——她在那时确实感受到人们均有的感觉。这一感觉瞬息即逝，但已足够。那是一种骤然的启示，恰如一丝红晕，仿佛一个人在脸红时，想遏制，却越涨越红，也就任其自然，急忙跑到最远的角落，在那里微微颤抖，感到外界逼近、膨胀、孕育着某种惊人的意蕴、某种压不住的狂喜，它冲破稀薄的表层，喷涌而出，带着无穷的慰藉，去填补裂痕和创痛。然后，就在那一瞬间，她看见了光明：一根火柴在一朵藏红花中燃烧，一种内涵的奥妙几乎得到诠释了。然而，近景消失，坚硬的物质软化了。那一瞬间——消逝了。同这些时刻（包括跟女人在一起的时刻）相比（她放下帽子），眼前只有一张床、马伯特男爵的书、烧剩的半支蜡烛。她躺在床上，无法入眠，听见地板发出嘎吱嘎吱的响声，灯光照亮的屋子蓦地暗下来；要是她抬起头，便能隐约听到理查德非常轻地转动门把时发出微微的咔嗒声，他只穿着袜子，蹑手蹑脚地上楼，却经常失手把热水袋掉在地上，于是他狠狠地骂自己！当下，她笑得多欢呵！

可是（她把外套撂在一边，思索着），关于爱情这一问题，同女人的相爱，又是怎么回事呢？就说萨利·赛顿吧，自己过去和萨利·赛顿的关系，难道不是爱情吗？

萨利坐在地板上——那是她对萨利的第一个印象——双手抱膝，坐在地板上抽烟。是在哪儿？是在曼宁家吗？还是在金洛克·琼斯家？反正是在某次聚会上（她记不清地点了），因为她清楚地记得，自己问过那个跟她在一起的男子："那是谁？"他告诉了她，又说，萨利的父母关系不好。（当时她大为吃惊——做父母的竟然会吵架！）不过她的眼光整晚都离不开萨利。她具有克拉丽莎最爱慕的那种独特的美：黝黑的皮肤，大大的眼睛，还有一种近乎放浪的性格，好像她无论说什么、做什么都毫无顾忌，这种性格正是克拉丽莎缺乏的，因而一直羡慕；这种性格多半外国人有，在英国妇女身上却不寻常。萨利总说她有法国血统。她的一个祖先曾当过玛丽·安东内特王后[①]的侍臣，被砍了

---

① 玛丽·安东内特(1755—1793)，法国王后，路易十六之妻。在法国大革命期间被送上断头台。

头，留下一只红宝石戒指。那年夏天萨利到布尔顿来住一阵，有一天晚饭后，她突然出乎意料地闯进门来，身上一文莫名，兴许为了她这种行径，可怜的海伦娜姑妈十分恼火，始终没有原谅她。原来萨利家中发生了一场大争吵，她一气之下冲出了家门。当她来到克拉丽莎家时，确实身无分文——她典押了一枚胸针才来成的。那一晚，她俩整整谈了个通宵。萨利使她第一次感到布尔顿的生活多么闭塞。她对于性爱一窍不通——对社会问题也一无所知。有一次，她曾看见一个老头暴死在田里——也曾看到刚产下牛犊的母牛，想跟人谈谈，可是海伦娜姑妈从不喜欢谈任何事情（当萨利给她看威廉·莫里斯①的书时，不得不用棕色纸包上封面）。她与萨利坐在顶楼上她的卧室内，连续几小时絮絮而谈。她们讨论生活，讨论如何去改造世界。她们要建立一个废除私有财产的社会，还确实为此写过一封信呢，但并未寄出。诚然，那是萨利的主意——不过，她很快就和萨利同样激动——早餐前坐在床上读柏拉图的哲学著作，也读莫里斯的文章，还按钟点念雪莱的诗哩。

萨利的力量令人惊叹，她天赋高，有个性。譬如，她对花的态度就不寻常。在布尔顿，家里人总在桌子上摆一排呆板的花瓶，萨利却到外面采来了蜀葵、大丽花——还有各色各样的鲜花，人们从未见过这些花摆在一起——她把花朵摘下，放在一碗碗水中，让它们在水面漂浮。当夕阳西下，人们进来吃晚饭时，看到这一景象，确实感到别致。（当然，海伦娜姑妈认为那样对待花是作孽。）还有一次，她去洗澡，忘了拿海绵，就光着身子沿走廊跑去。那个阴郁的老女仆埃伦·阿特金斯到处咕哝——"要是给哪位先生看见了可怎么办？"说真的，萨利的

---

① 威廉·莫里斯(1834—1896)，英国诗人、散文家、小说家、美术家，信仰空想社会主义。

确叫人震惊。父亲则嫌她不注意修饰。

回想起来，感到奇怪的是，她对萨利的感情又纯洁又忠诚，不同于对男子的感情。毫无私心，而且，还有一种只能存在于女人之间，尤其是刚成年的女子之间的特性。对于她来说，这种感情始终是保护性的，它的形成来自于一种合谋，一种预感，仿佛有什么东西必然会把她俩拆散（她们谈起婚姻，总把它说成灾难），因而就产生了这种骑士精神，一种保护性的感情。同萨利相比，这感情在她身上表现得更为明显；因为在那些日子里，萨利完全肆无忌惮，为了表现一番，她会干出最荒谬的勾当来，譬如绕着平台的栏杆骑自行车，抽雪茄烟。她确实荒唐——荒唐透顶！可是，至少对于她来说，萨利的魅力是不可抗拒的，至今依然记得，自己曾站在那顶楼卧室里，手里握着暖水壶，朗朗自语："她就在这屋檐下……她就在这屋檐下！"

然而，这些话如今对她毫无意义了，甚至不能引起她旧情复萌。但是记忆里还保存着昔日的情景：她激动得浑身发冷，如醉如痴地梳理头发（现在当她取下发针，放在桌台上，开始梳头时，往昔的感情又涌上心头），白嘴鸦在浅红色暮霭中得意地上下飞舞，她穿戴整齐，走下楼去，当她穿过大厅时，心中感到："要是此刻死去，那将是莫大的幸福。"这便是她的心情——奥赛罗式的心情，她深信自己的感情与莎士比亚想让奥赛罗感受的情感同样强烈，而这一切都是由于她穿着白上衣，下楼去吃饭，将与萨利·赛顿相见！

萨利穿了件粉红色的薄纱衫——这可能吗？不管怎样，她看上去全身发亮，光彩夺人，像小鸟儿，又像飘来的气泡，在荆棘丛中附丽片刻。一个人在恋爱时（这难道不是恋爱吗），最难理解的是，别人竟会无动于衷。海伦娜姑妈吃完饭就走开了，父亲在看报。彼得·沃尔什可能也在场，兴许还有老卡明斯小姐；约瑟夫·布赖科普夫肯定也在，因为这可怜的老人每年夏天都要住好几个星期，假装和她一起读德文，实际上却在弹钢琴，用拙劣的声调唱勃拉姆斯[1]的乐曲。

这一切只是为了衬托萨利而已。她站在炉边和克拉丽莎的父亲谈话，声音娓娓动听，使她所说的一切听起来像一种爱抚，父亲也不由得被她吸引了（他曾借给她一本书，后来却发现书被搁在露台上，淋得湿透，对此他始终不能忘怀），随即她突然说："闷在屋里太可惜啦！"于是他们就到露台上来回散步。彼得·沃尔什与约瑟夫·布赖科普夫继续谈着瓦格纳，她和萨利稍微落在后面。随后，她俩走过一个种着花的石瓮，这时，她整个生命中最美妙的时刻来到了：萨利止步，摘下一朵花，亲吻了她的嘴唇。当时的情景可以说是天翻地覆！别人都消失了，只有她与萨利。她觉得自己得到了一件包好的礼物，要她收藏，但不能窥视——然而，当他们（来来回回，来来回回）散步时，她偷偷瞅了一下，那是一颗钻石，一件无价之宝，外面包上封皮，也许是宝石的光芒透射出来，那是神灵的启示，宗教的感情！——正在此刻，老约瑟夫和彼得走到她俩面前：

"在看星星吗？"彼得问。

就像一个人在黑暗中撞在花岗石墙上！多讨厌，多可怕！

并非为了自己而有这感觉。她只是感到萨利被伤害与虐待了；她觉察到彼得的敌意，他的嫉妒，以及他要介入她与萨利之间的决心。这一切她看得很清楚，恰如人们在闪电的刹那间看清一片景色——而萨利（克拉丽莎从未那么强烈地爱慕她！）却昂然置之不理，我行我素。她笑起来，还让老约瑟夫告诉她星星的名字，这却是他十分乐意地认真做的事。她站着，倾听着。她听到了星星的名字。

---

[1] 勃拉姆斯（1833—1897），继承巴赫与贝多芬传统的德国古典派作曲家。

"嚯，这真可怕！"克拉丽莎自言自语，仿佛她一直预感到，会有什么事情来扰乱、破坏她那幸福的时刻。

然而，以后彼得给了她多少情谊呵！每逢想起他来，不知怎的，她总会记得跟他的争吵——也许是因为她非常需要他对她的好评。他常用这些词语评论她："多愁善感"，"讲究文明"；她每天的生活都从这些话开端，好像是他在保护她。她读的一本书是"感伤"的，她对待生活的态度也是"感伤"的。如今，她一味回忆过去或许也是"多愁善感"吧。不知道他回国后会怎么想呢？她沉思着。

会不会认为她老了？他回来后会这样说吗？兴许是她觉察他心中认为她老了呢？确实，打从病后，她的脸色几乎苍白了。

她把胸针放在桌上，感到一阵战栗，仿佛在她陷入沉思时，冰凉的爪子已乘机钻入她体内。她尚未衰老，五十二岁刚开头嘛，还有好多个月份要过哩：六月、七月、八月！每个月几乎都完整无缺。克拉丽莎（走到梳妆台旁）似乎想抓住流逝的年华，她把整个身心都倾注到这一瞬间的核心中，使它停留不动——这六月清晨的时刻，在它之上积聚着其他一切早晨的压力，她重新看到了镜子、梳妆台和所有的瓶子，她（瞧着镜子）把全身都集中在一点上，在镜中只见当晚将举行宴会的女人那张粉红色的、娇嫩的脸，克拉丽莎·达洛卫的脸，她自己的面孔。

她曾无数次端详自己的面孔，每次总是同样精微地收敛。对镜自照时，她撅起嘴，使脸型变得尖锐。这便是她的写照——尖刻，像梭镖，斩钉截铁。那就是她自己，当一种力量、一种要求她保持本色的召唤，把身上各个部分汇合在一起（只有她知道它们多么不同，多么矛盾），组合起来，以至世界只有一个中心，一颗钻石，一个坐在客厅里的女人，并且形成一个凝聚点，无疑它将给生活枯燥的人们带来光辉，兴许能为孤独的人提供庇荫所；她曾经帮助青年，他们感激她；她曾试图始终如一，永不显露她的其他方面——错误、妒忌、虚荣和猜疑，例如对于布鲁顿夫人不请她赴宴的不满；她（终于开始梳头）感到这太卑鄙了！不过，她的衣裙在哪儿呢？

她的晚礼服挂在衣柜内。克拉丽莎把手伸入柔软的衣服中，轻轻取下绿色的裙子，拿到窗边。裙子被她撕坏了。有人踩过裙子。在使馆的宴会上，她觉得裙子最上面的褶裥处有一处裂开了。在灯光下，绿色挺鲜艳，可是这会儿在阳光下却显得暗淡无光。她要把裙子补好。女佣要做的事已经够多了。她得把绸料、剪刀，以及——是什么呢？——是了，还有顶针，都拿到会客室去，因为她还得写信，并且要照看一下，是否一切都大致进行得有条不紊。

她在楼梯口停住脚步，眼帘中映入那钻石的形状和孤单的人影，心里想，一个主妇会掌握自己家里特定时刻的气氛和情绪，委实不可思议！细微的声息通过楼梯盘旋而上：拖把的嚓嚓声，轻扣声，敲门声，大门打开时的嘈杂声，地下室里谁的话声，银器碰在圆盘上的铿锵声，那是为宴会准备的洁净银器。一切都在为宴会准备呐。

（露西端着盘子走进客厅，把大蜡烛台放在壁炉架上，银盒摆在中间，又把水晶海豚转过来对着时钟。客人们将来临，站在客厅里；那些女士先生们将会细声细气地谈话，那种声调她也能模仿呢。在所有人之中，她的女主人最可爱——她是这些银器、瓷器、亚麻织物的女主人；阳光、银器、脱下铰链的门、朗姆帕尔梅耶商店派来的伙计，这一切使她感到完成了某种使命。她把裁纸刀放在雕花桌上，心中这么思忖着。在坎特汉姆，她初次在一家面包铺里干活，当时，她偷偷地窥探玻璃橱窗，对店中的一些老朋友说：看啊！看啊！那是安吉拉夫人，她是玛丽公主的侍从。当下，达洛卫夫人走了进来。）

"啊，露西，"她说，"银器看上去真美！"

她把水晶海豚竖直放好，说："昨晚的戏你喜欢吗？""喔，戏还没散，他们就得回家了！"露西说，"他们一定得在十点前赶回，"她说，"所以他们不知道结局怎样，"她又说。"那真不幸，"达洛卫夫人道。（她的仆人只要得到她允许就可以迟一些回家。）"太不应该了，"她说，随手拿起沙发中间一个看上去光秃秃的旧靠垫，塞到露西臂弯里，轻轻推了她一下，说："把它拿走！送给沃克太太，就说我向她问好！拿去吧！"

露西抱着垫子，在客厅门边站住，脸上微微泛出红晕，异常羞赧地问达洛卫夫人，能否让她帮夫人补那条裙子。

可是，达洛卫夫人说，露西自己的事已经忙不过来了，不用补裙子事情就够多了。

"尽管如此，谢谢你，露西，谢谢你，"达洛卫夫人道。她一再说着谢谢你，谢谢你（她在沙发上坐下，膝盖上放着裙子，还有剪刀和绸料），她内心怀着对仆人的感激，不断说谢谢你，谢谢你。因为他们帮了她的忙，使她成为现在这样温柔、宽厚，这正是她希望的。仆人们喜欢她。来看看这条裙子吧——撕破的地方在哪儿呢？这下该穿针引线了。她最喜欢这条裙子，那是萨利·帕克缝制的，噢，这几乎是她缝的最后一条裙子了，因为萨利已经退休，住在伊林①。假如我有一刻空闲（不过她再也不会有一点空闲），克拉丽莎心想，我要到伊林去探望她。萨利·帕克很有个性，是个真正的艺术家。她又想起萨利的一些稍微越轨的举动，可她缝的裙子却从不怪样。在哈特菲尔德，在白金汉宫穿着都挺合适。她曾穿着萨利缝的裙子去过那两处哩。

她一针又一针，把丝绸轻巧而妥帖地缝上，把绿色褶边收拢，又轻

---

① 伦敦之西一地区。

轻地缝在腰带上，此时，整个身心有一种恬静之感，使她觉得安详、满足。正如夏日的波浪汇合，失却平衡，四处流散；汇合，流散；整个世界似乎愈来愈深沉地说："如此而已，"直到那躺在海边沙滩阳光下的人在内心也说：如此而已。再也不要怕，心灵在说。再也不要怕，心灵在说，把沉重的负担交给大海吧，它为众生悲哀叹息，然后又更新，开始，聚合，任意流散。惟有躯体倾听着飞翔的蜜蜂嗡鸣；波涛汹涌，狗儿吠叫，在远处不断地吠叫、吠叫。

"天哪，前门有人揿铃！"克拉丽莎喊道，停止了缝纫，侧耳倾听。

"达洛卫夫人会见我的，"一位上了年纪的男子在前厅说。"嗯，是的，她会见我的，"他重复说，非常慈祥地轻轻推开露西，十分矫捷地奔上楼去。"是的，是的，是的，"他一边快步上楼，一边低语着，"她会见我的。在印度待了五年啦，克拉丽莎会见我的。"

"是谁——是什么——"达洛卫夫人心中纳闷（这太过分了，在她要举行宴会这天的早晨十一点钟，竟会有人来打扰），她听见楼梯上响起脚步声。有人把手按在门上。她急忙藏起裙子，犹如处女守身如玉，幽居独处。这当儿，铜把手转动了，门打开了，走进一个男子——刹那间，她想不起他叫什么名字！她看到他只觉得如此惊讶、高兴和羞怯！她万万没想到彼得·沃尔什会在早晨意外地来看她！（她没看他的信。）

"你好吗？"彼得·沃尔什确实颤抖着说；他握住她的双手，吻她的双手。他坐了下来，心中感到她比以前见老了。我不会跟她直说的，他想，可她的确比以前老了。她在看我呢，他想，突然觉得窘迫，尽管他吻过她的手。他把手伸进口袋，掏出一柄大折刀，刀口半开着。

他一点也没变，克拉丽莎心想，依然那种古怪的神情，依然那种格子衣服；脸色不那么光润了，敢情是干瘦了些，可他看上去挺硬朗，丝毫没变。

"又见到你了，真是太好啦！"她激动地说。彼得拨开折刀。他的举止就是这样，她想。

他告诉她，他昨晚刚到，立即到乡下去了。境况如何？大家都好吗？——理查德好吗？伊丽莎白好吗？

"这些是做什么的？"他用折刀指着她的绿裙子，问道。

他穿得挺讲究，克拉丽莎想，不过他总爱指责我。

她正在补裙子，和往常一样补裙子，他思忖；我在印度的全部时光，她就这么坐着，缝补裙子；四处逛荡，参加宴会；或是急急忙忙赶到议会旁听，又匆匆回家，等等；他想到如此种种，心情越来越烦躁，激动；他认为，对于某些女子来说，世上最糟糕的事莫过于结婚，参与政治，嫁给一个保守党人，就像那位可敬的理查德。没错儿，正是这么回事，他思量着，啪的一声把折刀合拢。

"理查德很好，他在委员会开会，"克拉丽莎说。

她打开剪刀，一面告诉他，她家今晚有宴会。她这就把裙子补完，他介意吗？

"我不想请你来赴会，"她说，"我亲爱的彼得！"

真令人心醉，听着她这么称呼——我亲爱的彼得！真的，这一切都很美妙——银器、椅子，全都令人陶醉！

为什么她不想请他来赴会呢？他问她。

啊，克拉丽莎心想，当然，他令人神往！令人万分神往！现在还记得，在那可厌的夏天，总是下不了决心拒绝嫁给他——可是，真奇怪，为什么后来又打定主意不嫁给他呢？

"实在不可思议，今天早晨你竟然会来！"她大声说，两手交叠着，搁在裙子上。

"还记得吧，"她说，"在布尔顿的时候，窗帘总是不断飘动？"

"是嘛，"他说，心中回忆起独自与她的父亲一起用早餐时的窘态；她的父亲已去世，他没有给克拉丽莎写信安慰；他和她的父亲老帕里，那个满腹牢骚、优柔寡断的老头贾斯廷·帕里，向来就合不拢。

"我常希望能与你父亲相处得更融洽些，"他说。

"但是，他从未喜欢过任何一个想要……从未喜欢过我的朋友，"克拉丽莎说；她恨不得咬住舌头，竟然这样提醒彼得，让他想起他曾想娶她呢。

我当然想娶你，彼得心想；那件事几乎叫我心碎；他沉湎在悲哀的情思里，那痛苦犹如从平台上望去的月亮冉冉上升，沐浴在暮色中，显出一种苍白的美。从那以后，他想，我从未如此悲伤。他向克拉丽莎挨近一点，仿佛他真的坐在平台上；他伸出手去，举起来，又垂下。那一轮明月就悬挂在他们的上空。月光下，她仿佛与他并肩坐在平台上。

"现在赫伯特住在布尔顿，"她告诉他，"如今我再也不去那里了。"

然后，正如在月光下平台上发生的情景，一个因为已经厌倦而感到内疚，另一个却默默地坐着，十分安静，忧郁地望着月亮，不愿说话，只是动动脚，清清嗓子，注意到桌腿上的一种涡形铁花纹，拨动一片树叶，一声不吭——彼得眼下也是如此。因为他在想，为何要重温旧梦呢？为什么又要他回忆往事呢？她已经那么残酷地折磨过他，干吗还要让他痛苦？为什么？

"你记得那湖水吗？"她很不自然地问道。她心潮起伏，因而喉部肌肉也变得紧张，当她说到"湖"字时，嘴唇也颤抖起来。因为她既是个孩子，曾站在父母中间给鸭子喂食，又是一个成年的女人，怀抱着自己的生活，走向伫立湖边的父母，走近时，她怀抱的生活越来越丰满，终于变成完整的生活、充实的生活，她把这生活交给他们，并且说："这就是我创造的生活！就是这个！"可她创造的是什么样的生活呢？究竟是什么？只不过今儿早晨和彼得一起坐着缝衣服罢了。

她瞅着彼得·沃尔什，她的眼光掠过整个那段时间和那种情感，疑惑地落到他身上，又泪盈盈地逗留在他身上；而后向上飘去，仿佛小鸟在枝头触一下便往高处飞去。她毫不掩饰地擦了擦眼睛。

"是的，"彼得说，"是的，是的，是的。"他反复说，似乎她把什么东西拨到表面，随着它的浮现，他被刺伤了。住口！住口！他想哭泣，因为他并不年老，他的生命尚未结束，绝对没有，他五十刚出头。要不要告诉她呢？他寻思着。他很想实情相告，但又觉得她太冷酷，一味拿着剪刀做针线；在克拉丽莎身旁，戴西会显得十分平庸。克拉丽莎会把他看作失败者，他想。在他们眼中，在达洛卫一家的眼中，我是个失败者。不错，对于这点他毫不怀疑，他是个失败者；倘若与这一切相比——镂花桌子、镶宝石的裁纸刀、海豚装饰品、烛台、椅套，还有那些珍贵的古老的英国套色版画——他是个失败者！然而，我厌恶包含在这一切之中的沾沾自喜，他想；那是理查德热衷的东西，不是克拉丽莎，不过她嫁给了他。（这当儿露西端着银盘走进来，啊，更多的银器；当她弯腰把盘子放下时，他觉得她纤细迷人，姿态妩媚。）然而，这一切却不断在继续！一周又一周，克拉丽莎的一生就这么流逝了；而我呢——他思索着；须臾，一切事物都从他身上射出光芒：旅途，骑马，争吵，探险，桥牌，恋爱，工作，工作，工作！他公然拿出他的折刀——就是他那把牛角柄旧折刀，克拉丽莎吃得准，这三十年来他始终带着它——紧紧地攥在掌中。

多古怪的习惯，克拉丽莎心想，老是拿着刀子玩儿，老是让人感到自己也变得轻佻，无聊，空虚，正如他向来所说的，只不过是个傻乎乎的话匣子。她拿起了针，觉得自己好比一个没有人保护的女皇（彼得突然来访使她十分惊讶——使她感到烦恼），她的卫兵都已熟睡，任何人都可以溜进来，看见她躺在荆棘丛生的地方，不过，她要企求援助，想想自己的成就和喜爱的事情，把这一切召唤到身边：她的丈夫，伊丽莎白，她自己；总之，她要召唤一切，来驱散那敌人。对于现在这一切，彼得几乎一无所知哩。

"近来你在干些什么？"她问。宛如在战斗前夕，战马脚掌刨地，高昂着头，阳光照射到两边的胁腹，颈部弯成弧形，同样地，彼得和克拉丽莎并肩坐在蓝色沙发上，互相挑战。他的力量从身体内冲击，翻滚。他从各方面集中了各式各样的事情：对他的赞扬，他在牛津大学的经历，他的婚姻（克拉丽莎对此毫不知情），他的热恋。总而言之，他完成了自己的使命。

"成千上万件事呀！"他大声说。这一股积聚的力量此刻横冲直撞，叫他感到惊喜交集，仿佛被一些他看不见的人们抬上了肩，在半空中疾驰，在这股力量的激励下，他把手举到额前。

克拉丽莎坐得笔直，屏住呼吸。

"我在恋爱，"他说，但不是对克拉丽莎说，而是对着黑暗中被举起的某个女人所说，人们无法触摸她，只能在黑暗中把花环放在草地上，献给她。

"我在恋爱，"他重复说，这一回对着克拉丽莎说了，语气相当平板。"爱上了一位在印度的姑娘。"他已献上花环，随便克拉丽莎怎么想吧。

"恋爱！"她说。在他这一把年纪，戴着个小领结，居然还受到这个妖魔的摆布！瞧他的脖子瘦得没有一丁点儿肉，手都发红了，何况他还比我大六个月呐！她把眼光射回自己身上，可心里仍然感到——他在恋爱。她感觉到，他有了爱情，他在恋爱。

但是，那不可征服的私心永远要践踏对手，就像河水总是向前奔流，向前，向前；尽管它也承认，对人们来说，没有任何目标，却依然勇往直前；这种不可征服的私心使她的双颊泛红，显得很年轻，很健康；她的眼睛闪亮，身子微微颤抖地坐着，裙子散在膝上，针插在绿绸末端。他在恋爱！可不是爱她。当然是爱一个更年轻的女人。

"她是谁？"她问。

现在必须把这尊雕像①从高处取下，放在他们中间。

"不幸，她已嫁给别人了，"他说，"丈夫是个印度陆军少校。"

他就这么可笑地把她奉献给了克拉丽莎，脸上露出一丝古怪的笑容，甜蜜之中带着嘲弄。

（不过，他仍然在恋爱，克拉丽莎想。）

"她有两个孩子，一男一女。"彼得非常理智地说下去，"我这次是来和我的律师商议离婚手续的。"

喏，告诉你了——她与两个孩子！他心想。克拉丽莎，你对他们怎么想，就怎么想吧！他们就在那儿！时间一秒一秒地过去。当克拉丽莎在揣测他们时，彼得恍惚感到，那印度少校的妻子（他的戴西）和她的两个孩子变得越来越可爱，仿佛他叫盘里一个小灰球发出光华，一株可爱的小树冉冉升起，在那轻快而带有海水咸味的亲密气氛之中（因为在某种意义上，没有人像克拉丽莎那样理解他，同他的思想共鸣）——一株小树，在他俩亲密无间的气氛中苗生。

---

① 指彼得所爱的印度女子。

那个女人一定奉承他，欺骗他，克拉丽莎思忖；她大刀阔斧地唰、唰、唰三下，便勾勒出那个女人的轮廓，那印度陆军少校的老婆的轮廓。多糟糕！多愚蠢！彼得一生都这样被人愚弄，最初是被牛津开除，接着又在去印度的船上，同一个陌生女子结婚，如今又爱上了一个少校的婆娘——上帝保佑，当初她幸亏不嫁给他！可是，他在恋爱，她的好朋友、她亲爱的彼得，在恋爱哟。

"那么，你打算怎么办呢？"她问他。呃，那是林肯法律协会的胡珀—格雷脱莱事务所那些律师的事，他答道。接着，他竟然用大折刀修起指甲来。

看在老天爷分上，别玩那把折刀了！她抑制不住恼怒，在心中呼喊；他的放荡不羁、不谙世故，他的软弱无能，他对任何人的感情的茫无所知，始终叫她恼火，如今又使她生气了；这么一把年纪，多愚蠢呵！

这些我全明白，彼得想；他的手指摸着刀刃，心中寻思：我知道自己的对手是谁，就是克拉丽莎，达洛卫，还有他们那一帮人；但是，我要让克拉丽莎看到——这时，他莫名其妙地突然被一些无法控制的力量支配，完全失却平衡，不由得热泪盈眶，泫然流涕；他毫不感到羞耻地坐在沙发上啜泣，泪水从脸颊上淌下。

克拉丽莎俯身向前，拿起他的手，把他拉到自己身边，吻了他——确实感到他的脸贴着她的面颊，她硬压下胸中的热情，那翩翩飞舞的银光闪闪的羽衣，犹如热带阵风中飘荡的蒲苇；当她逐渐恢复平静后，便握着他的手，轻轻拍他的膝盖，舒服地靠着沙发，心里觉得，跟他在一起无限融洽、轻松；她忽然想起，如果我嫁给了他，这种快乐将会整天伴随着我哩！

对她来说，一切都已结束。床很窄，床单已铺上。她独自走上塔楼，撇下他们在阳光下采撷草莓。门已关上，在落下的泥灰扬起的尘埃和零乱的鸟窝之间，眼前的景象显得多么遥远，传来的声音听上去微弱、阴凉（她记得有一次在利思山上就是这样）；还有理查德，啊，理查德！她在内心呼唤，恍惚酣睡的人在夜半惊醒，在黑暗中伸出手来祈求援助。她重又想起理查德正与布鲁顿夫人共进午餐。理查德把我给撇下了，我永远是孤独的，她想，一面交叉双手，搁在膝盖上。

彼得·沃尔什已站起身来，走到窗前，背向着她，轻轻地挥动着一方印花大手帕。他看上去颇老练，而又乏味、寂寞；他那瘦削的肩胛把上衣微微掀起，他擤着鼻子，发出挺大的响声。把我带走吧，克拉丽莎一阵感情冲动，仿佛彼得即将开始伟大的航行；尔后，过了片刻，恰如异常激动人心、沁人肺腑的五幕剧已演完，她身历其境地度过了一生，曾经离家出走，与彼得一起生活，但此刻，这一切都烟消云散了。

应该行动了。她从沙发上站起来，向彼得走去，就像一个女人把东西整理舒齐，收拾起斗篷、手套、看戏用的望远镜，起身离开剧院，走到街上。

真令人不可思议，他想，当她走近时，带着轻微的叮当声、瑟瑟声，当她穿过房间时，竟然仍有一股魅力，仿佛当年，在夏天晚上，她能使月亮在布尔顿平台上升起，尽管他厌恶月亮。

"告诉我，"他抓住她的肩膀，"你幸福吗，克拉丽莎？理查德——"

门打开了。

"这是我的伊丽莎白，"克拉丽莎激动地说，兴许有点故作姿态。

"您好！"伊丽莎白走上前来。

在他们之间响起了大本钟铿锵有力的钟声，报告半点钟，犹如一个强壮、冷漠、不近人情的青年正使劲地扯着哑铃，忽而扯向这边，忽而扯向那边。

"你好，伊丽莎白！"彼得把手插进口袋，迈步向她走去，一边说了声"再见，克拉丽莎"，便头也不回，迅速走出房间，跑下楼梯，打开外厅的大门。

"彼得！彼得！"克拉丽莎追到楼梯口，"记住我的宴会！别忘了今晚我家的宴会！"她不得不提高嗓子，企图压下户外的喧嚣。彼得·沃尔什关上大门时，听见她呼喊："别忘了今晚我家的宴会！"那声音又细又远，淹没在车水马龙和万钟齐鸣的喧哗之中。

记住我的宴会，记住我的宴会，彼得·沃尔什走上大街，口中有节奏地自言自语，同大本钟报时的直截了当的声音保持协调。（一圈圈沉重的音波融入空中。）唔，这些宴会，克拉丽莎的宴会，他兀自寻思。为什么她要举行这些宴会呢？他想。不过，他并不怪她，也不责备迎面走来的身穿燕尾服、钮孔里插一朵康乃馨的所谓人。世界上只有一个人能像他那样，沉湎在恋爱中。这幸运儿便是他自己。此刻他的身影映现在维多利亚街上一家汽车制造商店的厚玻璃橱窗上。整个印度都是他的后盾：平原，山脉，霍乱，比爱尔兰更为辽阔的土地；他，彼得·沃尔什——独自作出的抉择；在他的一生中，他破天荒第一次真正恋爱。克拉丽莎变得严厉了，他想，而且，他怀疑她还有点感情用事。他望着那些庞大的汽车，它们能够——行驶多少英里？需要多少加仑汽油？因为他对机械比较内行，在他居住的地区里，他还发明过一种犁，并且从英国定购过手推车，遗憾的是那些劳工不愿使用这些工具。克拉丽莎对这一切毫不知情。

"这是我的伊丽莎白！"她说这句话的语气——叫他听了很不舒

服。为什么不简单地说"这是伊丽莎白"呢？不真诚。伊丽莎白也不喜欢她这样说。（那洪亮、沉重的钟声的余波仍然震荡着周围的空气，报告半点钟的钟声，时间尚早，刚十一点半。）因为他了解年轻人，喜欢年轻人。而在克拉丽莎身上，他总感到有那么一点儿冷酷。当她年轻时，她总有一种羞怯的心理，到了中年，这种心理变成了世俗观念，然后一事无成，一场空，他思索着，阴郁地望着那玻璃橱窗深处，心想，是否因为他在那一时刻去看她而惹她生气了？忽然，他只觉得羞愧难当，自己表现得像个傻瓜：哭泣，动了感情，把什么都告诉她，就跟往常一样，完全一样。

仿佛一片乌云遮住太阳，寂静笼罩伦敦，压抑人的心灵。一切努力停止了。时光拍击着桅杆。我们就此停顿，我们在此伫立。唯有僵硬的习俗的枯骨支撑着人体的骨架，里面却空空如也，彼得·沃尔什喃喃自语；他感到身体被掏空，内部什么也没有。克拉丽莎拒绝了我，他站着沉思，克拉丽莎拒绝了我。

好比一个女主人准时来到客厅，却发现客人已光临而为自己辩解那样，圣·玛格雷特教堂的钟声在诉说：我没有来迟。没有来迟，她说，现在正是十一点半；然而，尽管她绝对正确，她的声音却不愿显出个性，因为那是女主人一本正经的口吻。对过去的某种忧伤，对现在的某种关注，使她把个性隐藏。钟声在说：十一点半了。圣·玛格雷特教堂的钟声悄悄地钻入内心深处，消逝在一圈圈音波之中，仿佛是什么有生命的东西，要向自己倾诉衷肠，驱散自己，带着一阵幸福的颤抖去憩息——正如克拉丽莎穿着一身洁白的衣裳，随着钟声走下楼来，彼得·沃尔什心想。那便是克拉丽莎本人，他满怀激情、十分清晰而又莫名其妙地想起了她，似乎这样的钟声多年以前就在室内回荡，他俩相对而坐，心心相印，共享那缱绻的良辰，又似采蜜归去的蜂儿，满载着千金一刻的柔情蜜意而离去。不过，是在哪一个房间？在什么时刻？当钟声敲响时，他又为何感到如此心花怒放？过了一会，当圣·玛格雷特教堂的钟声渐渐减弱，他想到她曾经患病，那钟声表示虚弱和痛苦。他想象，那是她的心脏病发作；最后一下钟声蓦地响亮有力，那是震撼生命的丧钟，克拉丽莎在她的会客室内应声就地倒下。不！不！他呐喊着，她没有死！我也不老，他呐喊着，迈开大步走上白厅街，似乎光明的未来展现在眼前，充满活力，永无休止。

他丝毫不老，不顽固，也不乏味。至于他们那些人嘛——达洛卫喽、惠特布雷德喽，以及他们那一伙人对他的风言风语，他毫不在意——一点也不（虽然他有时确实不得不考虑，理查德能否给他找份差使）。他昂首阔步，举目凝望，朝着坎布里奇公爵①的塑像瞪眼。他曾被牛津开除——那是事实。他曾经是社会主义信徒，在某种意义上说，是个失败者——那也是事实。但是，他认为，文明的未来掌握在青年手中，就像三十年前他那样的青年；他们热爱抽象的原则，他们从伦敦订购书刊，一直寄到他们所在的喜马拉雅山峰之巅，他们研究科学，研究哲学。他认为未来就掌握在那样的青年手中。

背后传来一阵响声，犹如林中树叶的窸窣声，接着又有一阵沙沙声，一种有规律的得得声，赶上了他，打乱他的思路，使他不由地迈开整齐的步伐，走上白厅街。一群男孩身穿制服，手执枪支，凝视前方，大踏步行进着；他们的手臂僵直，脸部表情活像刻在塑像底座四周的铭文——颂扬尽职、感恩、忠贞不渝、热爱祖国。

彼得·沃尔什同他们保持步调一致，觉得这是很好的训练。然而，这些孩子看上去并不茁壮，大都很瘦弱，这些十来岁的男孩将来也许会

①坎布里奇公爵，英王乔治三世的幼子阿道弗斯·弗雷德里克(1774—1850)。

站在放着一碗碗米饭、一块块肥皂的柜台后面。眼下他们却拿着从菲斯伯里街取来的花圈，准备献在空墓之前；他们神色庄重，与花圈相称，毫不掺杂声色犬马之乐或日常琐事之忧。他们已经宣誓。交通车辆尊重他们，货车都停下，让他们通过。

当他们在白厅街上行进时，彼得·沃尔什感到自己无法跟上他们的步伐。确实如此，他们继续稳步前进，越过了他，越过每个行人，似乎有一个统一的意志统帅着四肢，而那千变万化和毫不缄默的生活，已被安置在纪念碑和花圈组成的台阶之下，由于纪律的约束，生活变成一具瞪大眼睛的僵尸，人们不得不尊重它，尽管可能嘲笑它，却不得不尊重它，他想。他们就这样迈步向前，彼得·沃尔什思忖着，在台阶边停滞片刻，他们经过所有高耸的黑色雕像：纳尔逊①、戈登②、哈夫洛克③等伟大战士的雄姿矗立在他们的上空，高瞻远瞩；仿佛他们也曾同样地克己，牺牲（彼得·沃尔什感到，他也作出了伟大的牺牲），受到同样的诱惑的摧残，终于归结为顽石一般的呆视。然而，彼得自己根本不要这种目光，尽管他尊重别人的这种目光。他能尊重孩子们眼中的这种目光。孩子们继续向河滨大道行进，渐渐消失在他的视野之中；他想，他们尚未尝到人生烦恼的苦果——没有尝到我经历过的一切，他想；他穿过马路，站在戈登的雕像下，站在他童年时代的偶像戈登的雕像下；那将军交叉双臂，跷起一条腿，孤零零地伫立着——可怜的戈登，他兀自思量。

除了克拉丽莎，还没有人知道他在伦敦。经过海上航行，他觉得大

---

① 纳尔逊（1758—1805），英国海军上将、民族英雄，曾给拿破仑的舰队以致命的打击。
② 戈登（1833—1885），英国将军，侵略中国与中东的刽子手。
③ 亨利·哈夫洛克（1795—1857），英国将军。

地仍然像个岛屿，正因为如此，他无法忍受那陌生之感——他孑然一身，生气勃勃而又默默无闻，独自于十一点半站在特拉法尔加广场[①]上。这意味着什么？我在哪里？而且，他想，究竟为什么要做这件事呢？离婚看来纯属空想。他的情绪顿时低落，三种强烈的情感使他不胜怅惘：领悟，大慈大悲，终于产生无法抑制而尽善尽美的快感，它似乎是另外两种情感的产物；恍惚在他的脑海里，他人之手牵动了绳索，移动了百叶窗，而他自己，尽管超脱，却站在那无穷的大道的起点，要是他愿意，也可以向前，漫游一番。他已有好久没感到如此年轻了。

他脱身了！完全自由了——就像摆脱了一种习惯的束缚时，心灵恰似一团任意喷射的火焰，左冲右突，仿佛即将冲出牢笼。我已有好久没感到这么年轻了！彼得心想，忘却了本来面目（当然仅仅须臾而已），感到自己像个跑出户外的孩子，在奔跑时看见老保姆弄错了窗口，在胡乱挥手。他穿过特拉法尔加广场，往干草市场街走去，迎面过来一个妙龄女郎，长得真迷人啊，彼得想道。当她经过戈登雕像时，彼得依稀觉得（他易动感情）她似乎脱下一层又一层面纱，终于成为他始终神往的理想的女人：年轻而又大方，活泼而又稳重，皮肤黝黑却妩媚动人。

他挺起身子，偷偷地摸了摸折刀，跟在那女郎后面，去寻求他心目中的女人，去寻求这种刺激，即便不是正面相遇，也好像给他带来光明，把他俩联结在一起，把他挑选出来，似乎那随意响起的辚辚车声透过神圣的手，轻轻地唤他的名字，不是叫彼得，而是他私下里称呼自己的小名。她戴着白手套，耸耸肩膀，叫一声"你"，只叫一声"你"。尔后，当她走过科克斯珀街上的登特商店时，风儿吹动她薄薄的长披

[①] 位于伦敦市中心的广场，为纪念 1805 年击败拿破仑舰队的特拉法尔加海战而命名。广场上矗立着指挥该战役的海军上将纳尔逊雕像。

风，散发出泛爱万有的仁慈，以及惆怅的温存，仿佛要张开双臂，去拥抱疲惫的众生……

然而，她尚未嫁人，她年轻，很年轻，彼得思忖；他看见她戴一朵红色康乃馨，穿过特拉法尔加广场，当下花朵又在他眼中燃烧，使她的嘴唇显得猩红。她在街边等待。她身上有一种尊严，不像克拉丽莎那么世故，也不像她那么富裕。她开始行走时，彼得在心里琢磨：她是否体面呢？相当聪敏，生着蜥蜴那样吞吐自如的舌头，他想（他必须幻想，必须来一点儿小小的乐趣），她有一种冷静等待的智慧，才思敏捷的机智，而且，并不炫耀。

她走动了，她穿过街道，他紧跟着她。他决不想令她窘困，但是，如果她停下来，他会说："来尝一客冰淇淋吧。"她会十分简单地回答："好吧。"

可是，街上其他行人拦在他们中间，挡住了他，也遮住了她。他紧随不舍。她变幻莫测。她脸上泛起红晕，眼中闪出嘲弄的神色。他觉得自己是个冒险家，放荡不羁，眼明手快，胆大包天，是个地道的罗曼蒂克海盗（昨夜刚从印度归来），把所有那些繁文缛节置之脑后，对橱窗里陈列的黄色晨衣、烟斗、钓鱼钩都不注意，也不理睬什么体面喽、晚宴喽、背心下面穿白色紧身裤的衣冠楚楚的老头喽。他是个海盗嘛。她继续在他前面走，穿过皮卡迪利大街，走上摄政街，她的披风、手套和肩膀与商店橱窗里的穗子、花边和羽毛披肩交融在一起，构成华丽和奇异的气氛，它渐次缩小，从店里飘到街上，犹如夜晚摇曳的灯光，照射黑暗中的树篱。

她欢笑地穿过牛津街和大波特兰街，转入一条小路，这当口，就在这当口，那关键的时刻即将来临，因为她这时放慢步子，打开手提包，朝他的方向瞟一眼，但并不注视他，那是告别的一瞥，既概括了全局，又得意扬扬地把它永远抛开。她已把钥匙插进锁眼，打开了门，消失得无影无踪！克拉丽莎的声音在他耳边回响：记住我的宴会，记住我的宴会。眼前这房屋是那种单调的红房子，悬挂着花篮，敢情是寻花问柳的青楼吧。这一番艳遇就此告终。

"反正，我尝到了甜头，"他想，一边抬头看那摆动的花篮，里面栽着淡色天竺葵，心里想，我尝到了甜头。然而，他的乐趣——一下子粉碎了，因为他自己也很清楚，那多半是想入非非，与那姑娘开的玩笑只是空中楼阁，纯属虚构，他自忖，正如人们想象生活中美好的一面——给自己一个幻觉，虚构出一个她，创造一种美妙的乐趣和其他什么的。可是，所有这一切都无法与人分享——它已被粉碎，这很奇怪，却千真万确。

他转身走上大街，想找个地方坐下，等待一会，再到林肯法律协会去——到胡珀—格雷脱莱事务所去。眼下该上哪儿呢？无关紧要。就沿着这条路往摄政公园方向走吧。他的靴子踩在人行道上，橐橐地响，好像说"无关紧要"，因为时间尚早，依然很早呢。

况且，今儿早晨多美呀。街上到处洋溢着生活的气息，恰似一颗健全的心脏在跳动。没有笨拙的摸索，没有优柔寡断。汽车精确地、准时地、悄无声息地疾驰，急转，及时在门口停下。一位姑娘下了车，她穿着长丝袜，头戴羽饰，体态轻盈，可他并不感到她特别魅人（因为他已尝过甜头了）。彼得从打开的门口向大厅里望去，令人肃然起敬的管家、棕黄色的中国种小狗、黑白相间的菱形格子地板、白色帷幔迎风飘拂，这一切他都赞赏。归根结底，伦敦有一种独到之处：社交季节，社会文明。他出身于一个体面的盎格鲁①—印度家庭，他的家族至少有三

---

① 盎格鲁，古代居住于英格兰的部落，沿用为英国人的别名。

代之久都管辖一个次大陆(虽然他厌恶印度、帝国和军队,奇怪的是,他想,我对于这些竟会有这样的感情)。有时候,文明,即便是这种文明,也会使他感到亲切,好像是他的私有物;有时,他会为英国而自豪,也为管家,为中国种的小狗,为安逸的姑娘而自豪。他知道这很可笑,可是这种感觉依然存在。那些医生、实业家以及能干的女人忙于他们的事务,他们都准时、机灵、强壮,似乎都值得他钦佩,他们是一些可以信赖的人,是生活艺术中能急人所难的伴侣,由于种种原因,眼前的景象确实令人十分满意;他要在树荫下坐一会,抽一支烟呢。

那边是摄政公园。不错,小时候他曾在摄政公园漫步——真奇怪,他想,怎么老是想起童年情景——兴许是见到了克拉丽莎的缘故,因为女人比我们更多地怀念过去,他寻思,她们把自己与一个个地方联系起来,与她们的父亲血肉相关——每个女人总为自己的父亲骄傲。布尔顿是个好地方,非常之好;不过,他想,我和她父亲、那老头怎么也合不来,有一天晚上,跟他吵得很厉害——争论一件事,究竟是什么,记不清了,大概是关于政治吧。

是的,他记得摄政公园:笔直的大道,左边的小屋里出售气球,园内有一座怪里怪气的塑像,上面还有铭文哩。他要找一个空座位。他不愿被询问时间的人打扰(他觉得有点睡意蒙眬)。只见一位头发灰白、上了年纪的保姆,身旁童车里的婴儿已安睡——那儿他能找到最好的座位,便在保姆坐着的椅子的另一头坐了下来。

忽然,他想起伊丽莎白走进房里、站在母亲身边时的情景,她的模样很别致,长得身材颀长,差不多已完全发育,称不上美貌,只能说漂亮,至多才十八岁吧。或许克拉丽莎与伊丽莎白关系并不好。"这是我的伊丽莎白。"——为什么那样说——为什么不简单地说"这是伊丽莎白"呢?——就像大多数母亲一般,企图掩盖真相而已。她过于相信自己的魅力，他想，她太自负了。

浓郁柔和的雪茄烟雾渗入他的咽喉，带来凉爽之感；他把烟一圈一圈吐出，烟雾放肆地在空中凝集一会儿，蓝色的烟圈缭绕着——我今晚要找个机会，单独与伊丽莎白谈一谈，彼得心里打算——过了片刻，烟雾开始晃动，变成沙漏形，顶端尖细，渐渐消失了；烟雾的形状极为古怪，他想。突然，他闭上眼睛，费力地举起手把沉重的烟蒂扔掉。他的脑海里闪过颤动的树枝、孩子们的话声、零乱的脚步声，以及过往的行人、车辆或高或低的轰鸣，仿佛有一把大刷子，把这一切都平稳地扫入他的脑海。他越来越沉下，沉下，终于深深地陷入羽毛般柔软的梦乡中。

头发花白的保姆重新拿起织针，彼得·沃尔什坐在她身旁温暖的座位上，打起鼾来。她穿着灰布衣裙，双手始终不倦地、平静地织着，看上去好像捍卫睡眠者权利的使者，又像一个精灵，黎明时分出现在天空与枝条构成的树林中。他好似孤独的漫游者，出没于小街深巷，触动了野蕨草，碰坏了大毒芹，蓦地抬头望去，只见道路尽头一个硕大的身影。

也许因为深信自己是个无神论者，所以，当他偶尔像教徒那样，感到异乎寻常的激奋时，自己都觉得诧异。他想，除了思维，我们身外别无他物；那是一种愿望，渴求安慰与解脱，也渴求某种力量，能超越芸芸众生，那些可悲的侏儒，那些孱弱、丑陋而胆怯的男男女女。假如他能设想这种力量，赋予它女性的形态，那么，从某种程度上讲，她就存在于世上；他边思索边沿着小径彳亍，仰望苍穹和树枝，并迅速赋予它们女性的特征；又惊奇地注意到，她们变得分外端庄，仪态万方；微风吹拂枝桠，随着暗淡的树叶颤动，她们散播出仁爱、悟性和恩惠；过了一会，她们忽然飞腾上升，纵情狂欢，玷污了虔诚的外衣。

正是这种幻觉，仿佛给孤独的漫游者带来装满果子的锥形大口袋，或在他耳边喁喁细语，犹如海妖的歌声在翠绿的波浪上回荡，或像一束束玫瑰花，向他迎面拂来，或如苍白的面孔浮出水面，引得渔夫在巨浪中使劲汹游，要去亲昵一番。

正是这种幻觉永无休止地浮现，伴随着真实，却把她们的形态置于真实之前，使孤独的漫游者时常慑于她们的魅力，夺去他对大地的知觉和归去的愿望，给予他大致的安宁作为补偿，似乎（他走入林间曲径时就认为）所有这一切生存的渴望都单纯之极，万千事物融为一体，而这幻影，由天空和枝桠构成的形体，从汹涌的大海中升起（他年岁已大，五十出头了），宛如从波涛中可能推出一个倩影，通过她那高贵的手，倾注仁爱、悟性和恩惠。他兀自思量：让我们永不返回华灯之下吧，不再重返客厅，永不读完自己的书，再也不磕掉烟斗里的灰，再也不按铃唤特纳太太收拾杯盘；就让我勇往直前，赶上那硕大的幻影吧，她一昂头便会把我举到她的飘带之上，让我和其他一切都化为乌有哩。

幻觉便是如此。孤独的漫游者很快踅出树林，那边，一个老妇人来到门口，举起手遮在额上，白围裙被风吹起，她也许在等待他归来吧。她似乎（看上去脆弱，其实强有力）要越过沙漠，去寻找她失去的儿子，寻觅一个被毁灭的骑手，去充当人间纷争中死去的儿子们的母亲。因此，当孤独的漫游者沿着村中小街踽踽而行时，妇女们站在那儿编织，男人们在园子里挖土，黄昏似乎预示着不祥；人们伫立不动，仿佛他们知道并且无畏地等待一种令人悚然的厄运，它即将把他们彻底毁灭哩。

室内，在食品柜、桌子、放着天竺葵的窗台这些普通物品之间，女房东弯下身子，拿掉桌布，此时，她的身影在灯光下猝然变得柔美，成为可爱慕的化身，使我们不由得想拥抱她，只是因为想起了人情的冷漠，才克制了。她拿起果酱，放入食品柜：

"今晚没有事了吗，先生？"

可是，那孤独的漫游者向谁答复呢？

在摄政公园里，那位上了年纪的保姆就这样在熟睡的婴儿身边编织，彼得·沃尔什就这样打着鼾儿。忽然，他猛地惊醒过来，喃喃自语："灵魂死啦。"

"上帝啊上帝！"他大声自语，伸展四肢，睁开双眼："灵魂死啦。"这四个字同他梦见的某一个情景、某一个房间，以及某一段往事有关。梦境中，那情景、那房间和那一段往事变得更清晰了。

那是在九十年代初的一个夏天，在布尔顿，当时他正疯狂地爱着克拉丽莎。房间里有许多人，大伙喝完了茶，围坐在桌边说笑，房里洒满了橙黄色灯光，烟雾弥漫全室。他们在议论一个附近的绅士，他娶了女仆为妻，那人的名字他已忘却。总之，那人娶了女仆，还把她带到布尔顿来拜访——糟糕透顶！她浑身艳装，简直可笑。克拉丽莎学她的样子，说她像只"白鹦"。而且，那女人叽叽呱呱，唠叨个不停。克拉丽莎模仿她说话的样子。后来有人说——那是萨利·赛顿——要是知道她在婚前已有过一个孩子，是否会影响感情？（当时，在男女混杂的场合提这样的问题是够大胆的。）眼下，彼得脑海中重新浮现克拉丽莎当时的模样：她的脸顿时涨得通红，而且不知怎的扭曲了，她说："哎，那我再不能跟她说话了。"这一下，坐在茶桌四周所有的人似乎都显得坐立不安，令人十分难堪。

他并未由于她计较这一点而责怪她，因为在当年，像她那样成长起来的女孩子什么也不懂。但是，她的姿态叫他生气：她胆怯而又严厉，傲慢而又拘泥。他本能地说了句"灵魂死啦"——她的灵魂死了——

从而给那时刻一个特定的意义，这是他惯常的行为。

每个人都忐忑不安。当她说话时，每个人似乎都卑躬屈膝，然后挺起身来，显得异样。他还记得，萨利·赛顿当时活像个调皮的孩子，腓红着脸，俯身向前，想说话而又害怕。克拉丽莎确实会把人唬住的。（萨利是克拉丽莎最要好的朋友，常住在布尔顿，人很可爱、漂亮，皮肤黝黑。那时，她被认为是个十分大胆的女子，他经常给她抽雪茄烟，她就在卧室里抽。她不知是和什么人订了婚还是同她家里人吵了架，总之，老帕里对他俩都不喜欢，反而使他们的友谊加深了。）尔后，克拉丽莎站起来，脸上还带着对大伙生气的神态，借故独自离开了。她打开门时，那只毛茸茸的大牧羊狗跑了进来。她狂喜地搂住了狗。彼得觉得她好似在对他说——他知道这一切都针对着他——"我知道，你认为我刚才说的关于那女人的话非常荒谬，可是，你瞧我多么富于同情心啊，瞧我多爱我的罗勃①！"

他和克拉丽莎总是不必交谈便能息息相通，她能立刻感觉到他在批评她，于是她会作出一种明显的表示为自己辩解，就像这一回在狗身上大做文章——然而，从来都骗不了他，他总能看穿克拉丽莎。当然他并不则声，只是闷闷不乐地坐着。他们之间的争吵往往这样开端。

她关上了门。顿时他变得异常抑郁。一切都显得徒劳——继续相爱，继续争吵，继续和好，有什么用呢？！他独自信步走去，在户外小屋与马厩之间漫步，观看马匹。（那地方简陋得很，帕里一家从不富裕，不过总有马夫和小马倌当差——克拉丽莎酷爱骑马——还有个老车夫——他叫什么名字？——还有个老保姆，他们叫她老穆迪或老古迪那样的名字。人们被领到一个小房间里去看她，里面放着许多照片和

---

① 狗名。

鸟笼。）

那天晚上糟透了！他越来越感到郁闷，不仅为那件事烦恼，而是为了一切。更糟糕的是，他不能见到她，不能向她解释，不能把事情说清楚。他们的周围总是有外人——她却装得一如往常，好像什么也没发生似的。那便是她的可恶之处——这种冷漠、这种无动于衷，深深埋藏在她的心底；今天早晨，他和她谈话时又感到了这一点，她的内心深不可测。可是天知道他是爱她的。她有一种奇异的魅力，能拨动人的神经，对了，能把人的神经拴在琴弦上拨弄。

为了让别人意识到他在场，他故意很晚才去吃晚饭，坐在老帕里小姐旁边，就是海伦娜姑妈，帕里先生的姐姐。按理说，她是晚餐的主妇。她披着白色开司米围巾，头靠着窗子，是一位令人望而生畏的老太太，对他却挺和气，因为他曾给她找到一种稀有花卉。她热爱生物学，老是穿着厚皮靴，背上黑色铅皮标本箱，出外采集标本。彼得在她身旁坐下，默默无言，一切事物似乎都从他身边溜过，他只是坐在那儿吃东西。晚饭吃到一半时，他才第一次迫使自己向克拉丽莎瞟一眼。她正和一个坐在她右边的青年交谈。猝然，他有一种预感："她将会嫁给那个人，"他自言自语。那会儿，他甚至还不知道那人的姓名呢。

达洛卫正是在那天下午光临的。克拉丽莎称呼他"威克姆"，一切便由此开端。有人把达洛卫带来作客，然而克拉丽莎记错了他的名字，把他称作威克姆，介绍给每个人。最后，他说："我叫达洛卫！"——那是彼得对理查德的第一个印象——一位举止局促的金发青年，坐在躺椅上，脱口而说"我叫达洛卫！"萨利对这件事念念不忘，从此老是称呼他"我叫达洛卫！"

那时，彼得总有各式各样的预感。克拉丽莎将会嫁给达洛卫，这一预感使他当下晕头转向，一蹶不振。在她对待达洛卫的态度中有一种——他不知该怎么表达——有一种轻松自如的神情，一种带有母性的温柔的情愫。他俩在谈论政治。在整个晚餐中，彼得试图听出他俩在谈些什么。

他依然记得，后来他在客厅里，站在老帕里小姐的座位边，克拉丽莎像个真正的主妇，潇洒而优雅地走到他身边，要把他介绍给某人——她说话时的神气好像他是素不相识的陌路人。这叫他怒火中烧。不过，即便在那时，他仍然为此钦佩她。他佩服她的勇气、她的社交天才，佩服她能干，做事有始有终。他说她是"十足的主妇"。她听后全身一阵颤抖。他本来就想刺痛她嘛。看到她与达洛卫在一起之后，他一心只想叫她痛苦。于是她离开了他。他则感到，他们全都参与某种反对他的阴谋，在他背后风言风语，讥诮一番。他就这样站在老帕里小姐的座位边上，谈论着野花，仿佛他是泥塑木雕似的。他从没有、从来没有感觉这般痛苦！他甚至忘了应该假装听帕里小姐说话，最后，他总算惊醒过来，看见帕里小姐相当激动、愤怒，那双突出的眼珠凝视不动。他几乎喊出声来：我不能奉陪，因为我已堕入地狱啦！人们开始走出房间，他听见他们说要去拿外套，还说什么湖上很冷，等等。他们打算趁着月光在湖上泛舟——那是萨利的怪念头。他能听到萨利在描绘月亮。大伙儿都出去了。他被撇下了，彻底孤独。

"难道你不想和他们一起去吗？"海伦娜姑妈问。可怜的老太太！她猜中了。他转过身子，只见克拉丽莎又走了进来。她是回来唤他的。他被她的宽厚、她的善良深深感动了。

"来吧，"她说，"他们等着呢。"

他一生中从未感到如此幸福！不用说一个字，他们就言归于好了。他俩走到湖边，在二十分钟里，他享受了无穷的欢乐。她的音容笑貌、她的衣裙（飘浮在水面上，红白相映）、她的神采、她的冒险精神，都叫他倾倒；她让大伙儿上岸，到小岛上去探险，她惊动了一只母鸡；她欢笑，她歌唱。然而，自始至终他十分清楚，达洛卫爱上了她，她也爱上了达洛卫；不过，这似乎无关紧要。什么都没关系。他俩——他和克拉丽莎——坐在地上絮絮而谈。他俩毫不费心便能互相了解对方的思绪。可是转眼间，一切都已结束。在他们上船时，他阴郁地自语："她会嫁给那个人。"他丝毫不怀怨恨之心，但事情是明摆着的：达洛卫会娶克拉丽莎。

达洛卫把他们划了回来。他默默无言，他们看着他蹬上自行车，开始那二十英里穿越树林的旅程，沿着车道摇摇晃晃骑去，挥动着手，消失在他们的视野内。不知怎么他显然本能地、极度地、强烈地感受了这一切：夜晚，爱情，克拉丽莎。达洛卫有资格获得她。

而自己却不近人情。他对克拉丽莎的要求（现在他明白）毫无道理，他要求的是无法办到的事。他还跟她大吵大闹。如果他不那么荒唐，也许她仍会接受他，萨利就这么想。那年整个夏天，萨利都给他写长信：她和克拉丽莎怎样谈论他，她怎么称赞他，克拉丽莎又为何失声痛哭！真是个不平常的夏天——所有那些信件喽、电报喽、争吵喽——他一清早便赶到布尔顿，在四周徘徊，一直等到佣人们起床；早餐时同老帕里相对而坐，可怕之至；海伦娜姑妈又威严又善良；萨利把他带到菜园里谈话；克拉丽莎则卧床不起，说是头痛。

最后一次争吵，发生在一个大热天的下午三点。他认为，那回可怕的争吵是他生平最重要的事情（这可能是夸大其辞——但如今回顾确实如此）。起因是小事一桩——萨利在午餐时谈到达洛卫，戏谑地称他"我叫达洛卫"；克拉丽莎听后骤然生气了，涨红了脸，以她特有的神情尖利地说："这个无聊的笑话，我们听够了。"就这么一句话，可是对他来说，仿佛她说的是："我只不过把你们当作娱乐的对象，我跟理查德·达洛卫才是知己哩。"他便是这样领会她的话的。好几个夜晚他都失眠。他对自己说："这件事,无论如何总得解决。"于是他让萨利带给克拉丽莎一封短信,约她三点钟在喷水池旁相会。他在信尾草草写上:"发生了某种大事。"

喷水池坐落在一个小灌木丛的中央,离宅邸很远,四周绿树婆娑。她来了,比约定的时间还早。他们隔着喷水池相对而立,一泓细流汩汩地从水池的喷口(已断裂)注出。那些情景多么深地铭刻在脑海中呵!譬如,他始终记得那葱绿的青苔。

她毫不动弹。"把真情告诉我,告诉我,"他反复地说。他觉得前额快要炸开了。她看上去萎缩、僵硬。她一动也不动。"把真情告诉我,"他重复说。忽然,那老头布赖科普夫拿着《泰晤士报》探头进来,瞅了他俩一眼,惊奇得目瞪口呆,转身便走了。两人都伫立不动。"把真情告诉我,"他又说一遍。他感到自己在碾磨什么死硬的东西,她毫不屈服,像生铁,像燧石,浑身坚不可摧。他说了又说,泪水湿透了面颊,时光仿佛过去了几小时。最后,她说:"不行,不行,这是最后一次会面。"她的话像一记耳光,猛地刮在他脸上。她转身离开他,走了。

"克拉丽莎!"他喊道,"克拉丽莎!"可她再也没回来,一切都完了。那晚他离开了布尔顿,从此再也没有见过她。

这太可怕了,他呐喊着,可怕,可怕极了!

然而,骄阳依然炎热。人们依然会忘却往事。生活依然会一天天打发日子。他伸了个懒腰,开始注意到周围——从他童年起到现在,摄政公园没什么变化,仅仅多了些松鼠——但是,生活总该有些补偿吧,他想。小伊利斯·米切尔一直在拣小卵石,打算添入她和兄弟的收藏品中，把卵石都放在保育室的壁炉台上。眼下，她陡然抓了一把小卵石，猛地放在保姆的膝盖上，飞快地跑开，却又一下子撞在一个女人的大腿上，彼得·沃尔什放声大笑。

另一方面，卢克丽西娅·沃伦·史密斯在自言自语：这不公平，为什么我该受苦呢？她沿着大路踯躅，扪心自问。不，我再也不能忍受了，她说，当下她已离开赛普蒂默斯身旁。他不再是赛普蒂默斯了，不然，怎么会坐在那边椅子上，说些生硬、残忍、恶毒的话，要不是喃喃自语，就是跟死人交谈；这当儿，那孩子撞在她身上，摔倒在地上，哇的一声哭了起来。

这一下却给她分忧了。她扶起孩子，拍了拍小家伙的外衣，吻她，安抚她。

回想起来，她自己没什么过错，她爱过赛普蒂默斯，她得到过幸福，她有过一个美满的家，她的姊妹仍然住在老家做帽子。为什么她该受苦呢？

孩子径直跑回保姆那儿，雷西娅看见保姆责备她，又安慰她。保姆放下织物，抱起了她；同时，看上去很和善的那个男子把自己的表给她，让她打开，逗她乐儿——可是，雷西娅想，为什么我就该无依无靠呢？为什么不让我留在米兰？为什么我要忍受折磨？为什么？

泪水使眼前的大路、保姆、穿灰衣服的男子以及童车，都微微晃动。她命中注定要受这个邪恶的虐待狂的摆布。这是为什么？她好比一只小鸟，栖身在一片薄薄的树叶之下；当树叶飘拂时，鸟儿对着阳光映眼，一根树枝的毕剥声也会使她惊吓。她举目无亲，被冷漠世界中的参天大树和团团乌云包围，毫无庇荫，备受折磨；然而，究竟为什么她该受苦呢？为什么？

她蹙眉，她跺脚。她必须回到赛普蒂默斯身边，因为去看威廉·布雷德肖爵士的时间快到了。她必须回去告诉他，回到他坐的地方去。他跌坐在树下绿椅子上，自言自语，或与那死人埃文斯讲话。她只在一家商店里匆匆见过埃文斯一面。看来他像个温和文静的人，是赛普蒂默斯的知心朋友，在大战中牺牲了。不过，这类事情人人都会遇到。每个人都有朋友在大战中阵亡。每个人在结婚时都得做一些牺牲。她舍弃了自己的家，来到这讨厌的城市里。赛普蒂默斯老是想一些恐怖的事。要是她愿意尝试，她也能这么想的。他变得越来越古怪了，说什么人们在卧室的墙后窃窃私语。菲尔默太太认为这不正常。他的眼前还会呈现幻景——他在一棵蕨草中看见一个老太婆的头。其实，要是他愿意，他也能快活的。有一回，他俩坐在公共汽车上层，到汉普顿宫廷花园①去，他就很高兴。草地上盛开小小的红花和黄花，他说他俩像飘浮的明灯，他有说有笑，信口编造故事。忽然，他说："现在咱们来自杀吧。"那一刻，他俩正站在河边，他凝望河水，眼睛里那种神色，她以前也曾见过。当火车与公共汽车经过时，他眼中就会闪现这样的神色——似乎有什么东西使他着迷，她感到他似乎已不再在她身旁，于是抓住了他的手臂。但是在回家的路上，他却完全恢复了平静——非常通情达理。他会和她争论自杀的事，向她解释人是多么邪恶，还说什么他看得出街上行人边走边捏造谎话。他说他洞悉人们的思想，他对什么都了如指掌，还说，他参透宇宙的意蕴哩。

然而，他们回家后，他几乎寸步难行。他躺在沙发上，要她握紧他的手，让他不致倒下，倒下，他狂呼，别让我掉入火海！他看见墙上露出一张张脸，对着他嗤笑，又用可怖而恶心的名字呼唤他，纱窗周围伸

---

① 位于伦敦近郊泰晤士河滨，1514 年由约克郡大主教托马斯·沃尔西建造，后被亨利八世用作宫殿，现为游览胜地。

出一只只手，对着他指指点点。实际上，他们身边杳无人影。他却高声嚷嚷，一忽儿回答什么人，一忽儿争辩，哭呀笑的，激动万分，还要她——记录，尽是些胡言乱语：死亡啰，伊莎贝尔·波尔小姐啰。她实在受不了，她要回家去。

眼下，她离他很近，看得出他攥紧双手，凝望高空，喃喃自语。然而，霍姆斯大夫却说他什么病也没有。那么，究竟出了什么事呢？——为什么他要走开？当她在他身边坐下时，他为什么大吃一惊，对她蹙眉，赶紧走开呢？还要捏着她的手，拿过来，恐惧地盯着，为什么？

是否因为她把结婚戒指脱下了呢？"我的手瘦多了，"她说，"我把戒指放在皮包里了，"她告诉他。

他放松了她的手。他俩的婚姻完蛋了，他痛苦地思量，但又感到宽慰。绳子已割断，他跨上了马，他自由了，正如命里注定的那样，他，赛普蒂默斯，人类的上帝，应当得到自由；他孤苦伶仃（因为他的妻子扔掉了结婚戒指，离开了他），他，赛普蒂默斯，孑然一身，在芸芸众生之中，首先被神明召唤，去谛听真理，领悟正道，经过文明社会的全部辛勤劳动——希腊人、罗马人、莎士比亚、达尔文，当今则是他本人——终于要完全传给……"传给谁呢？"他大声问道。"传给首相，"他头上的低语声回答他。绝密信息必须透露给内阁：第一，树木有生命；第二，世上没有罪恶；第三，爱和博爱；他在喘气，颤抖，喃喃自语，痛楚地吐露这些深奥的真谛，它们是如此深刻，如此玄妙，必须用九牛二虎之力才能阐明，但是值得，因为它们永远改变了世界。

没有罪恶，唯有爱，他反复说道；他的手在摸索，寻找铅笔和卡片。这时，一只猎狗过来嗅他的裤子，他惊跳起来，恐惧万分：那条狗正在变成人！他不能注视这种怪事！眼看狗变人，太可怕啦，令人惊骇。顿时，那条狗跑开了。

苍天神圣而慈悲，无限地宽宏。它赦免了他，宽恕了他的软弱。但是科学（因为人必须首先讲究科学）又是怎么解释的？为何他能透视身体内部，预见未来狗会变人呢？大概是热浪冲昏头脑而引起的吧，亿万年的进化已使脑子变得敏感。用科学来剖析，应该说肉体溶化了，超逸红尘了。他的身体经受百般磨练，最后只留下神经纤维，仿佛薄纱铺在岩石上。

他背靠椅子，精疲力竭而获得支撑。他靠在椅子上，憩息，等待，而后又竭力地、痛楚地给人类讲解。他依稀躺在高耸入云之巅，在世界的屋脊上。大地在他脚下颤动。红花从他体内苗生，花朵的硬叶在他头边瑟瑟作响。这儿的岩石旁开始响起铿锵的乐曲，那是街上的汽车喇叭声，他咕哝着；但是在这里，乐声从一块岩石传到另一块岩石，宛如大炮轰鸣，音波向四处扩散，又在震荡中凝聚，形成平滑的音柱，冉冉上升（声音竟能为肉眼所见，这可是个新发现），成为一首赞歌，此刻它与牧童的笛声（其实是个老人在酒店门口吹小管乐的声音，他咕哝道）融合在一起；当牧童静静地伫立时，乐声便从芦笛内涌出；尔后，当他攀上更高的峰顶时，笛子发出了哀婉之声，如泣如诉，同时，车辆在他脚下行驶。赛普蒂默斯觉得，那孩子的哀歌交织在车马声中。须臾，他退隐至雪山中，身边盛开蔷薇花——那是在他卧室墙上的大朵红蔷薇，他提醒自己。音乐消逝了，他揣想，一定是老人得了钱，又上另一家酒店去了。

然而，他自己仍待在嵯峨的岩石上，仿佛一个遇难的水手趺坐在礁石上。他寻思：我把身子探出船外，掉入水里。我沉入海底。我曾经死去，如今又复活了，哎，让我安息吧，他祈求着。（他又喃喃自语：这太可怕了，太可怕啦！)恍惚在苏醒之前，鸟语嘤嘤，车声辚辚，汇合成一片奇异的和谐；繁音徐徐增长，使梦乡之人似乎感到被引至生命的岸边，赛普蒂默斯觉得，自己也被生活所吸引，骄阳更加灼热，喊声愈发响亮，一桩大事行将爆发了。

他只要睁开眼睛就好了，但眼皮上压得沉甸甸的，那是一种恐怖。他眯缝双眼，奋力挣扎，举目凝望，只见眼前的摄政公园。阳光闪烁，修长的光带抚弄着他的双脚。树木在婆婆起舞。大地恍惚在说：我们欢迎，我们接受，我们创造。大地恍惚在说：美。仿佛为了（科学地）证实美的存在，无论他往哪里看，无论他看的是房屋、栏杆，还是跨越栅栏的羚羊，美立即在那里呈现。他瞅着一片树叶在风中颤抖，只觉得心花怒放。天空中，燕子翩然掠过，飞翔，旋转，尽情地飞进飞出，萦回缭绕，却又像被松紧带所牵引，总是那么富于节奏；蝇儿飞上飞下；嘲弄似的太阳时而照射这片树叶，时而照亮那片树叶，心平气和地给绿叶蒙上一层柔美的金色；不时传来和谐的乐声（兴许是汽车喇叭声），洒在草茎上，发出神奇的丁冬声——这一切宁静而合理，均由平凡的事物所孕育；现在，这一切就是真理，现在，美就是真理。到处都洋溢着美。

"时间到了，"雷西娅道。

"时间"这个词撕开了外壳，把它的财富泻在他身心中；从他唇边不由地吐出字字珠玑，坚贞、洁白、永不磨灭，仿佛贝壳，又似刨花，纷纷飘洒，组成一首时间的颂歌，一首不朽的时光颂。他放声歌唱。埃文斯在树背后应声而唱：死者在撒塞里①，在兰花丛中。他们始终在那里期待，直到大战终止。此刻，死者，埃文斯本人，显灵了……

---

①希腊东部一地区。

"看在上帝面上，别过来！"赛普蒂默斯嚷道，因为他不能正视死者。

可是树枝分开了，一个穿灰衣服的人竟在向他俩走来。那是埃文斯！不过他身上没有污泥，没有伤痕，他没有变样。

我必须向全世界宣布，赛普蒂默斯举起了手（当穿灰衣服的死者向他走近时），大声呐喊，恰如一个巨人，多年来独自在沙漠里悲叹人类的命运，双手压住前额，面颊上刻着一道道绝望的皱纹；眼下他却望见沙漠的边缘闪现光明，光点越来越大，照射那黑憧憧的鬼影（赛普蒂默斯从椅子上欠身而起），他背后匍伏着千百万人，而他，这巨人般的哀悼者，在一瞬间，露出大慈大悲的脸容……

"我苦恼极了，赛普蒂默斯，"雷西娅说，试图让他坐下。

千百万人在哀伤，千百年来众生都在悲痛。他要转过身去，片刻之后，只要再过片刻，他就会告诉人们这种慰藉，这种欢欣，这一惊人的启示……

"几点钟了，赛普蒂默斯？"雷西娅又问："几点了？"

他却自言自语，他显得惊慌失措。那陌生人肯定会注意到他的举动，他在盯着他俩呢。

"我会告诉你时间的，"赛普蒂默斯带着神秘的微笑，缓慢而困倦地对穿灰衣服的死者说。他含笑坐在椅上，当下，钟声敲响了：一刻钟——十二点差一刻了。

彼得·沃尔什从他们身旁走过，心想，年轻人就是这样嘛，早晨刚过去一半便吵得这么凶——那位可怜的姑娘看上去心灰意懒，可这是怎么回事呢？他心中纳闷。那个穿大衣的青年跟她说了些什么，使她的脸色变得那么难看？在这样美好的夏日早晨，两人却都显得那么沮丧而绝望，他们卷入了什么难以摆脱的困境呢？有趣的是，阔别五年重返英伦，一切都变得新鲜了，好像他以前从未见过似的；无论如何，回国最初的几天里总有这种感觉：恋人们在树下口角，公园里弥漫着家庭生活的气息，伦敦从未如此迷人——向远处眺望，景色柔和、丰美、翠绿，一派文明的气象；从印度归来，这一切显得分外魅人；他在草地上边漫步边沉思。

毫无疑问，这样敏感是他失败的原因。在他这把年纪，却还像个少女，易于情绪波动，莫名其妙地时而欢乐，时而颓丧，看见漂亮的面孔便会感到幸福，看到一个丑女人就会痛苦不堪。诚然，在印度住过后，碰到每个女人，他都会倾心。她们身上散发出一种朝气，即便最穷的女人也肯定比五年前穿戴得整齐多了；在他看来，当前流行的时装式样最惬意了：长幅的黑斗篷，纤细的身材，优雅的姿态；而且，人人显然都有化妆的习惯，真令人心醉呀。每个女人，甚至最受尊敬的女人，都有温室内玫瑰般的面颊，殷红的嘴唇，好似被刀子割过似的，加上黑色鬈发，处处都显示出艺术加工；无疑地，国内发生了一种什么变化。青年们在想些什么呢？彼得·沃尔什思索着。

他揣想，那五个年头——一九一八至一九二三——在某种程度上是关键的五年，人们变得异样了，报纸也和过去不同了；譬如，现在竟有人在一张正经的周报上公然谈论厕所。要是在十年之前，绝对不允许——这样公开地在有名的周报上谈论厕所。还有，在大庭广众之间，竟然掏出口红或粉扑，涂脂抹粉起来。在回国途中，船上有许多青年男女——他特别记得贝蒂和伯第——居然当众打情骂俏；年迈的母亲却兀自坐在一旁打毛线，看在眼里无动于衷。那姑娘竟会当着大家的面，在鼻子上扑粉哩；况且他们并未订婚，只是逢场作戏，双方都不伤感情。那个叫贝蒂什么的，真够老练呐；不过，在他看来，不失为一个好姑娘。到她三十岁的时候，她会成为好妻子的——在适当的时机她会嫁人，嫁给某个阔佬，住在曼彻斯特①附近的一所大厦里。

是谁这样做了呢？彼得·沃尔什思量着，拐弯走到大路上——是谁嫁了个有钱人，住在曼彻斯特附近的一所大厦里？那人最近给他写了封热情洋溢的长信，大谈了一通"蓝色的绣球花"。她是看到了蓝色绣球花才想起他和往事的——噢，当然是萨利·赛顿喽！是她——那个任性、大胆、浪漫的萨利！无论谁也想不到她竟会嫁给一个阔佬，去住在曼彻斯特附近的一所大厦里。

但是，在过去的那些人中间，在克拉丽莎的那些朋友中间——惠特布雷德·金德斯利一家、坎宁安一家，以及金洛克·琼斯一家——萨利可算凤毛麟角。不管怎么说，她试图从正确的角度去看待人事，她总算看透了休·惠特布雷德的为人——那位令人钦佩的休——当时，克拉丽莎和其余的人都对他五体投地哩。

"惠特布雷德一家吗？"她的话好像仍在彼得耳边回响。"他们是干什么的？煤商，可尊敬的生意人。"

由于某种缘故，她厌恶休的为人。她说，休只想到自己的外貌。他应该是个公爵，那么他必定会娶个公主呢。诚然，在彼得认识的人中间，休对英国贵族怀有最特殊的、最本能的、最崇高的敬意，甚至克拉丽莎也不得不承认这一点。喔，不过他真是个好人呀，那么忘我，为了母亲的欢心而放弃打猎——还记得她姨妈的生日，等等。

说句公道话，萨利没有被这一切蒙骗。有一件事彼得记忆犹新。那是个星期天上午，他们在布尔顿争论女权问题（那个老问题），当下萨利勃然大怒，指责休代表英国中产阶级的一切最卑鄙的东西。她对休说，

---

① 英国西北部大城市。

她认为，他对皮卡迪利大街上"那些可怜的女子"①的境况负有责任——休，可怜的休，这位十足的绅士！——从没有人显得像他那样震惊！事后她告诉彼得，她是故意冒犯休的（那时她和彼得经常在菜园里会面，交换记下的信息）。"他不读书，不思考，麻木不仁。"彼得耳边又响起萨利用十分强调的语气讲的这些话。这种语气表达的内容远远超过她了解的情况。她说，小马倌也比休更有生气哩。他正是那种私立学校培养的典型，她说，只有英国这种国家才可能产生像他那样的人。由于某种原因，她确实对他鄙视透顶，对他怀有某种怨恨。曾经发生过一桩事——他记不清什么事了——是在吸烟室里。他侮辱了她——吻了她吗？真不可思议！当然，谁也不相信对休的任何坏话。谁能相信呢？在吸烟室里吻萨利！天晓得！如果是什么伊迪斯贵族小姐，或者什么维奥莉特夫人，那倒颇有可能，但决不会是那个衣衫不整、一文不名的萨利，何况她还有个父亲（兴许是母亲）在蒙的卡罗赌博呢。因为在他的相识者中间，休为人最势利——最爱拍马——其实他并非十足的马屁精。他这个人过于一本正经，不可能老是阿谀别人。把他比作第一流的侍从显然更合适——就是那种跟在主人背后提箱子的角色；可以放心地派他去发电报——对女主人来说，他是不可或缺的人物。况且，他找到了差使——由于娶了个贵族小姐伊芙琳为妻，他在宫廷里得了个小差使：照料陛下的地窖，擦亮皇家用的鞋扣，穿着短外裤和有褶边的制服当差。在宫廷里干一份小差使！生活多么无情！

他与那位贵族小姐伊芙琳结了婚，就住在这儿附近吧，彼得想（他注视着俯瞰公园的宏大建筑），因为有一次，他曾在其中一座房子里用过午餐，那里面有些陈设就同休所有的财产一样，在别人家里几乎是绝

---

① 指流落街头的妓女。

无仅有的——可能是放床单、毛巾等的柜子之类。你不得不走过去观赏一番——无论那是什么东西，你不得不花许多时间赞美它——不管是放床单的柜子，还是枕套，老橡木家具或者图画，休选择这些是从一首古老的歌谣得到的启示。不过，休的太太有时会露出马脚。她是那种不起眼的、胆小如鼠的女人，一味崇拜强有力的男子汉。她几乎被人忽视。然而，她会突然出人意表地讲起话来——讲得挺尖刻。或许，她还留着一丁点儿高贵的气派呐。燃煤的蒸汽使空气混浊，对她不太适宜吧。反正，他们就住在那儿，连同他们的床单柜、名画，以及配上地道花边的枕套，一年约莫有五千或一万英镑的收入；可是我，彼得思忖，尽管比休大两岁，却为找职业而困扰呢。

　　他已五十三岁了，可还得求他们设法给他一份秘书的职务，或给他找个教孩子拉丁文的代课的工作，去忍受办公室里某个小官吏的差遣，仅仅为了一年能挣上五百英镑；因为，他要是娶了戴西，即便加上抚恤金，他们的收入也不能低于这个数目。惠特布雷德大概能帮他一把，达洛卫也能办到，他并不介意请达洛卫帮他忙。达洛卫是正人君子，只是有点狭隘，脑子不怎么灵活；这些都是事实，但他是彻头彻尾的正人君子。无论什么事，他都以同样刻板的理智去处理，没有半分想象力，也没有一丝才气，却有一种无法形容的优点，这是他一类人所共有的。他应该是个乡绅——搞政治完全是浪费他的精力。在野外养狗骑马，最能发挥他的长处。譬如有一回，克拉丽莎的长毛狗掉入陷阱，有半个爪子都撕裂了，克拉丽莎晕了过去，而达洛卫却把一切都办得妥妥帖帖——给狗儿扎上绷带，安上夹板，安慰克拉丽莎，叫她别惊慌失措。敢情这便是她喜欢达洛卫的缘故——她需要的正是这个："啊，亲爱的，别傻了，握住这个——把那个拿来。"一边又不断对狗说些什么，好像它也是人哩。

　　然而，她怎么能全盘接受他那一大通关于诗歌的议论呢？她怎么能听任他大谈特谈莎士比亚呢？理查德·达洛卫气势汹汹地大放厥辞，说什么正经人都不应该读莎士比亚的十四行诗，因为念这些诗就像凑着小孔偷听（况且他不赞成诗中流露的那种暧昧关系①），还说什么正派人不应当让妻子去拜访一个亡妇的姊妹。简直莫名其妙！唯一的办法是用杏仁糖塞住他的嘴——他是在晚餐桌上说的这番话。可是，克拉丽莎把他的谬论照单全收，认为他非常诚实，颇有独到之见。天知道她是否认为，达洛卫是她遇到的最有思想的人呐！

　　这一点，又成了彼得和萨利之间的一根纽带。他们常到一个花园里散步，园子四周有围墙，栽着玫瑰花和大棵的花椰菜——他还记得萨利摘下一朵玫瑰，止步赞叹月光照耀下卷心菜叶多美（他好多年来从未想过这些往事，奇怪的是，昔日的情景竟然这么历历在目地涌上心头）；此外，萨利又恳求他把克拉丽莎带走（诚然她是半开玩笑地说），把她从休和达洛卫之流"不折不扣的绅士们"那里拯救出来，他们只会"扼杀她的灵魂"（那时萨利写了许多诗歌），只能使她成为一个主妇，滋长她的世俗感。不过，对克拉丽莎也应当公正。无论如何她不会嫁给休，她很明白自己需要的是什么。她的情感全部露在表面，而在内心深处，她却十分机敏——例如，在判断人的性格上，萨利远远不及她，这种能力完全出自一种女性的直觉，她具有女性特有的天赋，不管在何处，她都能创造个人的小天地。她走进一个房间，站在门口，周围簇拥着一大群人，就像他常看到的那样，但留在人们记忆中的却是克拉丽莎。并非是她与众不同，她一点也不美，没什么动人之处，谈吐也从不

---

　　① 莎士比亚十四行诗中眷恋的对象，是一位贵族青年（传说是诗人的恩主）以及一位"黑肤女郎"。

显得格外机智，尽管如此，她却令人难忘，令人难忘。

不，不，不！他不再爱她了！不过，今天早上看到她拿着剪刀和绸片准备宴会之后，他无法抑制自己对她的思念；他的心头不断浮现她的倩影，仿佛坐在火车里，总是感到枕木的颠簸；诚然，这不是爱情，只是想念她，也批评她；事隔三十年，一切又重新开始，他试图剖析她的性格。显然她很世故，过分热衷于社交、地位和成功。从某种意义上讲，这些都是真实的，她本人曾向他承认过。（只要你不厌其烦，总是能从她那儿了解到真情，她不会撒谎。）她会说，她讨厌衣衫不整的女人，讨厌思想保守和一事无成的人——大概就像他那种人吧；她认为，人们没有权利游手好闲，懒懒散散，无所事事；人必须干一番事业，出人头地；在她看来，在她的客厅里见到的社会名流、公爵夫人和白发苍苍的老伯爵夫人，象征着某种实际的权势，而他却认为这批人毫无价值可言。有一回她说，贝克斯巴勒夫人体态轩昂（克拉丽莎本人也同样，她决不会懒洋洋地斜靠着，总是挺直身子，其实有点僵硬）。她说，那些名流体现了一种勇气，随着年龄的增长，她越来越敬佩这种勇气了。当然，其中不少是达洛卫先生的观点，诸如热心公益、大英帝国、关税改革、统治阶级的精神，等等，所有这些对她潜移默化，熏陶颇深。尽管她的才智超出达洛卫两倍，她却不得不用他的眼光去看待事物——这是婚姻的悲剧之一。虽然她自己也有头脑，却老是引用理查德的话——好像人们读了晨报以后，还无法确切了解理查德在想些什么似的！譬如说，举行这些宴会都是为了他，或者可以说，为了她理想中的他（其实，替理查德说句公道话，他要是在诺福克①乡下务农会更愉快些）。她把家里的客厅变成一种聚会的场所，在这方面她简直有天

---

① 英格兰东部一郡名。

才。彼得曾屡次看见她庇护一个初出茅庐的青年，摆布他，转化他，教他觉醒，送他踏上人生的历程。诚然，无数干巴巴的人都聚集在她周围。但是，也会突然冒出几个意想不到的人物：有时出现一位艺术家，有时是一位作家，这类人同那种气氛格格不入。并且，这一切后面还有一整套的探亲访友，留赠名片，待人以礼，带着一束束鲜花与小礼品到处奔走；比如，某某人要到法国去了——就得送只气垫给他；像她这种女人投入的无休止的社交活动，确实令人身心交瘁，她却真心诚意地乐此不倦，乃是出于天性吧。

奇怪的是，在他熟识的人中间，她是最彻底的无神论者，也许（她在某些方面令人一眼见底，在另一些方面却十分难以捉摸，以前他惯于用这种想法去解释她的为人）她对自己这么说：既然我们的民族被锁在即将沉没的船上，注定要灭亡（她少女时代最爱读赫克斯利①和廷德尔②的著作，两人都爱用海上生涯的比喻），既然这一切只不过是可怕的笑话，就让我们至少尽一份力吧，减轻我们同室囚徒的痛苦（又是赫克斯利的语言），用鲜花和气垫装饰地牢，尽可能保持体面吧。那些凶神恶煞，不能让他们随心所欲，为所欲为——她认为，神始终在利用每一个社会去伤害、妨碍、摧毁人的生命，但是只要你举止端庄，不失大家闺秀的风范，那么神的威力就会大受挫折。她那种心情完全是受了西尔维亚之死——那件可怕的事——的影响。克拉丽莎老是说，目睹自己的亲姐妹被一棵倒下的树压死（那全是贾斯廷·帕里的过错——全怪他不小心），足以使你愤世嫉俗；当时西尔维亚也正当豆蔻年华，又绝顶聪敏，在姊妹中最为出色。或许，后来克拉丽莎不那么愤慨了；她认为

---

① 赫克斯利（1825—1895），英国生物学家，对海洋动物深有研究。他赞同达尔文的进化论，同当时的宗教势力激烈斗争。
② 廷德尔（1820—1893），英国物理学家。

没有什么神，也不是任何人的过错；这样她就形成了一套无神论者的宗教——为善而善。

诚然，她生活得很幸福。她天生就喜爱生活的乐趣（虽然，天晓得，她也善于掩饰内心；尽管与她相处多年，他仍经常感到，自己对她的了解还相当肤浅）。不管怎样，她并不怨天尤人，也没有贤妻良母那种令人反感的美德。她几乎什么都喜欢。倘若你和她在海德公园散步，她会醉心于一丛郁金香，一会儿对童车里的一个小孩发生兴趣，过一会儿又心血来潮，临时编造什么荒唐的戏剧场面。（假如她认为有些恋人不幸福，她很可能去安慰他们呢。）她有一种了不起的喜剧感，而不可避免的后果是她把时间都消磨殆尽，午宴、晚宴，举办她那些永无休止的宴会，说些莫名其妙的话，或者言不由衷，从而使脑子僵化，丧失分辨能力。她会坐在餐桌的首席，煞费心机应酬一个可能对达洛卫有用的家伙——他们对欧洲最无聊的琐事都了如指掌——或者，伊丽莎白走了进来，一切又得围绕她转。伊丽莎白在中学念书。上一次彼得到她家去的时候，伊丽莎白还处在不善于辞令的阶段。她是个脸色苍白、眼睛圆圆的姑娘，生性缄默、迟钝，压根儿不像她的母亲。她认为一切都理所当然，任凭母亲小题大做一番，然后问道："我可以走了吗？"好像她只是个四岁的孩子呢。克拉丽莎解释道，伊丽莎白是去打曲棍球的，声调中混合着愉悦和自豪，这种感情看来是达洛卫本人在她心中激起的。现在伊丽莎白可能已经"进入社交界"，因而把他看作思想守旧的老头，嘲笑她母亲的朋友。唉，这也没什么。彼得·沃尔什一手执着帽子，走出摄政公园，心里想，老年的补偿只有一点：虽然内心的热情依然像往昔一般强烈，但是获得了——终于获得了——给生命增添最可贵的情趣的力量——掌握生活经验的力量，在阳光下慢慢地使生活重现的力量。

　　这是可怕的自白（他又戴上帽子），可他如今已五十三岁了，几乎不需要伴侣。生活本身，生活的每一刻、每一滴，此时此地，这一瞬间，在阳光下，在摄政公园内，够满意了。实际上，过于满足了。既然一个人已获得这种力量，就会可惜人生太短促，难以领略所有的情趣，难以汲取每一滴欢乐、每一层细微的意蕴；两者都比以往更为充实，更不带个人情调。他再也不会经受克拉丽莎给他的那种痛苦了。因为，在一段时间里，连续好几个小时，（上帝保佑，他可以这样说而不致被人窃听！）连续好几个小时、好几天，他丝毫没有想念过戴西呐。

　　难道这是因为他依然恋着克拉丽莎？他回想起昔日的痛楚、折磨和满腔的激情。这一回可截然不同，比以前愉快得多。当然，事实上，现在是戴西爱上了他。兴许，这一点可以说明，为什么他在轮船启航后，竟会觉得一阵奇异的安慰，只想独自清静一下，其他什么也不要；而且，在船舱里看见戴西费心给他准备的小礼物——雪茄烟、笔记本、航海用的小毡毯——他竟会感到厌烦。任何老实人都会说：五十出头的人不需要伴侣了；他再也不想讨好女人，说她们很美了；年过半百的人，只要他们是诚实的，大多会这么说，彼得·沃尔什思量着。

　　然而，这些令人震惊的感情流露——今天早上猝然流泪，那是什么缘故呢？克拉丽莎会怎么想呢？敢情认为他是个傻瓜吧，并且不是第一次这么想。这一切归根结底是由于嫉妒，这种心理比人类任何一种情感都持久，彼得·沃尔什忖，手里握着小刀，手臂伸得笔直。戴西在最近来信中说，她曾去看过奥德少校；他知道她是故意写上这一笔的，为了要他妒忌；他想象得出她蹙眉写信时的模样，她心中捉摸着怎样才能刺伤他的心。然而，这一切都是枉费心机，他感到怒不可遏！他跑回英国来找律师调停，这一番闹哄哄的忙乱并非为了娶她，而是为了不让她嫁给别人。这正是由于妒忌之心在折磨他。当他看到克拉丽莎那么镇静、冷淡，那么专心地缝裙子之类的衣服时，也正是妒忌心触动了他；他意识到，她原来可以让他不受痛苦，但恰恰是她，使他变成一个哭哭啼啼的老家伙。不过，他兀自寻思，女人不懂得什么是激情；想到这里，他阖上了折刀。女人不理解激情对男人意味着什么。克拉丽莎委实冷若冰霜。她会坐在沙发上，在他身边，让他握着她的手，甚至主动吻一下他的面颊——他走到了十字路口。

有什么声音打断了他的思路，一种纤细、颤抖的声音，像气泡一般不断冒出，了无方向，毫无活力，没有开端也没有结尾，只是轻微地、尖利地飘荡着，听不出丝毫人间的意味：

> 依　恩姆　法　恩姆　梭
> 福　斯维　土　依姆　乌

听不出这声音是年轻人的还是老人的，男的还是女的；仿佛是一个古老的温泉喷射的水声，就在摄政公园地铁站对面一个高高的、不断震动的形体里传出来，它形似漏斗，又似生锈的水泵，也像随风飘曳的枯树，光秃秃的，永远长不出一片绿叶，任凭风儿在枝桠中穿梭，唱起：

> 依　恩姆　法　恩姆　梭
> 福　斯维　土　依姆　乌

枯树就在那永无止息的微风中摇曳，晃动，发出一阵阵窸窣声和鸣咽声。

在所有的岁月里——当人行道上布满青草，成了一片沼泽，历尽长毛象与象牙的世纪，历尽太阳静静升起的世纪——受尽创伤的女

人——她穿着裙子——右手裸露，左手贴在身边，伫立着，唱起爱情
的颂歌——她歌唱持续百万年的爱、亘古不灭的爱。她轻轻地唱起了
她那死去几百万年的情人。几百万年前，她的情人曾和她在五月里并肩
漫步；然而她记得，尽管光阴如夏日一般漫长，遍地盛开火红的皱菊，
随着岁月的消逝，他离开了人间；死亡的巨镰砍倒了巍巍群山，终于，
她那苍老和花白的头埋在已变成一块冰渣的大地中；她祈求诸神，把一
束紫石南放在她身旁隆起的墓地上；最后一轮夕阳的最后一抹余晖残照
坟茔，因为到那时，宇宙的盛典行将告终了。

当这首古老的歌在摄政公园地铁站的对面传播时，大地似乎仍然郁
郁葱葱，繁花似锦，尽管那歌声出自下里巴人之口，仿佛从地上一个泥
泞的洞口传出，同纷乱的杂草和树根纤维纠结在一起，然而，那首古老
的歌宛如冉冉浮起的气泡和淙淙的流水，浸透了无穷岁月的互相缠绕的
根茎，浸透了白骨和宝藏，流水潺潺，汇成一条条溪涧，流过人行道，
流过马里勒柏恩大街，又往下向尤斯顿大街流去，滋润大地，留下一星
湿漉漉的斑点。

那历尽沧桑的老妪，好似生了锈的唧筒，她仍然记得，在遥远的古
代，在五月里一个艳阳天，她曾与情人并肩漫步；如今只落得伸出一只
手乞讨铜钱，另一只手紧紧攫住身侧；一万年之后，她依然会在那里，
回想起在一个五月的艳阳天，她曾去漫步，如今唯有海水奔腾了；至于
跟谁一起漫步却无关紧要——反正他是个男子，噢，真的，他是曾经
爱过她的男子。然而，时光的流逝使那邈远的五月的艳阳天变得朦胧
了，一朵朵鲜艳的花瓣罩上了银灰色的冰霜；她恳求他（就像她此刻毫
不含糊地乞讨一般）："用你那甜蜜的眼神注视着我的眼睛吧。"可惜如
今她再也看不见那褐色的眼珠、乌黑的胡子和晒红了的面孔，只看到一
个影影绰绰的身影，隐约闪现；她仍然以年逾古稀的人特有的、小鸟一

般清新的神志，婉转地抒唱："把你的手给我，让我温柔地抚摸吧，"
（彼得·沃尔什不由地给了这可怜的老妪一枚银币，然后坐上出租汽车。）"即使被人看见又有何妨？"她问道，一面攥紧手，含笑地，把银币放入口袋；一双双好奇地凝视的眼睛似乎都不见了，过去的世世代代也随之消逝——人行道上熙熙攘攘，中产阶级的绅士淑女们匆匆地奔波——就像树叶被踩在脚下，被那永恒的春天所浸润，淹没，定型——

依　恩姆　法　恩姆　梭
福　斯维　土　依姆　乌

"可怜的老婆子，"雷西娅·沃伦·史密斯说。

啊，可怜的悲惨的老婆子，她说。她站在街边等待，准备穿过马路。

倘若这是个雨夜？倘若那老妇人的父亲，或者在她生活如意时认识过她的人，凑巧经过这里，看到她落魄的模样，会怎么想呢？她在什么地方过夜呢？

永不泯灭的游丝般的歌声欢欣地、几乎快活地渐渐飘入空中，犹如农舍烟囱里的炊烟，袅袅升起，裹住了洁净的山毛榉树，化成一缕青烟，在树端的叶子中飘散。

"即使被人瞧见又有何妨？"

连续几星期以来，雷西娅都闷闷不乐，因此，她对四周发生的一切都有感触，有时候，看到面目善良的人们，她几乎觉得必须在街上拦住他们，只是为了告诉他们："我不幸福呢"；而那老妇人在街上唱着"即使被人瞧见又有何妨？"的歌，使她忽然感到一切都会好转。她和丈夫正要去见威廉·布雷德肖爵士；她觉得那医生的名字听上去就很舒服，他肯定会立即治愈赛普蒂默斯的病。这时，过来了一辆啤酒厂的大车，灰色马的尾巴上插着鬃毛般的稻草，竖得笔直，还有新闻招贴。她感到，不幸福的感觉完全是愚蠢的梦幻。

就这样，赛普蒂默斯夫妇穿过马路；他们究竟有什么引人注目之处？有什么特征会引起一个过路人猜测：这个年轻人的胸中深深地藏着人世间最重要的启示？并且，有没有人会想到，他是人间最幸福而又最悲惨的人？也许他俩比其他人走得慢些，那男的显得有些迟疑，趑趄不前；但是，对于多年来没有在工作日的早晨到过伦敦西区的职员来说，还有什么比仰望天空、左顾右盼更为自然呢？波特兰街似乎是他进入的一个房间，那里的人都已出外，吊灯悬挂在粗布袋里，管家拉开了长帘的一角，让一道道修长的光束照进室内，照在样子古怪的空椅上；她向参观的游客介绍，这地方多么美妙，多么美妙；可是又多么奇怪，他想。

从外表看，他兴许是个职员，一个高级职员，因为他穿着棕色皮靴；他的手表明他颇有教养，他的侧影也给人这种感觉——棱角分明，挺大的鼻子，睿智而敏感，可是他的嘴唇却显得松弛，不太相称；他的眼睛（同多数人一样）没什么特点，不过是淡褐色的大大的；总的说来，他是介乎两者之间的边缘人物：或许他最后会搬入珀利区的一座邸宅，还拥有一辆汽车；兴许一生都在陋巷里租一间小公寓；总之，他是那种靠自学得到一半教育的人，他的学问全都从公共图书馆借阅的书中获得；他写信给一些著名的作家，遵照他们的劝告，每晚工作之余都要读书。

至于生活中的其他经验，就是人们独自在卧室或办公室内，在田野或伦敦街头散步时感受的经验，他均已通晓；他从小就离乡背井，因为母亲欺骗了他，因为他好多次没洗手就下楼去喝茶，因为他看出在斯特劳德①，诗人没有前途；于是他便到伦敦去，只告诉了亲信的小妹妹，并留下一封可笑的短信，就像大人物写的那样；只有当他们经过奋斗而成名之时，普天下的人才会来拜读他们的留言。

伦敦容纳了成千上万名叫史密斯的青年，但对于赛普蒂默斯之类奇特的名字毫不在意；父母给孩子取这样古怪的名字，意欲使他们显得与众不同。他住在尤斯顿大街附近，有过形形色色的经历。譬如，在两年之内他那红润、稚气、椭圆的脸就变得又尖又瘦，充满敌意了。可是对于这一切，即使最善于观察的朋友能说些什么呢？除非像园丁早晨打开花房的门，看到他种的花儿又有一朵开放时所说的：花开了！那是虚荣、野心、理想主义、激情、孤独、勇气和惰性这些常见的种子培育出的异葩，所有这一切混合起来（就在尤斯顿大街附近的斗室内）使他感到怯懦，说话结结巴巴，使他渴望提高修养，也使他爱上了伊莎贝尔·波尔小姐，她在滑铁卢大街讲解莎士比亚作品。

他不是有点儿像济慈②吗？她思忖着，考虑如何使他欣赏《安东尼和克利奥佩特拉》③以及其他莎士比亚戏剧；她借书给他，写给他一些短简；在他心中燃起生平唯一的烈火，并不产生热量，仅仅在波尔小姐身边闪烁金红色火焰，无限幽雅而飘渺；背景是《安东尼和克利奥佩特拉》，滑铁卢大街。他觉得她很美，相信她才智超群，无瑕可击；他在幻梦中思念她，写诗奉献给她，而她却忽视其中眷恋之情，只用红墨水笔替他改错；有一个夏夜，他瞧见她穿着绿裙在广场散步。"花开

①英国西南部小城。
②济慈(1795—1821)，英国浪漫派诗人，著名诗篇有《夜莺颂》、《秋颂》、《希腊古瓮颂》等。
③莎翁后期著名悲剧，取材于普鲁塔克(Plutarch)著《希腊罗马名人传》。

了，"园丁要是打开门可能会这样说，换句话说，要是园丁在任何一个
夜晚，约莫同样的时刻，走进房来，看见他在写作，看见他把写的稿子
撕掉，看见他在凌晨三点写完一部巨著，奔到街上溜达，参观教堂，有
的日子禁食，有的日子痛饮，贪婪地读莎士比亚、达尔文的著作，以及
《文明史》和萧伯纳的作品。

布鲁尔先生知道史密斯出了什么事。布鲁尔先生在西布利和阿罗
史密斯公司当总干事，那公司经营拍卖、估价和地产买卖。他认为，史
密斯出了什么事了；对这个年轻人，他有慈父般的感情，对史密斯的才
能他高度评价，并且预言在十年至十五年内，他会成功地坐上经理室中
阳光照耀的皮靠椅，四周环绕着存放契约等文件的箱子。"只要他保持
身体健康，"布鲁尔先生道。可是，史密斯看上去弱不禁风——这是个
隐患；于是他建议史密斯去踢足球，锻炼身体，还请他吃晚饭，而且考
虑推荐他提薪，但就在这时发生了一件事，推翻了布鲁尔先生的大部分
计划，夺走了他手下最能干的年轻人。欧洲大战的魔爪是如此阴狠，如
此无孔不入，终于把一座谷物女神的石膏像砸得粉碎，在天竺葵花床里
炸出个大洞，还把马斯威尔希尔区布鲁尔先生家的厨师吓得神经错乱。

赛普蒂默斯加入了第一批自愿入伍者的行列。他到法国作战，为了
拯救英国；在他的头脑中，英国这一概念几乎完全是莎士比亚戏剧，以
及穿着绿裙子在广场散步的伊莎贝尔·波尔小姐。在法国战壕里，他的
身心立刻发生了一种变化，也就是布鲁尔先生建议他踢足球时设想的变
化；他变成了雄赳赳的男子汉，得到晋升，还受到长官埃文斯的青睐，
甚至钟爱。事情活像两条狗在火炉前地毯上嬉戏；一条小狗耍弄一个纸
球，咆哮着猛扑上去，不时咬一下老狗的耳朵；那老狗则懒洋洋地躺
着，眼睛一眨一眨地望着炉火，伸出一只爪子，转身慈爱地吠叫几声。
他们形影不离，分享一切，又争吵，打架；然而，当埃文斯（雷西娅和

他只有一面之缘，称他是个"文静的人"，他体格健壮，一头红发，在女性面前相当木讷），当埃文斯于停战前夕在意大利牺牲时，赛普蒂默斯却显得无动于衷，甚至没有看作一场友谊的终止，反而庆幸自己能泰然处之，颇为理智。战争教育了他。战火是壮观的。他已经历全部过程：友情、欧洲大战、死亡，得到过晋升，年龄不满三十，肯定会活下去。这一点，他预料得不错。最后一批炮弹也没有击中他。他冷漠地眼看它们爆炸。和平降临之时，他正在米兰，被安顿到一个旅店老板家去住，那儿有一个院子，盆里栽着鲜花，小桌子放在空地上，老板的几个女儿在做帽子。有一天晚上，他与这一家的小女儿卢克丽西娅订了婚，当时意识到自己感觉麻木，因而惊恐万分。

一切都已结束，停战协定已经签订，死者亦已埋葬，可是，他却被一种突如其来的恐怖所笼罩，晚上尤其可怕。他丧失了感觉的能力。那些意大利姑娘坐在房里做帽子，他打开她们的房门，便能看到她们，听见她们的声音，小盘子里盛着彩珠，姑娘们在彩珠中间搓金线；她们把硬麻布制的模型左右转动，桌上堆满了羽毛、金属饰片、丝绸和缎带，剪刀碰着桌面，发出嘎嘎声；可是他有一个缺陷，丧失了感觉的能力。不过，剪刀的嘎嘎声、姑娘们的笑声，以及帽子的制作过程，这一切保护了他，保证了他的安全，给了他避难之处。可他不能整夜坐在那儿。他在清晨时常失眠。床在坍塌，他在往下掉。嗬，只要求得剪刀、灯光和硬麻布模型所保障的安全就行了！于是他请求卢克丽西娅嫁给他，她是两个女孩中较年轻的，活泼而轻佻，长着艺术家特有的纤细的手指，她会经常翘起手指说："奥妙尽在其中呢。"丝绸、羽毛，还有其他一切，在她的手指拨弄下都富有生命。

"帽子才是最重要的，"当他们一起去散步时，她会这么说。她会仔细观察一路上看见的每一顶帽子，观察斗篷、衣裙以及妇女们的风度。她批评衣冠不整，也反对浓妆艳抹，但不带恶意，只是以手势表示不耐烦，就像一个画家把刺眼的赝品从眼前拿开时所做的手势，尽管那些假冒的画匠显然并无恶意。此外，卢克丽西娅会宽厚地而又带着批评的眼光，称赞一个装束得恰到好处的女店员，或者以行家的目光，满腔热情、毫无保留地对一位刚下马车的法国太太赞叹不已。那位女士穿着灰鼠皮大衣、罩袍，戴着珍珠首饰。

"太美了！"卢克丽西娅低声说，一边用手肘推了推赛普蒂默斯，叫他也看。还有"美食"，陈列在玻璃橱窗后面。他却感到食而无味（雷西娅爱吃冰淇淋、巧克力一类的甜食）。他把杯子搁在大理石小桌上，不想吃。他望着街上的人群，他们似乎很幸福，聚在街心，高声叫嚷，嘻嘻哈哈，莫名其妙地争论不休。他却食而不知其味，感觉麻木。就在茶室里，置身于茶桌和喋喋不休的侍者中间，那骇人的恐怖攫住了他的心灵——他失去了感觉的能力。他能推理，也能阅读，例如，他能毫不费力地读懂但丁①的作品（"赛普蒂默斯，你一定要把书放下，"雷西娅说，一面轻轻地阖上《神曲·地狱篇》）；他能算清账目，头脑十分健全；那么，肯定是社会出了差错——以致使他丧失了感觉力。

"英国人真是沉默寡言，"雷西娅道。她喜欢这样，她说。她敬重那些英国人，也想看看伦敦，看看英国的骏马和裁剪入时的衣服。她有一个姨妈嫁给了英国人，住在索霍②；她还记得，姨妈曾告诉她，伦敦的商店妙不可言哩。

他们搭上火车离开纽海汶，赛普蒂默斯凝望车窗外掠过的英格兰大

---

① 但丁（1265—1321），意大利民族诗人。代表作《神曲》具有史诗的规模，概括了中世纪后期意大利的社会风貌与本质，并谴责教皇和僧侣的专制与贪婪；继往开来地预示了文艺复兴时代。

② 伦敦市中心一地区，以栉比鳞次的夜总会、影剧院、异国风味的饭店等闻名；也是华侨的聚居区。

地，心中寻思：兴许世界本身是毫无意义的吧。

在办公处，上级提升他担任要职，并为他感到骄傲。他曾荣获十字勋章。布鲁尔先生说："你已尽了职责，现在该由我们……"他激动万分，竟连话也说不下去。随后，他与雷西娅搬进了托特纳姆考脱大街旁一所令人羡慕的宅子里。

在这里，他再次翻开莎士比亚的作品。少年时代对语言的陶醉——《安东尼和克利奥佩特拉》——消失得无影无踪了。莎士比亚多么憎恶人类——穿衣，生孩子，腌臜的嘴巴和肚子！这一点，如今已被赛普蒂默斯识破，那就是蕴含于华丽的词藻之中的启示。一代人在伪装下传给下一代人的秘密信息，无非是憎恶、仇恨、绝望。但丁就是如此。埃斯库勒斯①（从译本看来）也是如此。雷西娅就坐在那边桌上装饰帽子，那是为菲尔默太太的朋友做的，她按钟点干活儿。赛普蒂默斯觉得她看上去苍白、神秘，犹如一朵淹没在水下的百合花。

"英国人太一本正经，"她会这么说，同时伸出手臂搂住赛普蒂默斯，把脸颊贴在他面孔上。

莎士比亚厌恶男女之间的爱情。两性关系使他感到肮脏。可是雷西娅说，她一定要有孩子。他俩结婚已经五年了嘛。

他俩去观光了伦敦塔②，参观了维多利亚和艾尔伯特博物馆③，站在人群中观看国王主持议会开幕式。还有那些商店——帽店、服装店、橱窗里陈列着皮包的商行，雷西娅会站在那里目不转睛地细看。但是，她非得有个儿子。

---

①埃斯库勒斯（公元前525—前456），古希腊戏剧家，称为希腊悲剧之父。
②伦敦之东的城堡，现为国家博物馆，馆内收藏英国皇室珍宝。在历史上，伦敦塔曾长期被用作主要的国家监狱。
③伦敦市内博物馆，珍藏世界各国名画。（艾尔伯特是维多利亚女王的丈夫。）

　　她说，一定要有一个像赛普蒂默斯的儿子。其实，没有人能与赛普蒂默斯相比：他那么温存，那么庄重，又那么聪敏。难道她不能也读些莎士比亚的作品吗？莎士比亚是个很难懂的作家吗？

　　不能让孩子在这样一个世界上出生。他不能让痛苦永久持续，或者为这些充满淫欲的动物繁殖后代，他们没有永恒的情感，只有狂想和虚荣，时而涌向这边，时而又倒向那边。

　　他谛视着雷西娅裁剪，整形，恰如一个人瞧着鸟儿在草丛里跳跃，飞舞，连手指也不敢动一动。实际上，人既无善意，也无信念，除了追求眼前更多的欢乐之外，没有仁慈之心，这就是真相（尽管她对此并不理会）。人们成群结队地去狩猎。他们结成一伙又一伙，去搜索沙漠，尖啸着消失在荒野中。他们抛弃死者。他们脸上满是怪相。譬如说，办事处的那个布鲁尔，他的小胡子上涂了蜡，戴着珊瑚领带扣针，穿着白色紧身裤，还有令人愉快的热情——然而他的内心却是一片冷漠和怯懦——他的天竺葵在大战中炸毁了——他的厨师精神失常；再比如那个叫阿米莉亚什么的，总是在五点准给大家送茶点——她是个目光狡黠、神色鄙夷、声名狼藉、贪得无厌的小东西；还有那些穿着浆洗过的硬衬胸的汤姆和伯蒂们①，他们身上渗出一滴滴罪恶，他们从未见过他在笔记本上画的他们的丑态：赤身露体，装模作样。在街上，卡车在他身边隆隆驶过，招贴画上揭露种种令人炫目的暴行：男人陷在矿井下，女人被活活烧死；有一次，一群伤残的疯子列队在托特纳姆考脱大街上，跨着轻松的步伐，龇牙咧嘴地向他点头，从他身旁擦肩而过，每个人都抱歉似地、而又得意洋洋地显示不可救药的苦恼；这些疯子正在操练、透风，也许是作为展品，供公众消遣（人们哄然大笑）。他会不会发

---

①泛称，指庸庸碌碌之辈。

疯呢?

喝茶的时候①,雷西娅告诉他,菲尔默太太的女儿要生孩子了。她可不能一天天衰老而没有孩子!她很孤单,很不幸福!自从他们结婚以来,她第一次哭泣。她的哭声远远地传到他的耳畔,他确实听到而且清楚地注意到哭声,他把它与活塞的撞击声相比。但他并无感觉。

妻子在哭,他却无动于衷;不过她每次这么深切、沉默、绝望地啜泣时,他就向地狱沉下一级。

终于,他把头埋入双手之中,这一姿态过分做作,他完全明白其中毫无诚意,只不过是机械的动作而已。现在他已投降,要由别人来帮助他;一定得唤人来,他屈服了。

什么也无法使他醒来。雷西娅扶他上了床,请来了一位医生——菲尔默太太介绍的霍姆斯大夫。那大夫给他作了检查,说他什么病也没有。哦,真令人宽慰!多么善良、多么好心的人啊!雷西娅自忖。霍姆斯大夫说,要是他自己感觉异样的话,就上音乐厅去排遣,或者同妻子一起休假一天,打高尔夫球。为什么不在临睡前吃点溴化剂呢?每次两片,用开水吞服。霍姆斯大夫敲敲墙壁说,勃卢姆斯伯里②一带的老房子内,嵌板细工大都做得挺讲究,不过,房东却愚蠢地用墙纸把它们全糊上;不久前有一天,他去看一个叫什么爵士的病人,住在贝德福德广场③……

这样看来,没有任何借口了,他什么病也没有,只犯了那桩罪过,为此,人性已判处他死刑,让他丧失感觉。埃文斯阵亡时,他满不在

①英国人在下午4点半至5点左右有喝茶的习惯,茶桌上备有糕点、饼干之类。
②伦敦市中心一地区,系不列颠博物馆和伦敦大学所在地。弗吉尼亚·伍尔夫自1904年起就在这里居住。
③属于勃卢姆斯伯里区,在不列颠博物馆附近。

乎，那便是他最大的罪过；可是在清晨，所有其他罪行都在床的围栏边昂起头来，摇晃着手指，针对他那平躺的身体冷嘲热讽。他躺在床上，意识到自己堕落了；他并不爱妻子，却跟她结婚，欺骗了她，引诱了她，并且使伊莎贝尔·波尔小姐怒不可遏；他身上布满斑斑点点的罪恶，因而，妇女们在街上看见他便会吓得发抖。对这样的可怜虫，人性的判决是死亡。

霍姆斯大夫再度来访、出诊。他身材高大，面色红润，仪表堂堂；他轻轻地踢几下靴子，照几下镜子，把一切都说成无关紧要——头痛啰、失眠啰、惊恐啰、乱梦啰——他说这些只不过是神经质的症状，其他什么也不是。假如霍姆斯大夫发现自己一百十六磅的体重减轻了，即使仅仅减轻半磅，他也要在早餐时叫妻子给他再来一份麦片粥（雷西娅得学会煮麦片粥呀）；他又说，总而言之，健康主要靠自己掌握。要使自己对外界事物感兴趣，养成某种爱好。他打开莎士比亚剧本——《安东尼和克利奥佩特拉》——又把莎士比亚的书推开。霍姆斯大夫说，要有一种兴趣与爱好，因为，他自己那强健的体魄（他工作起来同许多伦敦人一样努力）就该归功于这一点：他总是能把精力从治疗病人转到搜罗古董式的家具，难道不是这样吗？啊，要是不嫌冒昧的话，他得说，沃伦·史密斯太太插的那把梳子可真漂亮哩！

当这该死的家伙再次来访时，赛普蒂默斯拒绝见他。他真的不见我吗？霍姆斯大夫愉快地微笑着说。呃，他不得不友好地推开娇小可爱的史密斯太太，这样才能越过她，进入她丈夫的卧室。

"哦，你害怕了，"他欢快地说，在病人身边坐下。竟然对妻子说什么要自杀，她还那么年轻，又是外国人，不是吗？难道这不会使她对英国丈夫产生一种极其古怪的想法吗？一个人对自己的妻子得负一种责任吧，难道不是吗？与其躺在床上，还不如去干一项工作，不是更好吗？他已经有四十年的经验了，赛普蒂默斯可以相信，霍姆斯大夫不会骗他——他压根儿没有病。下一次霍姆斯大夫再来时，希望看到赛普蒂默斯已经起床，不再使他的妻子，那位娇小可爱的太太，为他那么担忧了。

总之，人性——这个鼻孔血红、面目可憎、残暴透顶的畜生抓住他了。霍姆斯抓住他了。霍姆斯大夫每天按时来看他。赛普蒂默斯在一张明信片背面写道：一旦你失足走入歧途，人性便缠住你不放。霍姆斯不会放过他。他俩唯一的生路只有逃跑，不让霍姆斯知晓，逃往意大利——无论何处，无论何地，只要离开霍姆斯。

但是，雷西娅不能理解他。霍姆斯大夫那么善良嘛。他对赛普蒂默斯关心备至。他说，他一心想帮助他们。她告诉赛普蒂默斯，霍姆斯大夫有四个孩子，他邀请她去喝茶呢。

这么说，他被遗弃了。全世界的人在叫嚷：为了我们，自杀吧，自杀吧！可他为什么要为了他们而自杀呢？想想看，食物可口，太阳温暖；而自杀这回事，又该怎么办呢？用一把餐刀，血流满地，太恶心了——还是吸煤气管吧？他太软弱了，几乎连手也难以举起。况且，他已被判决，遭到遗弃，孑然一身，同濒死的人一样孤苦伶仃；然而，在这孤独中，却自有莫大的欣慰，崇高的独立不羁，逍遥自在，那是有牵挂的人无法享受的。诚然，霍姆斯是胜利者，那长着血红鼻孔的畜生是胜利者。不过，即使霍姆斯本人也无法碰一下这个被抛弃、被排斥的畸零人，在天涯海角飘泊的最后一个厌世者，他回眸凝视红尘，仿佛溺水而死的水手，躺在世界的边缘。

正在那关头（雷西娅出去买东西了），伟大的启示降临了。帘幕后面传来一个声音。埃文斯在讲话。死者与他作伴了。

"埃文斯，埃文斯，"他呼唤着。

史密斯先生在大声自言自语，年轻的女仆艾尼丝在厨房里告诉菲尔默太太。当她端着托盘进去时，他高声叫道："埃文斯，埃文斯！"她大吃一惊，吓得跳起来。她跌跌撞撞地奔到楼下。

雷西娅走进来，手里捧着鲜花。她穿过房间，把玫瑰花插入花瓶中，阳光直射在花朵上，雷西娅在室内欢笑，雀跃。

雷西娅说，她不得不从街上一个穷人手里买下这些玫瑰；不过，花儿差不多凋谢了，她说，一面插好玫瑰花。

唔，外面有一个人，肯定是埃文斯；至于雷西娅说的几乎凋谢的玫瑰，则是他在希腊田野上采撷的。互通信息意味着健康，幸福。互通信息，他轻轻地咕哝着。

"你在说些什么，赛普蒂默斯？"雷西娅问他，心中恐惧万分，因为他在喃喃自语。

她吩咐艾尼丝跑去请霍姆斯大夫。她说她的丈夫精神错乱，几乎连她也不认识了。

"你这个畜生！你这个畜生！"赛普蒂默斯骂着，因为他看到了人性，也就是霍姆斯大夫，走进房间。

"哎，这一切是怎么回事？"霍姆斯大夫用人世间最温和的语气问他。"胡言乱语吓唬你的老婆吗？"霍姆斯会给他服一些药，让他安睡的。如果他们很有钱的话（霍姆斯冷嘲地扫视一下房间），如果他们不信任他的医道，那么，他们满可以上哈利街①去求医；霍姆斯大夫说这几句话时，不那么和颜悦色了。

时间恰恰十二点正，大本钟敲响了十二下，钟声飘荡至伦敦北部，

---

① 伦敦一街名，是收费昂贵的私人医生聚集之处。

同其他钟声汇合，又与云彩及烟雾飘渺地交融，终于在蓝天翱翔的海鸥之间消逝了——当克拉丽莎·达洛卫把绿色衣裙放在床上，当沃伦·史密斯夫妇一走上哈利街，就在此时，正午的钟声敲响了。十二点是他们预约的时间。雷西娅望过去，心想，那也许就是威廉·布雷德肖爵士的寓所吧，门前停着一辆灰色汽车。（一圈圈沉重的声波在空中回荡而消融。）

　　果然——是威廉·布雷德肖爵士的汽车，那辆灰色汽车，车身低、功率高，嵌板上只简朴地刻着他的姓名缩写，字字连缀；似乎他认为，不宜刻上贵族的纹章，因为他更高贵，乃是神灵的助手，传播科学的大法师。正因为汽车是灰色的，为了同这庄重与柔和的色泽相配，车内层层叠叠铺设灰色毛皮和银灰色毛毯，这样，爵士夫人在车中等候时就不会受风寒侵袭。威廉爵士经常驾驶六十英里甚至更长的路程，到乡间去为那些有钱的病人出诊，恰如其分地索取高额诊金，因为这些病人付得起。爵士夫人背靠座位在车中等候一小时或更长一些时间，膝盖周围用毛毯裹住，心中有时想着病人，有时想着一堵金墙；就在她等待的时候，金墙每分钟都在增高，她这么想是有道理的，因为金墙能使他们俩摆脱所有的变故和忧患（她曾勇敢地忍受忧虑，他俩曾苦苦奋斗）。她这么想着、想着，感到自己置身于宁静的海洋上，那里唯有香风吹拂；她受人尊敬、赞美、羡慕，她的愿望好像都已实现，尽管身子肥胖不免令她遗憾；每星期四晚上，他俩都要设盛宴，招待同行；偶尔为义卖市场剪彩，还觐见过皇族；可惜她和丈夫相聚的时光过于短暂，因为他的工作越来越繁忙；他们有一个儿子在伊顿公学①念书，学习很出色；她

---

①伊顿公学，英国最著名的私人学校，1440年由亨利六世创建。历届毕业生中成为政界、工商界与学术界的名人甚多，例如惠灵顿公爵、格拉斯通首相、麦克米伦首相、道格拉斯·霍姆首相，等等。

还想生一个女儿；她的兴趣很广泛，儿童福利啰、癫痫症的病后调养啰，她都关心；此外，她也酷爱摄影，要是正在兴建一座教堂，或者一座教堂行将倒坍，她就会在等候丈夫的时候，买通教堂司事，拿了钥匙进去拍照，那些照片几乎能和职业摄影师的作品媲美呢。

威廉爵士本人年纪不轻了。他曾拼命工作，他的地位完全由于他的能力（其父是个小店主）；他热爱自己这一行，善于在大场面上显露头角，又有雄辩的口才——当他受封爵位时，多年的辛劳使他显得滞重、倦怠（川流不息的病人简直永无休止，名医的重任和特权那么艰巨），这种倦怠的神色配上白发，使他的形象更显得与众不同，并且带来一种声誉（这对于治疗神经科疾病尤为重要），说他不仅具有闪电般的绝技和几乎万无一失的诊断，而且富有同情心，手腕高明，洞察人心。当他们俩（沃伦·史密斯夫妇）一走进房间，他便一目了然；一看到赛普蒂默斯，他就断定这是一个极为严重的病例。他在几分钟内就确定，这是精神彻底崩溃的病例——体力和神经全面衰竭，每个症状都表明病情严重（他在一张浅红色病历卡上记录他俩的回答，一面小心地喃喃自语）。

霍姆斯大夫给他治疗了多久？

六个星期。

开了一点溴化剂吗？他说什么病也没有吗？噢，是的。（这些普通开业医生！威廉爵士心想，他一半时间都得花在纠正他们的错误上，有些根本无法弥补。）

"你在战争中表现很出色吗？"

病人迟疑地再说了"战争"一词。

病人给词汇赋予象征性的含义。这是个严重迹象，应记入病历卡。

"战争？"病人问。欧洲大战——是小学生用火药搞的小骚动吗？

他在服役期间表现很出色吗？他真的忘了。正是在大战中他失败了。

"不，他在战争中表现非常出色，"雷西娅肯定地告诉医生。"他得到了晋升。"

"在你的办事处，人们对你的评价也很高吗？"威廉爵士扫了一眼布鲁尔先生那封充满赞美之词的信，低声问道。"那么，你没什么需要担忧，没有经济问题，什么问题也没有，是吗？"

他犯了一桩可怕的罪，被人性判处了死刑。

"我……我曾经，"他开始说，"犯了罪……"

"他什么过错也没有，"雷西娅向医生保证。威廉爵士道，如果史密斯先生不介意的话，他想和史密斯太太在隔壁房间谈一谈。你的丈夫病情很严重，威廉爵士告诉雷西娅。他是否扬言要自杀？

是的，他是这么说的，她答道。不过，他不是当真的，雷西娅说。当然不是。问题只是他需要休息，威廉爵士道：休息，休息，再休息，长期的卧床休息。乡下有一所令人惬意的疗养院，她的丈夫会在那儿得到充分照料。要叫他离开她吗？她问。威廉爵士道：没有别的办法，他必须离开她；当我们患病时，最亲近的人对我们并无好处。不过，他没有发疯吧，不是吗？她问。威廉爵士从来不提"疯狂"这个词，他称之为丧失平衡感。她又说，她的丈夫不喜欢医生，他会拒绝到疗养院去的。威廉爵士简短而耐心地跟她解释病情。他曾扬言要自杀。所以，没有别的办法可供选择。这是个法律问题。他将在乡间一所美妙的屋子里卧床休息。那里的护士很出色呐。威廉爵士每星期会去探望他一次。假如沃伦·史密斯太太真的感到没有其他问题需要问他了——他从不催促病人——那么，他们就回到她丈夫那儿去。她说，没有什么要问了——没有什么需要询问威廉爵士的了。

于是，他们回到赛普蒂默斯·沃伦·史密斯跟前，这个人类中最崇高的人，他是面对法官的罪人，绑在高处示众的牺牲者，亡命之徒，溺死的水手，写下不朽颂歌的诗人，撇开生命走向死亡的上帝。他坐在一张扶手椅上，在日光照耀下，谛视着布雷德肖夫人身穿宫廷服装的照片，含糊地咕哝着关于美的字眼。

"我们已经简短地交换了意见，"威廉爵士道。

"他说你病得很重，很严重，"雷西娅说。

"我们认为你应该到疗养院去，"威廉爵士告诉他。

"霍姆斯办的疗养院吗？"赛普蒂默斯嗤之以鼻。

这家伙给我的印象极坏，威廉爵士自忖；因为他的父亲是个生意人，他对教养和衣着怀有本能的敬意，衣衫不整使他恼怒；而且，更隐秘的原因是，威廉爵士内心深处嫉恨有教养的人，因为他自己从来没时间读书，而那些人来到他的诊所，暗示医生并非受过教育的人，尽管这个职业需要才智高超的人时刻绞尽脑汁。

"不错，是我办的一个疗养院，沃伦·史密斯先生，"他说，"在那里，我们将教会你休息。"

最后还有一桩事。

他深信沃伦·史密斯先生复原以后，世上没有人会比他更温存，决不会让妻子受惊吓的。不过，他曾扬言要自杀哩。

"我们都有消沉的时刻嘛，"威廉爵士道。

你一旦失足，人性就会揪住你不放，赛普蒂默斯反复告诫自己。霍姆斯和布雷德肖不会放过你的。哪怕你逃入沙漠，他们也会去搜索，哪怕你遁入荒野，他们也会尖叫着冲过来，还用拉肢刑具和拇指夹①折磨你。人性残酷无情哪。

---

① 中世纪迫害异教徒的残酷刑具。

"他有时会冲动吗？"威廉爵士问雷西娅，把铅笔搁在浅红色病历卡上。

那是我自己的事，赛普蒂默斯在一边说。

"没有人只为自己而活着，"威廉爵士道，同时瞟了一眼他妻子穿着宫廷服装的相片。

"你还有远大的前程哩，"威廉爵士道。布鲁尔先生的信就放在桌上。"前途无量嘛。"

假如他吐露真情呢？假如他实言相告呢？霍姆斯、布雷德肖会不会放过他？

"我……我……"他结结巴巴地说。

可他究竟犯了什么罪？想不起来了。

"什么？"威廉爵士鼓励他说下去。（时间可不早了。）

爱、树木，没有罪行——他给人们的启示是什么呢？

想不起来了。

"我……我……"赛普蒂默斯结结巴巴地说不下去。

"尽可能少考虑你自己，"威廉爵士善意地劝他。说实在的，他这样的身体根本不宜走动。

你们还有什么事要问我吗？威廉爵士道。他会作好一切安排（他低声告诉雷西娅），他会在当天傍晚五点到六点之间通知她的。

"一切都托付给我吧，"他说，接着打发他俩走了。

雷西娅出生以来从未感到如此痛苦，绝对没有！她祈求医生帮助，却遭到了冷漠，敷衍了事！他辜负了他俩的期望！威廉爵士不是个好心人。

当他俩走到街上时，赛普蒂默斯说：光是保养他那辆汽车就得耗费不少钱吧。

她紧紧攥住他的手臂。他俩被人抛弃了。

其实，她对医生还能有什么奢望呢？

他已给了病人三刻钟时间。如果在这门精确的科学中，一个医生丧失了平稳之感，就不成其为医生了，何况这门科学涉及的是我们一无所知的领域——神经系统，人的大脑。我们必须有健康的体魄，而健康就意味着平稳。当病人走进你的诊所，宣称他就是耶稣基督（这是个常见的错觉），还说他要给世人启示（病人大都这么说），并且扬言要自杀（他们经常这么扬言），那医生就得运用平稳的手段：命令病人卧床休息，独自静养，安静和休息；休息期间不会见朋友，不看书，不通信息；休息六个礼拜，直到病人的体重从进院时的七点六磅增加到十二磅为止。

平稳，神圣的平稳，乃是威廉爵士的女神。他获得这一概念是在巡视病房之时，在垂钓鲑鱼之时，在布雷德肖夫人于哈利街生儿子的时刻。布雷德肖夫人也钓鲑鱼，而且，她拍的照片同职业摄影师的不相上下。由于他崇拜平稳，威廉爵士不仅自己功成名就，也使英国日益昌盛；正是像他之类的人在英国隔离疯子，禁止生育，惩罚绝望情绪，使不稳健的人不能传播他们的观点，直到他们也接受他的平稳感——如果病人是男子，就得接受他的观念，如果是女子，就接受布雷德肖夫人的观念（这个贤妻良母绣花，编织，每星期有四天在家陪伴儿子）；正因为如此，不仅同行尊敬他，下属害怕他，而且病人的亲友对他怀有最深切的感激，因为他坚决主张：那些预言世界末日或上帝显灵、自命为基督或女基督的男男女女预言家们，统统应该遵照威廉爵士的命令：躺在床上喝牛奶——这是威廉爵士根据三十年来治疗这类病例的经验，以及他那一贯正确的直觉得出的结论。这，便是疯狂——这种观念，他那平稳的观念。

然而，平稳还有个姊妹，不那么笑容可掬，更令人敬畏；这位女神此刻正要冲下圣殿，打碎偶像，代之以她自己那严峻的形象——在炎热的印度沙丘上，在泥泞的非洲沼泽地里，在伦敦的贫民窟；总之，只要不正常的气候或魔鬼引诱人们放弃自己的真实信念，她便会在那里出现。她的大名叫感化，她尽情地蹂躏弱者的意志，热衷于引人注目，发号施令，强加于人，把自己的容貌刻在民众脸上而得意扬扬。在海德公园的自由论坛上①，她站在一个桶上宣讲；她身穿白衣，装出兄弟般仁爱的面貌，在工厂和议会里走动，带着一副忏悔的模样；她提供援助，但渴望权力；她粗暴地惩罚异己分子或心怀不满的人；她赐福于驯良之辈，他们仰望她，卑躬屈膝，从她的眼神里看到自己的光明。这位女神（雷西娅·沃伦·史密斯看透了）也存在于威廉爵士心中，尽管她披着似乎合情合理的伪装，潜伏在冠冕堂皇的名称之下：爱情、职责、自我牺牲，等等；在大多数场合，她不露真面目。威廉爵士一直多么辛勤地工作啊——多么努力地筹措资金，宣传改革，创立机构啊！但是，感化，这位爱挑剔的女神，更喜欢鲜血，而不爱砖瓦，并且极其微妙地尽情销蚀人们的意志。譬如布雷德肖夫人吧，十五年前她屈服了，拜倒在感化女神的脚下，这是完全无法解释的：没有当众争吵，没有厉声申斥，只是潜移默化，她的意志渐渐消沉，被水淹没，转变为他的意志。她带着甜蜜的笑容，很快地顺从了；在哈利街宅子里准备八九道菜，宴请十至十五位专家，她都应付裕如，礼数周全。不过，那天晚上，她露出一些呆板的样子，兴许是忐忑不安，神经质的抽搐，笨拙的摸索，支吾其辞，困惑不解；这一切证明这位可怜的夫人说了谎——要相信这一点真叫人痛苦。曾几何时，她为人机灵，轻而易举地钓到鲑鱼，而如

---

① 海德公园是伦敦著名的公园。按惯例，各式各样的人可以在园内公开宣讲形形色色的观点。

今，却为了满足她丈夫追求控制与权力的强烈欲望，那种使他眼睛里闪现圆滑而贪婪的神色的欲望，她抽搐，挣扎，削果皮，剪树枝，畏畏缩缩，偷偷窥视；她弄不明白，究竟是什么缘故使那天的晚宴不太愉快，为什么人们感到头昏脑涨（很可能由于医学专业的话题太严肃了，或者由于主人身为名医，过于忙碌而疲乏不堪；布雷德肖夫人说，一位名医的生命"属于他的病人而不属于他自己"）；总之，晚宴沉闷乏味；所以，当钟声敲响十点，散席之后，客人们呼吸到哈利街上清新的空气时，真感到如释重负；不过，这种安慰却不是那位名医的病人能享受的。

在那墙上挂着图画、陈设着贵重家具的灰色诊所里，病人们在毛玻璃反射的日光下，了解自己所犯错误的严重性；他们蜷缩在扶手椅里，瞧着他为了他们的利益，挥舞手臂，做完一套奇怪的动作。他突然伸出胳膊，又猛地抽回来，从而证实（如果病人顽固不化）威廉爵士完全能控制自己的行动，而病人则不能。就在那诊所内，有些软弱的病人经受不住，放声啼哭，低头屈服；另一些人，天知道他们受了什么过于疯狂的刺激，竟然当面辱骂威廉爵士是个可恶的骗子，甚至更为狂妄地怀疑生命本身。人为什么要活着？他们问。威廉爵士答道：因为活着就好。对于布雷德肖夫人来说，活着当然是美好的；她那幅戴着鸵鸟毛装饰的画像就挂在壁炉之上的墙上，而他的收入呢，一年差不离有一万二千英镑呐。可是对于我们这种人呢，病人责问道，生活并没有给予这些恩惠。威廉爵士含蓄地表示赞同。他们缺乏平稳的观念。也许，归根结底，人世间并没有上帝吧？病人又问。他耸了耸肩膀。总而言之，活着还是死去，难道不是我们自己的事吗？在这一点上，你们错了。威廉爵士有一位朋友住在萨里①，有人在那里教授一种十分艰难的艺术（威廉

---

① 英格兰东南一地区。

爵士坦率地承认）——平稳的观念。此外，还有家庭温暖，荣誉，勇敢，以及光辉的事业。威廉爵士对这一切都坚决拥护。万一这些终于失败，还有警察和社会力量支援他。他们将在萨里注意压制那些不利于社会的鲁莽举动，威廉爵士沉静地说。这些举动主要是由于出身低微而滋生的。到那时，那位女神便会从她潜伏之处悄悄地踅出，登上宝座；她的欲望是镇压反抗，把自己的形象永不磨灭地树立在他人的圣殿内。于是，那些赤身裸体、筋疲力尽、举目无亲、无力自卫的人们便受到威廉爵士的意志的冲击。他猛扑，他吞噬，他把人们禁闭。正是这种决心和人道的结晶，促使他的牺牲品的亲属对他感到如此亲切哩。

然而，在哈利街上彳亍的雷西娅·沃伦·史密斯却说，她不喜欢那个家伙。

哈利街上钟声齐鸣，把六月里这一天又剁又切，分割又分割，仿佛在劝人驯服，维护权威，并齐声宣告平稳观念无比优越，直到繁杂的钟声愈来愈减少，最后只剩牛津街上一家商店上面的商业钟，亲切而友好地敲响一点半，似乎那商店（里格比—朗兹公司）为了能给大家免费报时而感到荣幸。

抬头望一下，看来那招牌上的每一个字母代表某一个钟点；人们不由得感谢里格比—朗兹给公众报时——格林威治标准时间；这种感激的心情自然会促使他们以后去买那家商店的鞋袜。当惠特布雷德在橱窗前闲荡时，转着那些念头。他就是这样转念头的。这是他的习惯。不过，他想得并不深。他总是浮光掠影，一忽儿念陈腐的古文，一忽儿又搞当代语言，还轮流地向往巴黎、罗马与君士坦丁堡①的生活；以前还喜欢骑马，射击，打网球呢。有人谴弄地声称：如今他在白金汉宫当警

---

① 君士坦丁堡，土耳其港市伊斯坦布尔的古名。

卫，穿着丝绸长袜和短裤，看守着不知什么东西。不过话得说回来，此人异常干练。他在伦敦上流社会混了五十五年，结识过几位首相呐。据说，他的感情却很深挚。如果说他从未投入当代任何伟大的运动，也没有出任显要的官职，至少他参与了一些不那么重大的改革，诸如改善公共房屋喽，保护诺福克郡的猫头鹰喽，保障女佣们的福利喽，等等。此外，他曾屡次写信给《泰晤士报》，要求人们捐助基金，呼吁公众维护公益，清除垃圾，减少乌烟，禁止公园内的秽行；这些信末的署名令人肃然起敬。

当下，一点半的钟声渐次消逝，他在橱窗前逗留一会，挑剔而庄重地审视那些短袜与鞋子，看上去仪表堂堂，衣冠楚楚，一副殷实而无瑕可击的模样，好像他居高临下地俯视人间；同时又意识到，这种人财两旺、满面红光的气派必须有适当的举止，因而，即使在不太需要的场合，他也拘泥于小节，彬彬有礼，一派古风，平添了一份雅致；这种风度是值得摹仿并且记住的；例如，每当他跟布鲁顿夫人（他和她已有二十年交情了）进餐时，他总是捧着一束康乃馨花，双手递过去献给她；同时向夫人的秘书布勒希小姐致意，问候她在南非的那位兄弟近况如何；可是不知怎的，布勒希小姐尽管毫无女性的风韵可言，还是会恼羞成怒，便说，"谢谢，他在南非过得挺好哩。"其实，在过去六年中，他是在朴次茅斯①勉强混日子罢了。

至于布鲁顿夫人嘛，则更喜欢理查德·达洛卫；他与惠特布雷德同时到达，事实上是在门口碰面的。

布鲁顿夫人当然会更喜欢理查德·达洛卫。他这块材料好得多呢。然而，她不愿使可怜的亲爱的休相形见绌。她一辈子也不会忘却他

---

① 朴次茅斯，英国港市。

的好心肠——他的心肠实在好，好得出奇——她记不清究竟在什么场合，可他的确是——出奇的好心肠。无论如何，一个人同另一个之间的区别算不了什么。克拉丽莎·达洛卫却惯于剖析这个和那个人，评头论足的——把他们解剖、分析，然后再缝起来、合拢来；布鲁顿夫人可看不出这有什么意思，不管怎样，到了六十二岁这把年纪，对此更觉得无聊了。当下，她接过休送的康乃馨，一面强作笑容，露出阴森森的棱角。她说，没有别的客人了。她是找了个借口，要他们来的，想请他们帮她解决一个难题……

"可是，咱们吃了再谈吧，"布鲁顿夫人说。

于是，罩着围裙、戴着白帽的侍女们轻盈地穿过旋门，川流不息，了无声响；这辈侍女们并非日常所需，而是训练有素的老手，帮着梅弗尔区的主妇们，从午后一点半到两点钟，举行神秘的、梦幻似的盛宴；那时，一挥手之间，车水马龙停止了，宾主入座，闪现出深深的幻觉，首先是佳肴——据说并不花钱；一会儿，餐桌仿佛自动地摆满金银餐具、细巧的衬垫、盛着红果的碟子；展现出涂奶油的棕色比目鱼片，蒸锅里遨游着鸡块；色彩缤纷的火焰燃烧着，并非家常炉火；美酒加上咖啡（据说也不花钱），喝得大伙儿目眩神迷，眼前晃动着美妙的幻景，目光都显得柔和而沉思，恍惚觉得生活是神秘的，洋溢着音乐之声；此时此刻，亢奋的目光惬意地谛视着嫣红的康乃馨，美极了；那鲜花被布鲁顿夫人撂在菜盘边（她的动作老是带有棱角）；充满美感的休·惠特布雷德心旷神怡，觉得整个宇宙一片和谐，同时对自己的地位蛮有把握，因而搁下刀叉，问道：

"那花儿要是衬着您的花边，岂非更可爱吗？"

这样亲昵的唐突却使布勒希小姐反感之极。她认为他是个没教养的贱胚。对于她的想法，布鲁顿夫人一笑置之。

这位老夫人举起康乃馨花,握在手里,硬邦邦的,恰如她背后画像上那位捏着纸卷的将军;她毫不动弹,出神了。看她这副模样,理查德·达洛卫不禁自忖:此刻她像什么呢?那将军的曾孙女?敢情是玄孙吧?嗬——活像罗德里克爵士、迈尔斯爵士、塔尔博特爵士。真奇怪,那个家族里都是女人逼肖祖先。她本人就有资格当龙骑兵的将领哩。理查德愿意愉快地在她麾下服役,他对她极其崇敬;对于名门世家德高望重的老夫人,他怀有罗曼蒂克的想法,并以他惯有的和善的性情,想带几个热心肠的朋友来赴宴,跟她结识;似乎像她这样的贵夫人可以由脾气温和的、热心喝茶的人来培养呢!他熟悉她的故乡。他了解她的亲人。她那庄园里有一株古老的葡萄树,仍然活着;据说洛夫莱斯①或赫里克②曾在这棵树下憩息哩;尽管老夫人从未念过一句诗,这一传说照样流传至今。此时,布鲁顿夫人却在思量:还是等一会再跟客人商议吧,等他们喝过咖啡再讨论使她烦心的问题吧——是否要向公众呼吁,措词如何,等等。这么盘算着,老夫人就把那束康乃馨重新撂到菜盘边。

"克拉丽莎好吗?"她蓦然问道。

克拉丽莎一直说,布鲁顿夫人不喜欢她。确实,大家都知道,布鲁顿夫人感兴趣的是政治而缺少些人情;她讲起话来像个男子汉,曾在八十年代一桩臭名昭彰的阴谋中插过手,这一事件在新出的回忆录内逐渐披露了。无疑地,她的客厅里有个凹壁,其中嵌着一张书桌,上面放着一帧已故的塔尔博特·摩尔将军的照相;正是在那桌子上(在八十年代的一个夜晚),当着布鲁顿夫人的面,经她默契(或许还出了些点子),

---

① 洛夫莱斯(1618—1658),英国诗人。
② 赫里克(1591—1674),英国诗人,其创作深受玄学派鼻祖约翰·邓恩的影响。

那将军写了一份电报，下令英国军队在有历史意义的时刻挺进。她保存了那支笔，而且讲述了这桩轶事。所以，当她随意地问一下"克拉丽莎好吗"之时，难以相信她竟会关心什么妇女，男人们也难以劝说自己的妻子相信这一点，其实，不管他们对老夫人如何忠心，私下里也感到怀疑呢；那些太太时常阻碍丈夫，不许他们到海外上任；议院休会期间又常患流感，必须由丈夫陪着去海滨疗养。然而，对于女子们来说，老夫人这一问候（"克拉丽莎好吗？"）肯定是善意地表示关怀；她几乎是妇女们的一位沉默寡言的伙伴，兴许一生中只有这么五六次问好，但这些话反映出，她承认自己同其他女性有姐妹般的情谊；尽管她以宴席款待男子们，骨子里却对女人怀着更深的情谊，它使布鲁顿夫人与达洛卫太太奇异地联结起来，虽然两人难得见面，而且偶然相处时，彼此显得淡漠，甚至好像怀着敌意呐。

"今天早晨，我在公园里碰见了克拉丽莎，"休·惠特布雷德说，一面猛地把叉子插入蒸锅，急于让自己尝一下美味；事实上，他只要一到伦敦，便会碰见所有的熟人；布勒希小姐看他这副样子，就自忖：馋鬼！他是她见过的最贪吃的家伙之一；布勒希小姐一贯以毫不动摇的严正态度观察男子，但也能始终不渝地忠诚，特别对于女子；她本人则历经生活的磨练，瘦骨嶙峋，没有丝毫女性的风姿了。

"你知道谁到了伦敦？"布鲁顿夫人忽然想起了这个秘书，"咱们的老朋友，彼得·沃尔什。"

大伙都会意地微笑。彼得·沃尔什！布勒希小姐又自忖：达洛卫先生听到这消息真的高兴，而惠特布雷德先生一心只想吃鸡哩。

彼得·沃尔什！三个人（布鲁顿夫人、休·惠特布雷德、理查德·达洛卫）都勾起了同样的回忆——彼得怎样热烈地陷入情网，遭到拒绝，流亡印度，变成种植工，潦倒不堪；理查德·达洛卫却非常喜欢那亲爱的老朋友。布勒希小姐看出这一点，窥见他那褐色的瞳仁里含有深情，看出他在踌躇，考虑；这引起了她的兴味，实际上她是一直对达洛卫先生饶有兴味的；此刻她心里在嘀咕：他对彼得·沃尔什究竟怎么想的呢？

大约他在想：彼得·沃尔什曾爱过克拉丽莎；他要吃完午餐后立即回家，找克拉丽莎谈一下；他要滔滔不绝地说他爱她，爱她。真的，他会那样说的。

布勒希小姐一度几乎爱上了那些沉思默想；而且达洛卫先生总是那么可靠，还是个非常文雅的君子呐。如今，米莉·布勒希已四十岁了，所以只要布鲁顿夫人点一下头，或突然微微转过脸来，她便心领神会，虽然她一直深深沉湎于那些冥想中；她以超脱的态度和无瑕的心灵沉思着，生活无法欺骗她，因为从未给过她一丁点儿有价值的玩艺儿；她天生没有纤毫妩媚之处，无论嘴唇、脸颊或鼻子，都不会含笑地曲传风情；因此，只要布鲁顿夫人点一下头，她就立刻叫珀金斯赶快端咖啡。

"不错，彼得·沃尔什回来了，"布鲁顿夫人道。所有在座的人都有些得意。因为，他受尽磨难，功不成名不就，终究回到他们中间，仿佛回到安宁的海滩。不过，他们又考虑：实在没法帮助他，由于他的性格有一种缺陷。当下，休·惠特布雷德说，当然可以向某个要人提起彼得。他说自己将写信给执政的大臣们，为"我的老友彼得·沃尔什"疏通，但一想到这种信，他便皱起眉头，露出郑重其事而又无可奈何的神色。因为这种推荐信不会有什么效果——不会产生一劳永逸的结果，由于彼得的性格有缺陷。

"他跟某个女人有些纠葛呢，"布鲁顿夫人道。在座的人早已揣测那话儿是麻烦的根源。

"不过，"布鲁顿夫人急于撇开这话题，"咱们还是听彼得本人怎么讲吧。"

（咖啡还没端来，慢得很。）

"眼下他住在哪儿？"休·惠特布雷德喃喃地问道；这一问立即在仆人中引起一点反响，犹如在灰蒙蒙的潮汐中激起一丝涟漪，那些仆役像流水一般，昼夜不息地围绕着布鲁顿夫人，为她收集需要之物，挡住可厌的人，宛如用精致的纤维织成的一张网，卫护着老夫人，替她抵御冲击，减少打扰；这张网笼罩着布鲁克大街上这幢屋子，那里所有的东西都安放得井井有条，需要时由头发灰白的珀金斯拣出来，丝毫不差，他已跟随布鲁顿夫人整整三十年了；当下，这老家人写下了彼得的地址，交给惠特布雷德先生，于是他掏出笔记本，抬一下眉毛，把那纸片夹在最重要的文件中间，随即说，他要叫伊芙琳请彼得来吃饭呢。

（仆人们在等惠特布雷德先生夹好纸片。）

布鲁顿夫人自忖：休的动作实在慢。她还注意到，他发胖了。理查德则始终保养得神清气爽。老夫人等得不耐烦了；她的整个身心绝对地、无可否认地、甚至专横地倾注于一项计划，急于甩掉这桩微不足道的琐事（彼得·沃尔什和他的私生活）；那项计划使她全神贯注，不仅如此，而且占据了她的灵魂，渗入灵魂深处，那是她的命根子，倘若没有它，米利森特·布鲁顿就不成其为米利森特·布鲁顿了；这计划乃是让上等人家年轻的子女们出国，帮他们在加拿大立足，并且相当顺利地发展。哦，她夸大了。敢情她已失去中庸之道了吧。对于别人来说，移民的计划却非灵丹妙药，也不是崇高的设想。对于他们（包括休、理查德，甚至忠心耿耿的布勒希小姐）来说，这项计划不能使郁积在内的自我主义得到发泄，而布鲁顿夫人却感到，这种自我中心的情绪正在高涨，因为她是一个刚强与威武的女人，营养充足，家世显赫，直率而冲动，感情奔放而缺乏自省的智力——她认为，人人都应该坦朗和单纯，为何不能呢？像她这样的女人，一旦青春消逝，就必须将自我主义发泄到某个目标上，不管是"移民"还是"解放"；无论如何，她在灵魂深处日日夜夜围着这一计划转，所以它必然变得光华四射，熠熠生辉，仿佛一面明镜，又似一块宝石，时而小心翼翼地藏起来，惟恐人们嗤笑，时而又拿出来炫耀。总而言之，"移民"已变成布鲁顿夫人的血肉了。

不管怎样，她非写信不可。然而，正如她惯常对布勒希小姐说的，写封信给《泰晤士报》所费的心思，比筹划一支南非远征军还要多（尽管在大战期间，她并未如此卖力）。为了写封信，她得搏斗整整一个上午，先开头，随后撕掉，再开头，弄得筋疲力尽，这才感到自己是个弱女子，而在其他任何场合，是没有这种感觉的；于是她会怀着感激之情，想起休·惠特布雷德，他充分掌握如何写信给《泰晤士报》的艺术，这是无人怀疑的。

此人跟她自己的禀赋截然不同，他对语言精通之极，写起信来会使编辑们中意；还有各种热情，不可一概称之为贪嘴。对于男性，布鲁顿夫人时常从宽判断，因为他们（而非女性）同宇宙的自然规律有一种神秘的契合，使她不胜钦佩；他们知道怎样措词才合适，也知道别人讲了些什么；所以，要是她唤理查德当顾问，叫休替她捉刀，那就八成儿放心了。于是她让休吃完蛋奶酥，还问候可怜的伊芙琳；等到他们开始抽烟了，然后说道：

"米莉，去把信纸拿来好吗？"

布勒希小姐立即出去，回来后把信纸摊在桌上；休掏出自来水笔，他那支银制的钢笔，已经用了二十年了，他边说边抽掉笔套。他说：这支笔一点没坏，他曾给制造商检查过，他们说，保管你用一辈子，永远不会有毛病的；这可要归功于休写起来小心，也得归功于他用此笔所表达的思想感情（理查德·达洛卫是这样想的）；当下，休一笔一划地开始写了，先写花体的大写字母，一字一句把布鲁顿夫人紊乱的思绪表达得条理清晰、语法谨严，委实神乎其神；布鲁顿夫人看到这神奇的变化，不禁思忖：《泰晤士报》的编辑对此必然会敬佩的。休写得很慢。他有一股牛劲儿。理查德说，一个人必须冒点风险。休却建议把语气改得婉转些，为了尊重人们的情感；理查德嗤之以鼻，休则尖刻地说，人情是"必须考虑的"，一面朗诵信里的句子："故而，我们的陋见乃是，时机成熟了……鉴于我国人口日益增长，部分青年成为多余……此乃吾辈对死者应尽之责……"理查德以为这些全是废话，不过，当然没什么关系；于是休继续逐字逐句草拟信稿，表达极其崇高的情感，一面掸去背心上的雪茄烟灰，不时小结一下写到哪一段了；最后完成全稿，朗读一番；布鲁顿夫人想，无疑是篇杰作；他把她的意思表达得如此奇妙，简直不可思议！

休不能保证编辑必定刊登此信，然而他说，他将在宴席上遇见某个人物呢。

于是，难得做出优雅动作的布鲁顿夫人，竟把休赠送的康乃馨花一古脑儿塞在胸前，同时挥舞双手，喊他一声："我的首相呀！"假如没有这二位，她真不知该怎么办哩。两人站起身。理查德·达洛卫照常悠悠然走出去，瞅一下老将军的肖像，因为他打算忙里偷闲，写一本布鲁顿夫人的家史呢。

米利森特·布鲁顿对其家世是很自豪的。然而，她边看画像边说：他们可以等一阵，他们可以等一阵子呢；她的意思是，可以暂缓描述她家的祖辈，那些武将、海军上将与文官们，都是实干的人，生前已经尽到职责；而目前，理查德首先要为祖国尽责；不过她瞅着画像道，那张脸是很英武的；要写家史嘛，所有的档案都在奥尔特密克斯顿，保藏得好好的，时机一到，理查德便可以引用了；她的意思是，等工党政府垮台了再写；同时，她嚷道，"啊，听见印度来的消息吗？！"

尔后，当他们站在门厅内，各自从孔雀石桌上一只瓷盆里拿起黄手套时，休故作姿态，礼仪周到地送给布勒希小姐一张用不着的戏票，或诸如此类的东西，可是布勒希小姐对他的装腔作势深恶痛绝，脸都涨得通红了；此时，理查德手里捏着帽子，转身向布鲁顿夫人道：

"今晚，您能光临我们的宴会吗？"于是布鲁顿夫人重新摆出架势，而写信时她的气势已瘪掉了。她答道，可能来，也可能不来。克拉丽莎真是活力充沛。不过，布鲁顿夫人对宴会怕得要命。再说，她一天比一天老啦。她如此这般宣称，站在门道口，身子笔挺，仪态万方；这时，她那只中国种的狗在她背后摊开四脚躺着，布勒希小姐捧着信纸和白纸等，退到后边去了。

布鲁顿夫人拖着滞重的步子，端庄地走向自己的卧室，躺在沙发上，一只胳膊伸展着。她吁了口气，又打起鼾来，并未入睡，只是迷迷糊糊，昏昏沉沉，仿佛是这六月里大热天，骄阳烤炙下田里的三叶草，周围一只只蜜蜂与黄蝴蝶飞来绕去。她老是回忆起德文郡老家附近的田野，童年时常和兄弟莫蒂默与汤姆结伴儿，骑着她那匹小马帕蒂，跃过溪涧。还想起那些狗、那些耗子；还有她的父母，在草坪上树荫里憩息，面前放着茶具；还有那些花坛，栽着大丽花、蜀葵与蒲苇；当年，他们这些小鬼老是淘气哩！从灌木丛里偷偷地踅回来，生怕被人发现；由于顽皮，浑身上下都弄脏了。哎，那老奶妈怎样厉害地呵斥她那些鬼把戏！

哦，她从回忆中苏醒过来——眼下是礼拜三，在布鲁克大街。那两个好心肠的家伙，理查德·达洛卫同休·惠特布雷德，在这样的大热天，穿过一条条街道而去了；喧嚣的市声传到耳边，她怡然躺在沙发上。权势、地位、金钱，她全有了。她曾站在时代的前列。她有过知心朋友，结识过当代才能卓荦的人物。此刻，伦敦的市声轻些了，仿佛潺潺的水声，流到耳畔；她的手搁在沙发背上，手指弯起来，攥着一根幻想的指挥棒，就像她的祖先握过的那样；她在昏昏欲睡的状态中，依稀觉得自己在指挥大军向加拿大挺进；同时想起，那两个好心肠的家伙正在伦敦街上行走，穿过他们这辈上等人的"领土"，梅弗尔区，宛如大都市里一方小小的地毯。

他们离她愈来愈远了，虽然刚才和她一起进餐，彼此有一条纤细的纽带联系着，可是当他们穿过市区的时候，这条带子将曳得越来越长，变得越来越细；仿佛请朋友们吃过一顿饭后，就有一条纤细的纽带把他们同自己联结起来；在她迷迷糊糊瞌睡之际，响起了报时的钟声，也许是教堂的钟声，号召信徒们祈祷呢；随着这悠然的音波，纤细的纽带模糊不清了，恰似一滴滴雨珠洒在一张蜘蛛网上，它经不起重荷而披垂了。于是她入眠了。

米利森特·布鲁顿就这样躺在沙发上，让那纽带折断，自己打起鼾来；正在此时，理查德·达洛卫与休·惠特布雷德在康杜依特街角上踟蹰着。拐角上，刮着两股逆风。两人在瞧一家商店的橱窗，他们并不要买东西，也不想交谈，只想分手；不过，由于拐角上刮着逆风，精神有些萎靡，便逗留在那儿，仿佛两种力量卷入一个漩涡，从早晨纠缠到下午，只得歇息一下了。这当儿，有一家报纸的活动广告牌耸入高空，好像风筝，起先洒脱地扶摇直上，尔后稍停，接着嗖地飞下，在空中飘忽。哪家窗口隐现着一位女士的面纱。鹅黄的帷幔在飘摇。早晨川流不息的车辆稀少了，偶尔有几辆大车在空荡荡的街上悠闲地踱过，发出嘎嘎声。此时，理查德隐隐约约想起了诺福克郡：一阵温馨的微风吹拂着花瓣儿，水面上泛起了粼粼的涟漪，芳草芊芊，波浪般起伏。晒干草的农夫们干了一个早晨，在竹篱边打盹，休憩一会，有时拨开茂密的绿草和迎风颤动的、圆球似的欧芹①，眺望天空，那亘古长存的、火一般的夏日蓝天。

理查德只觉得懒洋洋的，既不能想，又不能动，尽管他知道自己在看橱窗里一只双柄的、詹姆斯一世②时期的银酒杯；惠特布雷德则摆出行家的模样，矜持地欣赏一串西班牙项链；他想进去问一下价钱，可能伊芙琳会喜欢呢。生活的激流使这些赝品浮上来，商店橱窗里尽是些人造宝石；人们呆呆地站在那儿，望着，宛如僵化的老人，没精打采，死气沉沉。伊芙琳·惠特布雷德兴许要买那串西班牙项链——她可能喜欢的。他却非打呵欠不可了。休在走进店里去。

"瞧你的！"理查德边说边跟进去。

天晓得，他并不想跟休一起去买什么项链。不过精神之流仿佛潮汐，忽涨忽落。早晨同下午汇合了。恰似一叶扁舟，在深深的、深深的波涛里载浮载沉。布鲁顿夫人的祖先以及他的回忆录，连带他那些北美战役，都被人生的洪流吞掉、淹没了。布鲁顿夫人亦如此。她沉溺了。理查德压根儿不关心她的"移民"计划；那封信会不会刊登，关他鸟事。眼下只见那串项链吊在休的优雅的手指间。假使他真的要买首饰，那就让他送给一个姑娘吧——随便什么姑娘，哪怕街头的女郎。理查德打心眼里痛感这种生活之无聊——给伊芙琳买项链呢。倘若自己有个儿子，就会叮嘱他：工作，工作。不过他只有伊丽莎白，他可宠爱他的伊丽莎白呐。

"我要去找杜邦尼特先生，"休简短地说，依然用他那世俗的口

---

①欧芹，一种植物，可供食用。
②詹姆斯一世(1566—1625)，英王。

吻。原来这位杜邦尼特量过惠特布雷德太太的脖子，知道那尺寸，而且更奇怪的是，他还了解她对西班牙首饰的看法，她拥有多少这一类珠宝（休却记不清了）。在理查德看来，所有这一切都是不可思议的。因为他从未正式给过克拉丽莎任何礼物，除了两三年前送过一对手镯，但没有讨她的喜欢。她从来不戴这玩艺儿，这使他一想起就难受。理查德的心灵从麻木不仁中清醒过来，此刻他的心思倾注于自己的妻子，克拉丽莎身上，犹如一张蜘蛛网飘来晃去，终于粘住了一片叶尖儿；彼得·沃尔什曾经神魂颠倒地爱她；理查德忽然瞥见了自己同她进餐的幻景，只有他和克拉丽莎，他俩生活在一起；于是他把店里一盘旧的珠宝挪到面前，先挑一枚胸针，再捡一只戒指，估量着，问道："那一只多少钱？"心里却怀疑自己的鉴赏力。他要在回家时，打开客厅的门，手里握着一样东西——给克拉丽莎的礼品。不过，究竟买什么呢？当下，休又在走动，要离开了。那家伙摆出一副无法形容的架势。然而，他毕竟是这家店的老主顾，做了三十五年的交易了，他才不愿跟一个乳臭未干的小店员打交道呐，那小子一窍不通嘛。可惜杜邦尼特不在店里，除非那老板回来，他决不买任何东西；那小伙计听他这么说，不由得脸涨得通红，毕恭毕敬地一鞠躬。完全合情合理。可是，理查德无论如何不会那样讲的。为什么那些店员竟甘心忍受这种可恶的傲慢呢，简直不可想象。休变成一头蠢驴了，令人无法容忍。理查德跟他作伴儿最多一小时，再拖下去便受不了。所以，一到康杜依特街口，他赶紧把大礼帽一扬，算是告别；接着连忙转过拐角，归心如箭地奔回家去，仿佛粘在叶尖上的那张蜘蛛网，急于同克拉丽莎见面；他要径直到威斯敏斯特去，同她相会哩。

然而，他走进家门时总要拿着些东西。鲜花吧？对，就是花儿，因为他对金银首饰的鉴赏力缺乏自信；随便买多少鲜花——玫瑰、兰

花，都行，为了庆祝一番，不管怎样考虑，这是一桩大事；就是他俩在
午餐桌上谈起彼得·沃尔什时，他对她怀有的情感；他俩从未谈到过这
种情愫，好多年来都没谈过，他心里想，这是莫大的错误，手里捏着嫣
红与洁白的玫瑰花(一大把，用薄纸包着)。到了节骨眼上却讲不出口，
他思量着，过于腼腆了，一面把六便士左右的找头塞进口袋里，胸口捧
着那一大把花儿，回到威斯敏斯特去；不管她对他有什么看法，他要把
鲜花献给她，同时滔滔不绝地爽快地说："我爱你。"为什么不表白
呢？！当他想起大战时，觉得真是个奇迹：成千上万的可怜虫本来都有
光明的前途，却死掉了，埋成一堆，如今几乎被遗忘了；而他却安然无
恙，眼下正在穿过伦敦，简直是个奇迹哟；他要回家去，对克拉丽莎翻
来覆去地说：我爱你；不过他又想，实际上，这话儿是决不会说的，因
为自己贪懒，并且害臊。唔，克拉丽莎……难以想象她的形象，除非在
偶然的场合，譬如一起吃午饭的时候，他能异常清晰地看见她，以及他
俩的全部生活。他在十字街头停住了，反复寻思：真是个奇迹呢——
他这样想是因为天性单纯，没有沾染习气；因为他曾行军与射击，而且
有一股韧劲，曾坚定地维护被压迫者的利益，并在下议院中，按这天然
的信念发言；他天真未泯，却又变得沉默寡言，相当古板——他反复
思量：居然跟克拉丽莎结了婚，委实是奇迹呐——一个奇迹，他的生
活就是奇迹嘛；他在沉思中踌躇着，不想穿过大街了。但是，他看见几
个五岁上下的小孩没有大人领着，径自穿过皮卡迪利，便觉得怒火中
烧。警察在干些什么呀，应当立即指挥车辆停住。他对伦敦的警察不存
一点幻想。事实上，他正在搜集他们恶劣行径的证据，例如不准小贩把
手推车停在街上喽，禁止娼妓拉客喽；老天爷哪，她们并没有过失，年
轻的嫖客也不足怪，都是我们这可憎的社会制度造成的，等等；他在思
考这一切，看得出他在思考；头发灰白，一股韧劲，而又衣冠楚楚，周

身整洁；当下他穿过公园，要去告诉妻子，他如何爱她。

当他走进房间时，他要一而再、再而三地说这句话。因为他思忖，倘若不表达自己的情感，那太可怜了；他边想边穿过格林公园，欣喜地看到树荫里躺着不少穷人，摊手摊脚的，都是扶老携幼，全家来逛公园；孩子们把小腿儿翘得高高的，吸着牛奶，纸袋扔了一地；其实，如果人们提出抗议，那些穿制服的大汉们中间只要一个人去收拾，便会弄干净的；他认为，在夏季，每个公园、每个广场都应该向儿童们开放。（这时，天光云影映照得公园内草坪忽隐忽现，衬托着威斯敏斯特区穷人家的母亲，以及在地上爬的婴儿，仿佛底下有一盏黄色的幻灯在移动。）刹那间，他又瞥见一个女人，像个流浪者，仰天躺在那儿。（好像她一下子扑倒在大地上，摆脱了所有的羁绊，以便好奇地观察一切，大胆地思索，探讨种种缘由；她嘴唇咧开，一派放肆而调皮的样子；）对她那样的女人该怎么办呢？他可毫无办法，只会捧着那一大把鲜花，恰如擎着一柄刀，走近那女子，目不斜视地趑过她面前；虽然只有一瞬，还是燃起了一星通灵的火花，她向他嘲弄地一哂，他则性情愉快地报以一粲，同时考虑如何处理浪荡女子的问题；当然他和她是决不会交谈的。反正他要告诉克拉丽莎，他爱她，他爱她，一遍又一遍。以前，他曾妒忌过彼得·沃尔什，妒忌他与克拉丽莎。不过，她常跟他说，她没有嫁给彼得·沃尔什是做对了；他深知克拉丽莎的性格，所以，她这样说显然是真心话，她要有人依靠呗。并非说她脆弱，而是她要靠得住的人。

至于白金汉宫呢（它好比一位歌剧名演员，半老徐娘，穿着一身白礼服，面向观众），不可否认有一种庄严的气派，他是这样想的，而且并不鄙视它，因为在千百万人的心目中（眼下就有一小圈人围在宫门口，想看陛下乘车出巡），这宫殿毕竟是一个象征，尽管它看上去是可笑的；他想，一个孩子用一盒砖形玩具，便能搭得比它像样哩；他兀自瞧着维多利亚女王纪念碑（他还记得她老人家戴着玳瑁边眼镜，乘车经过肯辛顿的情景）；那一座白色雕像，波纹似的白石塑出慈母般的体态；他可乐意被霍沙①的后裔统治呢，因为他赞成历史的延续性，以及把昔日的传统世代相传之感。生活在她统治的伟大时代才有意思哩。实际上，他自己的生活就是奇迹嘛，这是毫不含糊的，不要有任何错觉；瞧，他年富力强，风华正茂，此刻在折回威斯敏斯特，到家后要跟克拉丽莎说，他爱她。他想，这才是幸福呐。

"正是如此，"他自言自语，一面走进教长场。大本钟鸣响了，起先是预报的乐声，悠悠扬扬地，然后报时，分秒不差。他走近家门，兀自寻思：午餐宴会把整个下午都消磨掉了。

大本钟的钟声响彻克拉丽莎的客厅，她坐在那里，靠着写字台看信，心烦意乱，焦躁不堪。她确实没有请埃利·亨德森赴宴，是故意忽视的。而马香夫人却来了这封信："我已告诉埃利·亨德森，我将为她要求克拉丽莎……埃利真想参加哩。"

可是，为什么要我请伦敦所有的蠢女人来赴宴呢？！为什么马香夫人要插手？况且，这一阵子伊丽莎白总是跟多里斯·基尔曼关在密室里。再也没有比这使她更恶心的了。跟那个女人在这时刻一起祷告，真是！当下，钟声悒郁的音波在屋子里流荡，渐渐消退了，又卷土重来，再次鸣响；此时，她只听得有什么东西在门上搔，摸摸索索地，叫人心烦。这个时候有什么人来呢？钟打了三下，老天爷哪！已经三点啦！大本钟敲了三下，极其干脆，庄严得很，有一种威慑的力量；除了钟声，

---

① 霍沙，传说中英国古代首领，曾统率第一批战斗的撒克逊部落定居英格兰；历史上把他与另一位首领亨吉斯特并称（Hengist and Horsa）。

她什么也听不见，不过房门的把柄转动了，进来一个人，竟是理查德！真令人惊讶！理查德走进来，把鲜花递到她面前。以前有一回，在君士坦丁堡，她曾使他失望；这一次，布鲁顿夫人没有请她参加午宴，而那老夫人主持的宴会，据说是非常有趣的。不过此刻，他却献上鲜花了——是玫瑰，嫣红的雪白的玫瑰花。（可是他鼓不起勇气说他爱她，至少不能反复地说。）

她接过花儿，说道：多可爱哟！她了解他，用不着他讲，她就懂得他的心思，毕竟是他的克拉丽莎嘛。她把鲜花插在炉架上的花瓶里，啧啧赞叹：看上去多可爱哟！尔后问道：午餐会有趣吗？布鲁顿夫人问候她了吗？彼得·沃尔什回国了。马香夫人写信来说项。非请埃利·亨德森不可吗？那女人基尔曼在楼上呢。

"咱们坐下来，谈一会吧，"理查德说。

客厅里看起来空荡荡的。所有的椅子都靠着墙。他们在干些什么呀？哦，是准备设宴，他可没有忘记她要请客。她说：彼得·沃尔什回来了，已经见到他了，那没错儿。他打算离婚，在国外爱上哪个女人了。他样子一点没变。她坐在那儿，絮絮而谈，一面补衣裳……

"想念老家布尔顿哩，"她边补边说。

理查德却道，"午餐会上休也来了。"嗯，她也见到他了。哎，这个人变得越来越糟，讨厌透了：要给伊芙琳买项链呢，胖得不像话，讨厌透顶的蠢驴。

"我忽然想跟他说，'有一阵子我可能嫁给你的。'"她说着便想起那天彼得坐在那儿，系着蝴蝶结，掏出随身带的小刀子，不断地从鞘子里拔出来，塞进去，"他老是这样神经质的，你懂嘛。"

理查德说：午餐会上谈起他来着。（然而，他讲不出他爱她这句话，只是握住她的手，一面自忖：这就是幸福。）还告诉她，饭后，他们替布鲁顿夫人拟了一封给《泰晤士报》的信。休也只配做这种动笔头的事。

接着他问道："咱们那位亲爱的基尔曼小姐呢？"克拉丽莎却觉得，玫瑰花可爱极了，起先还簇拢着，此刻已经自然地纷披了。

"我们刚吃过饭，基尔曼便来了，"她答道，"伊丽莎白一见她就脸红。现在两人关在密室里。敢情在祈祷吧。"

上帝呵！他可不喜欢那样，不过这种事情任其自然，便会淡下去的。

"那女人穿了雨衣还带伞哩，"克拉丽莎道。

他仍然没说"我爱你"，讲不出口嘛，只好握紧她的手，心里想：幸福就是这样，就是这样。

"可是，我干吗要把伦敦所有的蠢女人都请来呢？！"克拉丽莎道，"要是马香夫人自己设宴的话，难道她会请所有的客人吗？"

理查德叹道，"可怜的埃利·亨德森；"一面思量，真怪，克拉丽莎对她的宴会太操心啦。

但是，对于怎样布置一间客厅，理查德是个外行；不过除了这个，他还能提出什么话题呢？

如果她对宴会过于操心，他就要劝她不必举行了。以前她曾愿意嫁给彼得吗？可是眼下他得出去了。

于是他站起来说：我得走了。却又站着不动，想了一会儿，好像有什么话要说似的；她心里纳闷：他要说些什么呢？为什么那样？一面瞧着玫瑰。

"那个委员会开会吗？"她在他开房门时问道。

"讨论亚美尼亚人的问题，"他回答，兴许他说的是"阿尔巴尼亚人"。

凡是人都有一种尊严，都有独处的生活，即便夫妻之间也不容干扰；必须尊重这种权利，克拉丽莎思忖着，一面望着他开门；自己不愿丧失独处的权利，也不能强求丈夫放弃它，否则就会失去自主和自尊——这毕竟是无价之宝哩。

他却抱着枕头与被子回到屋子里。

"午饭后要安安静静躺一小时，"他说着便走了。

他就是这种脾性！他会一天又一天地唠叨，"午饭后安安静静躺一小时，"因为有一次医生曾经嘱咐过；他会划一不二地照医生的话做，这正是他的性格，也是他那令人敬爱的、圣洁的赤子之心的一种表现，任何人都不像他那么单纯；正是这天性使他不辞奔波，去干必需的事情，而她却跟彼得吵嘴，消磨时间。此刻，他已经在去下议院的半路上了，要去讨论他的亚美尼亚人，或是阿尔巴尼亚人，她却舒舒服服地躺在沙发上，欣赏玫瑰呢。人们会说："克拉丽莎被宠坏啦。"可不是，她只喜欢玫瑰花，压根儿不关心什么亚美尼亚人。尽管那些人被迫害得走投无路，受尽煎熬，又冻又饿，成为暴政与专制的牺牲品（她曾听见理查德翻来覆去地这样说），她却无动于衷，不会对阿尔巴尼亚人（或是亚美尼亚人吧？）有一点儿同情；她只喜欢她的玫瑰，（这对亚美尼亚人有些帮助吧？）只有这种花才使她能忍受别人摘下来供养。不过此时理查德大概已到了下议院，正在他的委员会里开会，他已解决了她所有的困难。哎，不，不对。他还没懂得为什么她不愿请埃利·亨德森呐。要是他想请那女人，她自然会照办的。此刻，既然他已把枕头拿来了，她就躺一会吧……可是——可是——为什么她一下子莫名其妙地觉得挺难受，好闷哪？恰如什么人丢了一粒珍珠或一块钻石，落到野草丛里，因而小心翼翼地拨开高高的草茎，拨到东又拨到西，这儿寻寻，那儿觅觅，老是找不到；最后，总算在一些草根那里发现了；就这样，她心潮起伏，思前想后，感到苦闷并非由于萨利·赛顿说过：理查德肯定进不了内阁，因为他的脑子是第二流的(她想起萨利说过这句话)；不，对于这一点，她毫不介意；苦闷的缘故同伊丽莎白与基尔曼也无关，她俩的行径是明摆着的嘛。这种感觉，很不惬意的感觉，兴许在当天早些时候就有了：敢情是彼得说的什么话引起的，加上自己在卧室内脱帽子时心中的抑郁，再加上理查德讲了令人烦闷的话，不过他究竟说了些什么？他献给她那些鲜花，还有，提到她的宴会。可不是！她的宴会！他们两人都很不公平地批评她，极不公正地嘲笑她，为了她的那些宴会。正是这个！正是这缘故！

唔，她将怎样为自己辩护呢？弄清了苦闷的原因，她便觉得异常舒坦了。他们俩认为，至少彼得认为，她爱突出自己，喜欢有一批名流围着她转，都是些响当当的名字；总之，她实在是个势利鬼。嗯，彼得可能这样想的。至于理查德嘛，仅仅以为她有些傻，因为她爱热闹，而那种兴奋对她的心脏是不利的。他认为，这是孩子气。可是，两人都想错了。她爱过简朴的生活呗。

"我的行动就是为了这一目标，"她对生活宣称。

由于她躺在沙发上，幽居室内，与世隔绝，故而在清静中感到，这十分明显的道理变得有血有肉一般；当下，街上传来一阵阵声浪，户外阳光灿烂，灼热的微风轻轻吹来，拂动了窗帘。嗯，假如彼得跟她说："不错，不错，但是你那些宴会——你的宴会有什么意思呢？"她只能回答(而且预料没有人会理解)：那是一种奉献。听上去模糊得很。然而，彼得算得上什么，他有资格领会生活是一帆风顺的吗？——彼得老是陷入情网，老是找错对象，他有什么资格质问我？！我也可以质问他：你的爱情算什么？她知道他会这样回答：那是世界上最重要的事情，没有一个女人会理解的。好得很，但是，哪个男子能了解她的意思——关于生活的意义呢？她不能想象，彼得或理查德会无缘无故费心去开宴会的。

再深一层想，在人们的风言风语之外，（那些评头论足的话多浅薄、多琐碎呀！）挖到自己内心，对她来说，所谓生活究竟有什么意义呢？哎，想起来真怪。就好比某人在南肯辛顿①，某人在倍士沃特②，另一个人在梅弗尔③；她每时每刻感到他们各自孤独地生活，不由得怜悯他们，觉得这是无谓地消磨生命，因此心里想，要是能把他们聚拢来，那多好呵！她便这样做了。所以，设宴是一种奉献：联合，创造嘛。然而，奉献给谁呢？

或许是为了奉献而奉献吧。不管怎样，这是她的天赋。此外，她没有一丁点儿才能，不会思考，不会写作，甚至弹钢琴也不行。她分不清亚美尼亚人与土耳其人，却好大喜功，贪图安逸，一心讨人喜欢，胡言乱语一大通；至今都不知道赤道是什么东西，倘若有人问她，那可僵啦。

无论如何，必须一天又一天地过下去：星期三、星期四、星期五、周末；总得在早晨醒来；眺望天空，在公园里漫步；同休·惠特布雷德相遇，尔后理查德忽然回家来，捧着那些玫瑰花；这就够了。之后呢，死亡，多么不可思议呵！——一切都会了结，而世界上没有人会懂得，她多爱这一切呀，每时每刻，多么……

门打开了。伊丽莎白悄悄地趑进来，她知道母亲在憩息。这姑娘静静地伫立着。她母亲在寻思：也许一百年前，有个蒙古人翻了船，漂流到诺福克海岸上（有如希尔伯里太太所说的），后来跟达洛卫家的几位女士交配了吧？因为一般说来，达洛卫家的人大都是蓝眼睛、浅色头发；

---

①②③均为市区名。

伊丽莎白却相反，头发乌黑，苍白的脸上一双中国式的眼睛；东方人神秘的风韵；温柔、体贴、娴静。她小时候嬉笑谑浪，现在十七岁了，却变得异常庄重；克拉丽莎简直弄不懂怎么会变的；宛如绿叶遮蔽的一棵风信子，只生出淡淡的萌芽，阳光照不到嘛。

姑娘兀自不动地站着，瞅着母亲。门虚掩着，外面是基尔曼小姐；克拉丽莎知道她在那里，穿着雨衣，窃听母女俩谈些什么。

可不是，此刻基尔曼小姐立在楼梯平台上，穿着雨衣，她穿这个是有道理的。首先是便宜，其次，她四十出头了，穿什么，戴什么，毕竟不是为了讨人喜欢。况且，她穷，穷得不像样。要不然，她才不会替达洛卫这号人当差哩，他们是富人，喜欢做出好心的样子。不过，说句公道话，达洛卫先生是真正的好心。达洛卫太太却不，她仅仅恩赐而已。她属于最不值钱的阶级——富人，只有一点儿肤浅的文化。他们家堆满了奢华的东西：图画喽，地毯喽，而且奴仆成群。基尔曼小姐认为，无论达洛卫家给了她什么好处，她都是当之无愧的。

她被欺骗了，这样说毫不夸张，因为一个姑娘肯定有权利享受某种幸福吧？她却从未享过福，因为那么穷、那么笨拙。况且，恰恰她在多尔比小姐的学校里可能得到幸福时，大战爆发了，而她从来不肯对德国人的看法言不由衷。多尔比小姐对她的想法不以为然，认为同那些跟自己对德国佬的意见一样的人相处，要愉快些。结果基尔曼非退学不可。诚然，她家是有德国血统的，在十八世纪的时候，她家的姓氏是基艾尔曼①；不过，在大战期间，她的兄弟照样被德国人打死了。校方开除她，是由于她不愿违心地说德国人全是坏蛋——当时她还有德国朋友嘛，并且她一生中最快活的日子是在德国度过的！以后，她不得不随遇

---

① 此姓（Kiehlman）源自德语，基尔曼（Kilman）这个姓则英语化了。

而安。她毕竟念过些历史。当她为友谊会工作的时候，遇见了达洛卫先生。他让她给自己的女儿教历史（他真是好心肠）。此外，她在夜校之类的学校里兼些课，等等。尔后，上帝给她启示了（对于天主，她总是稽首的）。她是在两年零三个月之前蒙受圣恩的。从此，她再也不妒忌克拉丽莎·达洛卫之流的女人了，现在她只觉得她们可怜呢。

她从心坎里怜悯而又鄙视那种女人，当下她正站在柔软的地毯上，瞧着一幅版画，上面是一个小女孩，还戴着皮手筒哩。到处是这类奢侈的东西，怎能指望世道好起来呢？！克拉丽莎不该躺在沙发上（她女儿说："妈妈在休息；"）——她应当在工厂里干活，或者站柜台；达洛卫太太和所有其他的贵妇人，都得工作！

两年零三个月之前，满腔愤恨的基尔曼小姐到一所教堂里去了。她倾听爱德华·惠特克牧师讲道，唱诗班的孩子们咏唱着，她见到了圣光照耀；当她坐在教堂内的时候，无论由于音乐或歌声（她在晚间独处时，常玩小提琴来排遣，不过琴声吱吱嘎嘎，非常刺耳；她没有乐感，听觉不灵嘛；）她内心燃烧着的怒火熄隐了，她感动得热泪盈眶；于是她到肯辛顿区惠特克先生家里去拜访。他说：这是上帝的援助，主给你指引道路了。所以现在，每当她怒火或妒火中烧时，当她憎恨达洛卫太太时，当她愤世嫉俗时，她总是想起上帝。她也想到惠特克先生，从而镇静克服了愤怒。她只觉得周身一股暖流，美滋滋的，嘴唇咧开；她就这样穿着雨衣，站在楼梯平台上，显得挺威严；并怀着刻毒的心理，稳重而平静地瞅着达洛卫夫人走出来，后面跟着她女儿。

伊丽莎白说，她忘记戴手套了。其实是借口，因为基尔曼小姐同她母亲是冤家。她看见她们在一起便受不了。她跑到楼上去找手套了。

然而，基尔曼小姐并不恨达洛卫夫人。此刻，她那双醋栗色眼睛凝视着克拉丽莎，端详着那张娇小的粉红色脸蛋儿、那纤细的体态、那一派头容光焕发的时髦模样，基尔曼小姐只觉得：好一个傻瓜！白痴！你既没吃过苦，也没享过乐，你只是白活了！于是她内心异常强烈地感到，要压服那女人，要撕下她的假面具。如果基尔曼小姐能打倒她，心里便舒服了。可不要打击她的身体，而是要压倒她的灵魂与伪装，叫她感到自己胜过她。基尔曼小姐多么想逼得她哭，毁灭她，羞辱她，迫使她跪下来，哭道：你是对的！不过，这并非基尔曼小姐的意图，而是上帝的意志。那将是宗教的胜利。她就怀着这种心情，瞪着眼珠，怒目而视。

克拉丽莎真给吓坏了。这样一个基督徒——这个女人！这女人抢去了她的女儿！她居然能受到神灵的感应！她粗笨、难看、平庸，既不仁爱，又不风雅，却洞悉生活的意义！

"你带伊丽莎白到艾与恩商店①去吗？"达洛卫夫人问道。

基尔曼小姐说是的。两人对峙着。基尔曼小姐不想跟这位太太和颜悦色。她一直是自立的。她对现代史精通之极。尽管她收入菲薄，却为了自己信仰的宗教事业积了一大笔钱；而这个女人却什么也不干，没有任何信仰，把女儿教养得……这当儿伊丽莎白回来了，跑得气喘吁吁，那漂亮的姑娘。

这么着她俩要去艾与恩商店了。真怪，当基尔曼小姐站在那儿的时候（她确实挺直地站着，好像洪荒时代的庞然怪物，沉默而有威力，为了打一场原始战争而全身武装），渐渐地，慢慢地，她的自我观念、她的憎恨（那是针对某些观念而不是对人的）淡下来了，分崩离析了，她的恶意消失了，她的气势瘪掉了，逐渐地变成普普通通的基尔曼小姐，穿着破旧的雨衣；上帝明鉴，克拉丽莎是愿意帮助她的呀。

随着这怪物的气焰收敛起来，克拉丽莎笑了。她笑着说：再见。

---

① 艾与恩商店（A and N），即陆海军百货商店（Army and Navy Stores）。

接着一下子冲动，觉得钻心地痛苦，因为这女人把她女儿抢走了，于是克拉丽莎靠着楼梯杆儿，喊道："别忘了宴会呀！别忘了今晚有宴会！"

但是，伊丽莎白已打开前门；外面有一辆运货车驶过；她并不答应。

克拉丽莎思量着：嗨，爱与宗教！一面走回客厅，浑身震颤。多么可恶，这两样东西，多可恶啊！此刻，基尔曼小姐不在眼前了，所以，克拉丽莎并不觉得被她这个人压倒，而是被她所代表的观念震慑了。克拉丽莎自忖：像她之类的人，都是世界上最残暴的东西，笨拙而又火辣辣，专横，虚伪，窃听，嫉妒，不择手段，残酷之至——穿着雨衣，站在平台上：爱与宗教的化身。自己可从来不像她那样，要去改变任何人的信仰，不是吗？！自己不是希望每个人都保持本色吗？！当下，克拉丽莎向窗外望去，只见对面那位老太太在攀上楼去。让她上楼吧，然后让她停住，然后（像克拉丽莎时常窥见的那样）让她走进卧室，拉开窗帘，接着重新消隐。不知怎的，这些动作会引起人们的尊敬——那个老妇人，悠然地望着窗外，丝毫不觉得有人在注视她。这形象含有庄严的意味——而爱和宗教将破坏它，以及它象征的一切，如幽静的性灵。那个讨厌的基尔曼将破坏它。相反，老妇人的形象却使自己感动得要哭了。

爱情也有破坏性。它会毁掉所有美好的事物、所有真实的事物。就拿彼得·沃尔什来说吧。这样一个可爱而聪敏的男子，对什么都有自己的看法。譬如你要知道教皇如何，或艾迪逊①如何，或只是瞎扯一通，诸如某人怎样，某事意味着什么，等等，只要去问彼得，他比谁都清楚

---

① 艾迪逊(1672—1719)，英国散文家，同挚友斯梯尔首创期刊《闲谈者》与《观察家》。

哩。正是彼得帮了她的忙，还借给她书看。可是瞧他爱上的那些女人吧——那么庸俗，婆婆妈妈，平淡无奇。想一想彼得谈恋爱的情景吧——过了这么多年，他还来看我，可他谈了些什么哟！老是谈自己，那种可怕的激情！她寻思着，令人屈辱的激情！她思忖着，想起了基尔曼跟自己的女儿，眼下正在走向艾与恩商店呢。

大本钟敲响了——半小时过去了。

多么出奇，多奇怪，呃，多么动人——看到那老太太（她是不知多少年的老邻居了）从窗口走开，仿佛她依附着那钟声，那条纽带。虽然钟声十分洪亮，却同这纤弱的老妇人有关。它的触角伸入平凡的事物中，伸进去，伸到底，使这一刹那显得庄严。克拉丽莎想象着：钟声使那老妇人不得不走动——上哪儿呢？克拉丽莎盯着她，看见她转过身子，不见了，只依稀窥到，她戴的白帽子在卧室里边隐现着。她还在那里，在房间的另一头走动。克拉丽莎兀自寻思：这就是奇迹嘛，这就是神秘（她指的是那老太太），还要什么信仰、祈祷和雨衣呵？！这会儿，她看得见老妇人从衣柜边走向梳妆台。她还能看到那老太太，息息相通呗。而基尔曼却会说，她已参透了最神秘的真理，或者，彼得可能说，他已体验了最奥秘的道理；不过，克拉丽莎却认为，这两个人连神秘的影子都没沾上边呢。真正的神秘不过如此：这里是自己的房间，那里是老太太的卧室，无形地相通。难道宗教，或爱情，能解决这奥秘吗？

爱情嘛……当下，另一座钟敲响了，它总是比大本钟慢两分；音波传来，宛如披着衣服，曳步而来，衣兜里装满了零零碎碎的小东西，一古脑儿倒在地上，好像这钟声认为，尽管威风凛凛的大本钟完全可以制订法律，那么严肃，那么公正，不过它得记住，人间还有形形色色的小东西呐——马香太太喽、埃利·亨德森喽、放冰块的杯子喽——五花八门的小东西，跟随着庄严的大本钟声；那口大钟犹如一根金条，躺在海面上，那些小东西好比浪花，迸溅着，跳跃着，蜂拥而来。唔，马香太太、埃利·亨德森、放冰块的杯子。她得立刻打电话了。

那只慢两分的钟跟随着大本钟，敲响着，声波传过来，仿佛曳着步子，衣兜里装满了小东西。然而钟声被市声搅乱了，打破了：户外一片车马声，包括横冲直撞的运货车，还有熙熙攘攘的人流：瘦骨嶙峋的男人、招摇过市的女人，推推搡搡，急匆匆向前直奔；办公楼和医院的圆顶与尖顶耸入云霄；这一切搅乱了钟声，携带着各式各样小东西的钟声，似乎奄奄一息了，仿佛筋疲力尽的波浪，只剩下一星浪花，溅在基尔曼小姐身上，她在街头伫立片刻，喃喃自语："问题在于肉体。"

她要控制的正是肉体。克拉丽莎·达洛卫侮辱了她。那是意料之中的。然而，她自己并没有胜利，她并未控制肉欲。克拉丽莎·达洛卫嘲笑她寒碜、笨拙，从而刺激她要漂亮些、伶俐些，因为跟克拉丽莎在一起，她自惭形秽。而且，她的口齿也不及克拉丽莎。不过，为什么要像那女人呢？为什么？她打心眼里瞧不起达洛卫太太——她不正经，她不好，她的生活交织着虚荣和欺诈。但是我，多里斯·基尔曼，却被她压倒了。事实上，当克拉丽莎·达洛卫嘲笑她的时候，她差点儿放声大哭。"问题在于肉体，在于肉体，"她喃喃自语（这是她的习惯），一面沿着维多利亚大街彳亍，竭力想克制骚乱和痛苦的心情。她向上帝祷告。她天生难看，这是无可奈何的；她穷，买不起漂亮衣裳嘛。可是克拉丽莎就为了这些嘲弄她……别想了，在走到邮筒那儿之前，还是把心思集中在其他方面吧。无论如何，她已经抓住伊丽莎白了。

她继续自言自语：要是能隐居在乡间，像惠特克先生劝告的那样，同自己愤世嫉俗的激烈心情斗争而克服它，那多好啊；不过，这个社会确实蔑视她，对她嗤之以鼻，抛弃她，首先是这种屈辱——讥刺她那不可爱的体态，人们简直没法瞟她一眼。不管她梳什么发型，那前额总是像只蛋，光秃秃、白乎乎的。穿什么衣服都不像样。买任何东西来打扮都白搭。对一个女人来说，这当然意味着，从不接近异性。她决不会主动跟任何人接触。近来有些时候，她似乎感到，除了伊丽莎白，她生活着只是为了吃，为了舒适：美餐啰、茶点啰、晚上用的热水袋啰。然而，人必须战斗，战胜，坚信上帝。惠特克先生就说过，她是为了一个崇高的目标而活在人间的。可是，那份痛苦呵！没人知晓。他却指着十字架道：上帝明白。不过，为什么单单她得吃苦而别的女人，比如克拉丽莎·达洛卫，却免了呢？惠特克先生答道：痛苦产生知识嘛。

她已走过邮筒，而伊丽莎白已转身走进艾与恩商店，到了卖烟卷的棕色柜台前，那里很阴凉的；此时，基尔曼小姐还在喃喃自语，唠叨着惠特克先生讲的那句话：痛苦产生知识；还有肉体的问题，"呃，肉体，"她自言自语。

伊丽莎白打断了她，问道：您要到哪个柜台去？

"卖裙子的，"她简截地说，径自昂首阔步走向电梯。

她俩登上楼。伊丽莎白领路，走这边，绕那边；基尔曼小姐听凭她引领，恍恍惚惚的，像个大孩子，又像一艘笨重的军舰。到了，瞧，五光十色的裙子：褐色的、条纹的、大方的、艳俗的、厚实的、蝉翼似的，应有尽有；她心不在焉地挑选，怪里怪气的，站柜台的姑娘以为她是个疯婆子呐。

当她们包扎的时候，伊丽莎白心里纳闷：她在想什么心事呀。基尔曼小姐终于从神思恍惚中清醒过来，说道，该吃茶点了。于是她俩吃了茶点。

伊丽莎白心想，敢情基尔曼小姐是饿了。她像惯常一样狼吞虎咽，尔后瞅着旁边桌子上一盘糖衣蛋糕，望个不停；一会儿，一位太太带着孩子，坐到桌边，那小孩把蛋糕吃了。基尔曼小姐心疼吗？嗳，她心疼的，因为她真想吃那块蛋糕呢——粉红色的。如今，她在生活里仅有的真正的乐趣，几乎只有吃了，而此刻，连那块蛋糕也没福消受咧！

她曾经对伊丽莎白说：幸福的人总有一种来源，可以取之不尽；她却像一个没有车胎的轮子（她喜欢用这种比喻），老是碰着小石块而颠簸——她往往在星期二早晨说这类话，那是在课后休息时，她站在炉边，夹着书包（她叫作"小提包"）。她也谈论战事：说到底，总还有人认为，英国人并非一贯正确的。书上就是这样讲的。还有集会呢。还有持不同政见的人哩。伊丽莎白要不要跟她去听某人演讲？（那是一位气概非凡的老人。）然后，基尔曼小姐带她上肯辛顿的一所教堂去，同一位教士用了茶点。她还借给伊丽莎白各种书：法律、医药、政治，等等。基尔曼小姐道：对于你这一代的妇女来说，所有的职业都是敞开的。至于她自己呢，前程毁灭了，毁得干干净净，这是她的过错吗？天哪，伊丽莎白道，不是。

有时，这姑娘的母亲会走进来说：布尔顿老家的人送来了一大篮鲜花，基尔曼小姐要不要拿一些？克拉丽莎对待基尔曼小姐总是非常之好；那位小姐却把篮里的花一古脑儿扎成一大束，拿下了，但不跟她聊什么闲话；况且，基尔曼小姐感兴趣的东西，伊丽莎白的母亲却觉得厌烦；总之，这两人在一起别扭之极；再加基尔曼小姐长得实在不好看，却自以为了不起；不过，基尔曼小姐的确异常聪明。伊丽莎白从来没想到过穷人。因为她家要什么有什么——妈妈每天在床上进早餐，照例由露西端上去；伊丽莎白还喜欢那些老太太，因为她们全是公爵夫人，祖上还是什么勋爵哩。然而，基尔曼小姐跟她说过（就是在一个星期二早晨，课后休息时）："我的祖父在肯辛顿开过油画颜料商店。"嗬，基尔曼小姐委实与众不同，她使别人显得那么渺小。

基尔曼小姐又饮了一杯茶。伊丽莎白却不要再喝了，也不要吃什么了；她端端正正地坐着，一派东方风韵，姿态神秘莫测。她在找手套——她的白手套。在桌子底下呢。哎，她非走不可了！可基尔曼小姐不让她走！这个少女，那么漂亮！这个姑娘，叫人从心窝里爱她！基尔曼小姐的一双大手在桌上忽而摊开，忽而合拢。

有点儿乏味呢，伊丽莎白心想，真想溜掉。

但是基尔曼小姐道："我还没吃完。"

这么着，伊丽莎白当然要等一下，不过这里相当闷。

"今晚你去参加宴会吗？"基尔曼小姐突然问道。

伊丽莎白说，兴许要去吧，母亲要她去。基尔曼小姐抚摸着快吃光的巧克力奶油小蛋糕的边儿，说道：不要被宴会迷住了。

伊丽莎白答道，我不太喜欢宴会的。当下，基尔曼小姐张开嘴巴，稍微突出下颌，把剩下的一小片巧克力奶油蛋糕咽下去，然后擦擦手指，搅着杯子里的茶。

她感到自己要炸开了。内心的痛苦简直可怕。只要我能抓住这姑娘，搂紧她，叫她完全属于我，永远属于我，而后死去，那多妙呀！这便是自己的愿望。可是此刻，呆坐在这里，搜索枯肠，却想不出什么话题，眼看伊丽莎白对她起了反感，嘿，甚至这姑娘都觉得她讨厌——真难堪呵！她受不了。粗壮的手指捏紧了。

"我从来不参加什么宴会，"基尔曼小姐道，这是为了不让伊丽莎白脱身，"没有人请我去赴宴；"——她说这句话时，心里明白，正是这种自我中心的作风使她变得惹厌的；惠特克先生曾经为此提醒过她，可她有什么办法呢。她受过那么多苦。"她们干吗要请我呢？！"她说下去，"我不好看，不幸福嘛。"她明知这样说是可笑的。要怪那些来来往往的人——拎着大包小包的人，鄙视她的人，是他们逼得她说这样可笑的话。然而，她是多里斯·基尔曼。她得过学位。她是靠奋斗而争得社会地位的妇女。她关于现代史的知识是相当精深的呀。

"我并不觉得自己可怜，"她接着说，"我觉得，可怜的是……"她想说"你的母亲"，但是不行，不能对伊丽莎白这样说，所以改口道，"我觉得别人比我可怜得多。"

伊丽莎白·达洛卫坐在那儿，不吭一声，恰似一匹不会说话的动物，被人牵到一个大门口，不知道要把它曳进去干什么，因而呆呆地停着，只想一溜烟跑掉。基尔曼小姐还要唠叨下去吗？

"别忘了我呀，"多里斯·基尔曼道，声音都颤抖了。那只不会开口的小动物怕极了，飞快地逃掉，直奔到田野尽头。

那双大手摊开了又合拢。

伊丽莎白转过头去，只见女招待过来了。伊丽莎白便说：到账台上去付账；她边说边跑；基尔曼小姐感到，那姑娘奔得连肠子都要脱出来了，一直拖到餐室的另一端；只见她扭过身，恭恭敬敬一鞠躬，扬长而去。

她走了。基尔曼小姐兀自坐在大理石桌边，桌上摆着巧克力奶油蛋糕；一阵阵剧痛刺伤了她。姑娘跑了。达洛卫夫人胜利了。伊丽莎白走掉了。美消失了，青春消逝了。

基尔曼小姐枯坐了一会。她终于站起身，在小餐桌之间跟跟跄跄，摇摇晃晃，有人把她忘了拿的裙子送过来；她在百货公司里迷失了，一忽儿夹在运往印度的一箱箱货物之间，一忽儿陷入一堆堆产妇用具和婴儿内衣中间；穿过世界上所有的商品：耐久的、易坏的，诸如火腿、药物、鲜花、文具，等等，各式各样的气味，有的甜，有的酸；她东倒西歪地蹒跚着，帽子都歪戴了；她在一面大镜子里看见自己这副模样，跌跌撞撞，脸涨得通红；最后，总算挤出门，到了大街上。

她面前耸峙着威斯敏斯特大教堂的塔顶，那是上帝的宫殿。在嘈杂的车水马龙中间，屹立着上帝的宫殿。她拎着包儿，一个劲儿向前走，到另一座圣殿——威斯敏斯特寺院去；到了那里便坐下，举起双手遮住脸；两旁坐着许多信徒，也像她那样不得不到这里来躲避；形形色色的信徒，大都丧失了社会地位，几乎没什么性生活了；此刻大家举起双手，遮住面孔，然而一旦放下手，立即露出英国中产阶级男男女女的面貌，一副虔诚的神态，其中有些人还想去参观里面陈列的蜡像呢。

然而，基尔曼小姐始终把手掩住脸。时而有人离开，时而有人来坐下。又一批信徒从户外进来，代替那些溜掉的人；人们东张西望，穿梭一般经过无名英雄墓，她却一直绕着手指，遮住眼睛，企望在这双重黑暗中（眼睛遮没，再加寺院内光线黯淡），超越世俗的虚荣、情欲和商品，荡涤爱与憎。她双手扭曲着，仿佛在搏斗。然而，对别人来说，上帝是易于接近的，通向他老人家的道路是平坦的。譬如已退休的财政部官员弗莱彻先生，一位名人（克·西）的遗孀戈勒姆夫人，都轻而易举地接近他老人家，祈祷之后便靠在椅子上，欣赏音乐（管风琴的演奏多么美妙），一面看见基尔曼小姐端坐在同一排的末位，祷告又祷告；这些人还在红尘的边缘徘徊，因而怀着同情，把她看作一个灵魂，在相同的大千世界里逡巡；一颗虚无飘渺的灵魂，不是一个女人，而是一颗灵魂。

但是，弗莱彻先生要走了。他得经过她跟前；他自己衣冠楚楚，因此看到这位可怜的女士如此狼狈，不禁有些怃然；只见她披头散发，一包东西掉在地上。她没有立刻让他过去。他只得稍停片刻，眺望四周，赞叹那些洁白的大理石柱、灰蒙蒙的窗玻璃，以及世代累积的珍贵文物（他对威斯敏斯特寺是异常自豪的）；同时看到这位女士硕大如牛，茁壮而强健，端坐着，不时摆动双膝（她接近上帝之路是如此坎坷——因为她的七情六欲极其强烈）；这一切给他留下深刻的印象，正如达洛卫夫人（那天下午，她心里总是萦绕着基尔曼小姐的形象）、爱德华·惠特克牧师，以及伊丽莎白，都对基尔曼小姐有鲜明的印象。

此时，伊丽莎白正在维多利亚大街等候公共汽车。户外多清爽呀！她心想，眼下不必急着回家吧。在户外多畅快呵！所以她只想搭上公共汽车兜风。那天，她穿着剪裁合身的衣服，在车站上伫立的时候，引得……人们开始把这少女比作白杨、曙光、紫蓝色风信子、小鹿、清溪和百合花；这使她觉得难堪，因为她只想在乡间独处，与世隔绝，自由自在地过日子；人们却把她比作百合花，她不得不去参加宴会；在乡间，单独跟父亲在一起，逗着狗儿玩，多么愉快；相形之下，伦敦乏味极了。

公共汽车疾驶着，停下来，又开去了——一辆又一辆，闪耀着红色与黄色的光泽；她究竟搭上哪一辆好呢？她才无所谓呢。诚然，她不想向前闯去。她宁愿随遇而安。她只需要表情，而她生就一双美目，中国式的，东方型的；并且，像她母亲所说的，她那修削的肩膀非常优美，亭亭玉立，看上去总是那么妩媚；她似乎从不激动，可是近来，特别在晚间，当她感兴趣而有些兴奋时，看起来几乎是漂亮的；她显得十分端庄，十分娴静。她究竟在想些什么？每个男子都爱上她了，她却实在觉得厌烦得紧。情窦初开嘛。她母亲觉察到这一点——人们对她女儿才开始献殷勤哩。女儿对这些个并不怎么在意——比如不太讲究穿着——使克拉丽莎有时担心；不过，也许这种小妞儿、小妮子闹点别扭反而有趣，平添了些风韵嘛。如今，又交上了基尔曼小姐这样一个怪朋友。也好，这证明女儿的心肠不坏；克拉丽莎转这些念头是在半夜里三点钟，因为她失眠，就边看闲书边想心思。

却说伊丽莎白在车站上，蓦地一个箭步，抢在众人之前，挺麻利地登上了公共汽车。她占了顶上一个位置①。那辆闯劲十足的庞然大物（活像海盗船）一下子开动，疾驰而去；她得抓紧座位边的铁杆才不摇晃；这辆车简直是艘海盗船，风驰电掣，横冲直撞，不顾一切，压倒一切，危险地绕圈子，大胆地让一个乘客跳上来，干脆撇下另一个乘客，在车水马龙中间挤来挤去，恰似一条鳗鲡，然后开足马力，仿佛鼓起风帆，神气活现地冲向白厅那边。当下，伊丽莎白有点儿想起基尔曼小姐吗？那可怜的朋友毫不嫉妒地爱着她，把她比作旷野里的小鹿、林中空地的月光。她却高兴地摆脱了那位友人。户外的空气多么清新、甘美呵！而在百货公司里那么窒闷。此刻真像快马加鞭，奔向白厅；随着汽车的每一个动作，她那漂亮的身子自如地摆动，宛如一名骑手，或船头雕像；她身穿幼鹿色外衣，微风吹得衣衫有些飘忽，头发稍稍披拂，炎热使她的脸色苍白，好似白漆木；她那秀美的眸子，由于没有注视的对象，便向前凝望，茫然而明亮，仿佛一尊塑像，瞪着眼，天真得不可思议。

基尔曼小姐老是谈到自己的痛苦，这就是叫人讨厌的原因。不过，兴许她讲得不错吧？如果基尔曼小姐所谓做一个基督徒的意思是，要在救济穷人的委员会里任职，每天得花掉好多时间去干这种工作（天哪，她父亲正是如此，她在伦敦简直很少看到他）；不过，基尔曼小姐究竟指的什么，可吃不准。嗬，眼下她真想再乘一会儿车。到河滨大街还得付一个便士吗？喏，给，一个便士。她就是要上河滨大街呗。

基尔曼小姐喜欢照顾病人，还跟她说，对于你们这一代妇女，每一种职业都是敞开的。这么说来，她可以做一个医生啰，也可以当个农民。牲畜不是常常生病吗？！她可以拥有成千上万亩土地，手下有许多

---

① 英国的公共汽车大都有两层。

雇工。她将到他们的茅屋去探望。噢,车子开到萨默塞特大厦了。唔,可以做一个很好的农民——说来也怪,尽管这样想是受了基尔曼小姐的影响,但更主要的是,受了萨默塞特大厦的启发,几乎是决定性的。它看上去那么华美、那么庄严——这幢宏大的灰色建筑物。她感到里面的人们在工作,这是惬意的。她喜欢那些教堂,好像用灰纸糊成的一栋栋屋子,面对河滨的流水,矗立着。她在钱赛里巷下车,一面自忖:这一带跟威斯敏斯特是完全不同的。气氛非常严肃,非常繁忙。总之,她要有一个职业。她要成为一个医生,或一个农民,必要的话,也可能去当议员。这一切想法都是由于河滨大街的感召。

大街上人们忙忙碌碌奔走着,工人们用双手不断堆积石块,人们从来不会喊喊喳喳地扯淡(把女人比作白杨,等等——这些诚然叫人激动,但也无聊透顶),而总是专心致志于船舶、贸易、法律、行政管理,全是那么庄严的事业(她走进了法学协会),又很愉快(瞧那流水),而且虔敬(教堂嘛);因此她下定决心,不管母亲怎么说,一定要做个农民或医生。不过,她确实相当懒呢。

最好什么打算也不讲。听起来很傻的。一个人独处的时候,有时会受外界影响而忽发奇想——那些没有工程师署名的房屋,从城里回家的人群,他们比肯辛顿单身的教士更有权势,比基尔曼小姐借给她的任何书更有教益,会刺激一个人的潜意识——沉睡在流沙似的心灵底层,笨拙而羞涩;一旦受外界的刺激,便会冒上来,犹如一个小孩突然伸出胳膊;一种冲动,一种启示,产生的效果是永恒的,可是眼下,又沉到流沙似的心灵深处去了。她得回家了。她必须穿得端端正正,去吃晚餐。现在几点钟了?哪儿有钟呀?

她向舰队街望了一下。然后,向着圣·保罗大教堂走了几步,怯生生的,仿佛蹑手蹑脚,在一栋陌生的屋子里秉烛夜探,东张西望,提心吊胆，生怕主人突然打开卧室的门，问她来干什么；她不敢踅入那些离奇的小巷，有如在陌生的屋子里，不敢碰开一扇门，那可能是卧室或起居室的房门，也可能是通向贮藏室的门。事实上，达洛卫家没有人天天到海滨大街来，所以她是个开拓的先锋、迷途的羔羊，富于冒险精神，而又信任别人。

她的母亲觉得，女儿在许多方面是极其幼稚的，仍然像个小孩儿，喜欢玩偶，爱穿旧拖鞋，简直是个小娃娃。这使她显得更可爱。但是，话得说回来，达洛卫家的人并不都是天真无邪，而是历来有为公众服务的传统。拿女性来说吧，家族里就出了修道院长、大学校长、中学校长，以及各种显要人物——其中没有一个才华出众，却都是显赫的。此刻，伊丽莎白继续向圣·保罗大教堂走了几步。她喜爱这一带热闹的景象，感到有一种融洽的气氛，人们好像兄弟姐妹，亲密无间，还有母爱哩。这使她觉得舒服。不过，周围实在喧闹，震耳欲聋；忽然，响起了尖利的喇叭声（失业者在结队游行），在一片噪声中回荡，宛如一阵军乐，为行军的士兵们伴奏；然而，倘若失业者快死了——倘若有个妇人奄奄一息，终于完成了人生至高无上的庄严使命——死亡，那时，任何旁观者要是打开死者房间的窗子，向下俯视舰队街，那喧嚣的噪声，那一阵军乐，将意气风发地冲击他的耳鼓；这闹声对人间一切是淡漠的，因而有抚慰的作用。

这种作用是无意的。人们从闹声中并不觉得有何利害关系，也无命运之感；正因为如此，它起了抚慰的作用，即使对那些注视着垂死者脸上即将寂灭的表情而目眩神迷的人们，也不例外。

人们的健忘可能令人伤心，他们的忘恩负义也许会腐蚀别人，然而这种噪声，年复一年无休止地喧腾着，将吞噬人间一切——（她自己的）誓言、这开拓者、这沸腾的生活、滔滔的人流；噪声将囊括一切，把它们席卷而去，恰如在汹涌的冰川中，巨大的冰块载着一小片骨头、一枚蓝色花瓣、一些橡树的残骸，把它们全都卷去，滚滚向前。

不过天色晚了，比她想的还晚。母亲不会喜欢她这样独自游荡的。于是她从河滨大街折回了。

虽然天气炎热，却吹着劲风；此时一阵风吹拂着稀薄的乌云，遮掩了太阳，使河滨大街蒙上云翳。行人的脸变得模糊了，公共汽车猝然失去了光辉。一簇簇浮云，仿佛群山，边缘参差，令人遐思：好似有人用利斧砍去片片云絮，两边绵延着金黄色斜坡，呈现出天上的乐园，气象万千，宛如仙境中诸神即将聚会；尽管如此，云层却不断推移，变幻：仿佛按原定计划，忽而云端缩小了，忽而金字塔般的大块白云（原来是静止的）运行到中天，或庄重地率领一朵朵行云，飘向远方去停泊。虽然云层似乎巍然不动，交织成和谐的整体，休憩着，其实，乃是白雪似的流云，闪耀着金色彩霞，无比地清新、自在而敏感；完全可能变幻、移动，使庄严的诸神之会涣散；尽管看上去，霭霭白云肃穆而凝固，一堆堆的，雄浑而坚实，它们却留出罅隙，时而使一束阳光照射大地，时而又让黑暗笼罩万物。

伊丽莎白·达洛卫平静而麻利地登上了公共汽车，朝威斯敏斯特驶去。

此时，赛普蒂默斯·沃伦·史密斯正躺在起居室内沙发上，谛视着糊墙纸上流水似的金色光影，闪烁而又消隐，犹如蔷薇花上一只昆虫，异常灵敏；仿佛这些光影穿梭般悠来悠去，召唤着，发出信号，掩映着，时而使墙壁蒙上灰色，时而使香蕉闪耀出橙黄的光泽，时而使河滨大街变得灰蒙蒙的，时而又使公共汽车显出绚烂的黄色。户外，树叶婆娑，宛如绿色的网，蔓延着，直到空间深处；室内传入潺潺的水声，在一阵阵涛声中响起了鸟儿的啁鸣。万物都在他眼前尽情发挥力量，他的手舒适地搁在沙发背上，正如他游泳时，看见自己的手在浪尖上漂浮，同时听到远处岸上的犬吠声，汪汪，汪汪，十分遥远。不要再怕了，他在内心说，不要再怕了。

他并不害怕。因为每时每刻，大自然都欢笑着用一种暗示(譬如墙上那闪来晃去的金色光斑，就在那儿、那儿、那儿)，表明她的决心：要尽情表现自己，她飘扬着装饰的羽毛，秀发纷披，把斗篷挥来挥去，仪态万方，总是仪态万方；而且站到他跟前，从纤嫩的指缝里喁喁细语，用莎士比亚的名言曲传她的意蕴。

那时，雷西娅坐在桌子边，手里扭弄着帽子，凝视着他，只见他在微笑。哦，他感到幸福了。不过，她看见他的笑容便受不了。这不像夫妻，做丈夫的不该有这种怪样：老是一忽儿惊跳，一忽儿狂笑，或者沉默，呆坐着，接连几小时不动，要么一把攥住她，叫她记录。抽屉里塞满了她记下的他讲的话：关于战争，关于莎士比亚，关于伟大的发现，还有，无所谓死亡。近来，他突然莫名其妙地激动起来(霍姆斯大夫和威廉·布雷德肖爵士都说，激动对他是最有害的)，挥舞双手，喊道：我知道真理了！他什么都知道！有一回他说：在大战中死掉的那个朋友，埃文斯，来了，在屏风后唱歌咧。他说的时候，她就记下来。他说，有些东西非常美，另一些完全是胡闹。他总是讲了一会便住口，改变主意，想加几句话；忽而又听到什么新奇的声音，扬起手倾听着。她可什么也没听见。

有一次，他们发现，打扫房间的姑娘念着那些记录，发出一阵阵嗤笑。真是可怕而又可怜，因为这使得赛普蒂默斯嚷道：人多么残酷哟！——他们相互死咬，扯得粉碎，特别把倒下去的可怜虫撕得粉碎。"霍姆斯在迫害咱们哩，"他会这样说，还想象霍姆斯在干啥：霍姆斯吃粥喽，霍姆斯念莎剧喽——一面狂笑，或怒吼。因为在他心目中，霍姆斯代表某种可怕的力量，他称之为"人性"。此外，还有种种幻觉。他常说：快溺死了，正躺在悬崖边，头上海鸥飞翔，发出凄厉的唳声；这时他靠在沙发边，望着地下，说是俯瞰海底。有时，他会听见美妙的音乐。其实只是街上流浪艺人在摇风琴，或仅仅是什么人在喊叫。他却嚷道，"美极了！"同时脸上淌下眼泪；这使她觉得最最可怕，眼看勇敢的打过仗的赛普蒂默斯，堂堂男子汉，竟然哭起来。有时他会静静地躺着，蓦然喊道：我跌下去啦，跌到火里去啦！她真的会四面张望，看哪儿失火了，因为他讲得那么逼真。当然，连一丁点儿火星都没有。房间里只有他俩。她便对他说，你在做梦吧。最后总算使他安静了。不过有时她也会毛发直竖。此刻，她则边缝纫边叹息。

她的叹息是温馨的、魅人的，犹如树林边吹拂的晚风。她时而放下剪刀，时而转身，从桌上拿一些东西。她只要稍微动一下，发出窸窸窣窣的微声，轻轻地拍几下，便在桌上做出些东西了。她总是坐在桌子边缝呀缝的。他从睫毛缝里模糊地窥见她的倩影，那穿着黑衣的娇小的身体，她的面孔和双手，她在桌边怎样转动着，捏起一个线圈，或寻找一块丝绸（她常会忘记把东西放在哪里）。这会儿，她在给菲尔默太太的已嫁的女儿做一顶帽子，那少妇的名字是……他忘了。

"菲尔默太太的出嫁的女儿叫什么来着？"他问道。

"彼得斯太太，"雷西娅回答，又说，恐怕这帽子做得太小了；一面把做好的帽子擎在面前打量。彼得斯太太长得高大，敢情帽子是小了点儿。雷西娅并不喜欢她，给她效劳仅仅因为菲尔默太太待他俩非常好——"今天早晨她还送葡萄给我呐，"——所以雷西娅想为她做些事情，表示感谢。不过，前天晚上雷西娅走进房间，却发现彼得斯太太在开唱机，她以为主人出去了。

"真的吗？"他问，"她在开唱机吗？"她说，是的；当时就告诉过他了，她发现彼得斯太太在开唱机。

于是他小心翼翼地睁开眼睛，看看房里究竟有没有唱机。但是，真实的东西——真实的东西会叫人过于激动。他必须谨慎。他不想发疯。起先，他望着书架底层的时装样纸，然后逐渐注视那装有绿喇叭的唱机。再也没有比这更实在的了。因而他鼓起勇气，环顾四周，瞧着餐具柜、一盘香蕉、版画上的维多利亚女王和丈夫，再看看炉架，上面一只广口瓶，插着蔷薇。所有这些都一动不动。一切都静止，一切都是真实的。

"那个女人有一张利嘴，毒得很，"雷西娅道。

"彼得斯先生是干什么的？"赛普蒂默斯问。

雷西娅"呃"了一声，尽力回忆。她想起菲尔默太太讲过，女婿是一家公司的推销员，常到外地出差。"眼下他到赫尔去了，"雷西娅说。

"就是这几天！"她重复道，带着意大利语音。他听见她亲口这样说。他用手半掩着眼睛，以免一下子看清她的面孔，而要一点一点地瞧，先看下巴，再看鼻子，然后，慢慢地窥那额头，生怕它是畸形的，或有什么可怕的斑痕。他想错了，她可没什么怪样，十分自然地坐在那儿，缝着帽子，像一般女人那样，缝纫时抿紧嘴，撅起嘴唇，露出悒郁的神情。他一次又一次谛视她的脸、她的手，叫自己放心，没有丝毫可怕的迹象，她只是大白天坐在那里缝纫，有什么吓人或可恶的呢？彼得斯太太却有一张恶毒的利嘴。彼得斯先生则到赫尔去了。那自己为什么要发怒或预言呢？为什么要自讨苦吃，自绝于人呢？为什么要凝望浮云而颤抖、哭泣呢？为什么要追求真理，传播福音呢？瞧，雷西娅不是安静地坐在那儿缝纫，把针插入外衣的前襟么？彼得斯不是照常出差，到赫尔去了么？什么奇迹、启示、痛苦、孤独啰，摔到海底，跌进火里啰——全都无影无踪了，因为，当他注视雷西娅替彼得斯太太做草帽时，只感觉到那条绣花床罩。

"对彼得斯太太来说，这帽子是太小了，"他说。

好多日子以来，这是第一回他像往常一样说话了！她应着道：可不是，实在……小得不像话呢。不过，这是彼得斯太太自己挑的嘛。

他把帽子从她手里拿过来，说道：这是摇风琴艺人耍的猢狲戴的帽儿。

哈，她听了多高兴呀！他俩好久没在一块儿欢笑了，此刻又像一般夫妻那样，私下里寻别人开心。她的意思是，眼下要是菲尔默太太走进来，或彼得斯太太、或任何人闯进来，都不会懂得她和赛普蒂默斯在嘲笑什么。

"瞧！"她把一朵玫瑰插上帽边。她从来没感到这么快活！一生中从未有过！

赛普蒂默斯道：插上花儿更可笑啦，那可怜的女人戴了活像动物展览会上一头猪哩。（没有任何人会像赛普蒂默斯那样叫她大笑的。）

她的针线盒里还有些什么呢？有丝带、小珠子、流苏、纸花，等等。她把这些一古脑儿倒在桌上。于是他把颜色各别的玩艺儿拼起来——尽管他的手不灵，连一只小包儿都扎不好，眼光却尖得出奇，对色彩常看得准，当然有时也会闹笑话，不过有时确实妙得很。

"这一下她会戴上漂亮的帽子啦！"他喃喃道，拣这样挑那样的；雷西娅蹲在他身旁，从他肩上望着。一会儿就拼好了，就是说，花样设计好了，现在她得缝起来。他说：你必须非常、非常细心，完全要"依样画葫芦"。

她便着手缝了。他觉得，她缝的时候有一种微声，仿佛炉子铁架上煮着水壶，冒出哔哔的水泡声；她忙个不停，纤小而有力的指尖一忽儿掐、一忽儿戳，手上的针闪亮着。随便太阳忽隐忽现，时而照着流苏，时而映出墙纸,他只管安心等待,躺在沙发上,脚伸得长长的,眼睛望着沙发那一头的环纹短袜;他要在这安乐窝里待着,四周一片宁谧,空气都静止了,仿佛有时树林边薄暮的气氛:由于地上有些坑洼,或由于树木分布的格局(首先要科学性、科学性),温暖的空气逗留着,微风迎面吹拂,恰似鸟翼在抚摸。

"喏,好了,"雷西娅道,指尖上绕着彼得斯太太的帽子,"暂时就这样吧,以后再……"她的话像水泡一般冒着,低下去了,一滴、一滴、一滴,犹如没关上的水龙头,满意地滴着水。

妙极了。他得意扬扬,感到从未有过这样称心的事。那么真实,那么实在——彼得斯太太的帽子。

"瞧呀,"他说。

真的,只要看见这顶帽子,她会永远感到幸福。因为做帽子的时候,他恢复本来面目了,他笑了。他俩又单独在一起了。她将永远喜欢这帽儿。

他要她戴上试试。

"喏,我肯定会变成丑八怪的!"她嚷道,随即跑到镜子前面,头侧来侧去,端详着。忽然听见有人敲门,赶紧脱掉帽子。难道是威廉·布雷德肖先生来了?已经来叫了吗?

不!原来只是那小女孩,送晚报来了。

每天总是例行的事——每晚都是这些事情。那小女孩照常来了,舔着大拇指,呆在房门口,雷西娅走过去,蹲下来,轻声轻气地跟孩子闲聊,亲吻她,再从抽屉里掏出一袋糖,塞给她吃。每天老是这样。一桩事接着另一桩事。她就这样按部就班做着,先做这桩,再做那桩。她拉着小孩跳来蹦去,溜呀滑的,在屋子里转圈儿。他看着晚报,念一则新闻的标题:萨里酷热,有一股热浪。雷西娅应声道:萨里酷热,有一股热浪；一面仍然同小孩（菲尔默太太的孙女）玩儿，跟她一起嬉笑谑浪，玩得挺有劲儿。他却很倦了，他很快乐。他想睡了。他闭上眼睛。可是，双眼一闭，她们玩耍的声音立即变轻了，有点怪了，似乎有人在寻什么，却找不到，招魂一般喊着，声音愈来愈渺远了。她们失去他了！

他惊恐地跳起来。看见了什么？餐具柜上一盘香蕉。屋里没有人（雷西娅陪孩子回到妈妈那里去了，该上床睡了）。原来如此：一辈子孤独。这是命里注定的，以前在米兰，走进住所的房间，看见那些人用麻布剪出花样时，已经注定了：一辈子孤独。

此刻，他独自面对餐具柜与香蕉。他孑然一身，躺着，栖息在阴沉的高处——不是在峰顶，也不在峭壁上，而是在菲尔默太太起居室的沙发上。至于那些幻觉、那些死者的面孔与声音，都消逝了？他面前只有一列屏风，上面显出黑油油的香蒲和蓝幽幽的燕子。在幻觉中一度呈现的山、脸、美，都杳无影踪了，惟有屏风。

"埃文斯！"他嘶喊。没有回音。一只老鼠在吱吱地叫，也许是帷幕沙沙地响。那是死者的声音。只剩下屏风、煤桶和餐具柜。那就让他面对屏风、煤桶和餐具柜吧……忽然，雷西娅闯进来，跟他聊天了：

来了几封信。每个人的打算都改变了。菲尔默太太终究不能到布赖顿去了。来不及通知威廉斯太太，雷西娅觉得懊恼之极；这时她瞥见了那顶帽子，心里想……也许……她……可以做些小小的……她那心满意足的、悦耳的声音渐渐轻下去了。

"啊，见鬼！"她猝然嚷道（她这句粗话是他俩开玩笑的一种方式）；原来针断了。帽子、孩子、布赖顿、针。她一桩桩应付着：先处理这桩，再对付那桩；她按部就班做着，眼下在缝帽子。

她想拿掉那朵玫瑰，或许帽子会好看些，她要问他怎么想。当下她坐在沙发的另一头。突然她丢下帽子说，现在咱们是完全幸福的。此时此刻，她可以对他随意聊天，想说什么便说什么。其实，他俩初次相逢时，她就有这种感觉；那天晚上，在咖啡馆里，他和朋友们（都是英国人）走进来，显得有些腼腆，四面张望，想挂起帽子，却掉在地上。她记得那情景。当时，她知道他是英国人，可不是她姐妹爱慕的那种魁梧的英国人，因为他总是瘦削的，不过他的气色挺好，神清气爽；脸上一个大鼻子，眼神明亮；坐的时候有点伛偻，这使她想起（后来好多次跟他说过）一只年轻的鹰；那是他俩相逢的第一晚，当时她和伙伴们在玩多米诺牌，他进来了——像一只年轻的鹰，不过他待她始终是温存的。她从未看见他撒野或喝醉过，仅仅有时，由于经历过可怖的战争，仍然感到痛苦，然而，只要一见她进来，便丢掉一切烦恼了。她会对他讲任何事情，世界上任何事情，哪怕工作上一点小小的麻烦，只要她想说，便对他倾诉，他会立刻理解。即便她娘家的亲人也不如他。他比她大几岁，而且那么聪明——他多么一本正经呵，要她读莎士比亚的戏剧呐，那时她连英文的童话都念不懂哩！——他的经验比她丰富得多，因而能帮助她。她呢，也能帮助他。

眼下先谈这帽子吧。待会儿（天色愈来愈黑了）就要应付威廉·布雷德肖爵士了。

她用双手撑着头，等他说喜欢不喜欢这帽子；她坐在那儿，期待着，向下望着，这时他能感到她的心灵，像一只鸟儿，在枝柯间审来审去，总是拣稳当的树枝栖息；她坐在那儿，天然有一种潇洒自如的姿态，这时他能揣摩她的心思；只要他一开口，随便说什么，她立即嫣然一笑，仿佛一只鸟儿，利爪攫紧树枝，安稳地栖息着。

可是，他记得布雷德肖讲过："一个人生病的时候，即便自己最亲爱的人也没用，只有害处。"布雷德肖还说：他俩必须分开，必须教他如何静养。

"必须","必须",干吗"必须"？！布雷德肖凭什么权力管他？！"布雷德肖有什么权利命令我'必须……'？！"他质问。

"因为你讲过要自杀嘛，"雷西娅答道（幸亏现在她可以跟他随便说什么）。

哦，他落在他们手掌中了！霍姆斯同布雷德肖抓住他啦！那个蛮鬼把猩红的鼻子伸入每个隐秘的旮旯！它胆敢说"必须"！我的那些稿子呢？我写的东西在哪儿？

她把稿子给他看，所谓他写的东西，其实是她记下来的。她把一叠叠纸一古脑儿撒在沙发上。他俩一起观看：形形色色的构图与图案、侏儒般的男人与女人，挥舞着小棒，算是武器，背上长着羽翼（像翼子吗？）；还有先令和六便士钱币，四周描着圆圈，象征太阳和星星；弯弯曲曲的线条，画的是悬崖，一群登山者用粗绳捆住，在攀上去，宛如一串刀叉；海里的精灵，从波浪似的曲线中探出小脸蛋儿，嬉笑着；还有世界地图。他嚷道，全都烧掉！再来看写的东西吧：死人在杜鹃花丛后歌唱；时光老人颂；同莎士比亚谈话；埃文斯、埃文斯、埃文斯——他从冥冥中带来信息；不要砍树；告诉首相。博爱，乃是人世间的真谛。他嚷道，全烧掉！

然而雷西娅把手按在纸上。她认为，有些画与文字很美。她要用丝线扎好（因为没有大信封）。

她说，即便他们把他带走，她将跟他一起去；又说，他们不能硬把他俩拆分。

她把一张张纸叠齐，折起来，扎停当，几乎不用瞅一眼；她挨近他坐着，就在身旁；他觉得，她仿佛鲜花苞放。她是一株花朵盛开的树，从枝桠间露出立法者的面容；她已到达圣殿，无所畏惧，不怕霍姆斯，也不怕布雷德肖；一个奇迹、一次胜利，最后的、最伟大的胜利。他看见她蹒蹒跚跚登上可怕的陡梯，背上驮着霍姆斯与布雷德肖，这两个家伙的体重常在十一呎①六磅之上呐！他们把老婆推上法庭，每年赚一万镑，却侈谈什么平稳；他们的判决是不同的(霍姆斯这样说，布雷德肖那样说)，但两个都是判官；他们混淆幻景与餐具柜，对什么都看不清，然而统治着，迫害人。而她，战胜了他们！

"好啦！"她喊道。图纸与稿纸都扎好了。任何人都不许碰。她要把它们藏起来。

尔后她说：什么都不能使他俩分离。她坐在他身边，叫他鹰或乌鸦，那种恶鸟，老是恣意糟蹋庄稼，就像他，一模一样。接着又说：任何人都不能使他俩分离。

然后，她站起来，到寝室去整理东西，可是听见楼下有人声，以为也许是霍姆斯大夫来了，便奔下去，不让他上楼。

赛普蒂默斯听得见她在楼梯上同霍姆斯谈话。

"亲爱的夫人，我是以朋友的身份来拜访的，"霍姆斯在说。

"不行。我决不让你见我的丈夫，"她说。

他想象她好比一只小母鸡，扑开翅膀，挡住去路。但霍姆斯硬是要上去。

"亲爱的夫人，请允许我……"霍姆斯道，一下子把她推开(他是条粗壮的汉子)。

霍姆斯在上楼了。霍姆斯将猛地打开门。霍姆斯将说："害怕了吧，呃？"霍姆斯将攫住他。不！霍姆斯别想、布雷德肖别想抓住他。他摇摇晃晃站起身，简直是踉踉跄跄，心里盘算着，想用菲尔默太太切面包的锃亮光滑的刀子(柄上刻着"面包"字样)。嘿，不能糟蹋那把

---

①英国重量名，表示体重时等于14磅。

刀。煤气呢？来不及了。霍姆斯上来啦。兴许能找着刀片，可是成天价整理东西的雷西娅把它放好了。唯一的出路是窗子，布卢姆斯伯里住房特有的大窗；唔，打开窗子，跳下去——麻烦，叫人厌烦，像闹剧。他们却认为是悲剧，他和雷西娅才不这样想哩（她始终跟他一条心的）。然而，他要等到最后关头。他不要死。活着多好。阳光多温暖。不过，人呢？对面楼梯上，一个老人走下来，停住，瞪着他。霍姆斯到门口了。他喝一声："给你瞧吧！"一面拼出浑身劲儿，纵身一跃，栽到菲尔默太太屋内空地的围栏上。

"胆小鬼！"霍姆斯大夫猛地打开门嚷道。雷西娅奔到窗口，她一看就明白了。霍姆斯大夫同菲尔默太太撞了一下。菲尔默太太挥舞着围裙，叫雷西娅回到寝室去，遮住眼睛。只听得楼梯上一阵阵脚步声，人们在跑上跑下。一会儿，霍姆斯大夫进来了，脸色异常苍白，浑身战抖，手里擎着一只杯子。他说：你必须勇敢，不要怕，先喝点儿吧（什么东西？甜滋滋的）；你的丈夫摔得不像样了，可怕得很，不会恢复知觉了；你决不能去看，应当尽量让你少受痛苦，你还要经受审讯的考验哩，可怜的女人，年纪轻轻的；谁料得到呢？！他一时冲动嘛，怪不得任何人（霍姆斯对菲尔默太太说）。至于那人究竟为何要干这见鬼的事，霍姆斯大夫简直莫名其妙。

雷西娅喝下那甜滋滋的液汁时，恍惚觉得自己开了落地窗，走进一座花园。什么所在呀？大钟在敲响：一下、两下、三下；跟那一片嘈杂声、窃窃声相比，钟声多明智呵，就像赛普蒂默斯。她昏昏欲睡了。然而钟声不断敲响：四下、五下、六下；菲尔默太太挥舞着围裙，（他们不会把尸体抬到这儿来吧？）那形象宛如花园内什么景物，也许像一面旗。当年，她跟姑母待在威尼斯的时候，有一回曾看见一面旗，徐徐升起，在桅杆上飘扬。那是向战争中阵亡的将士致敬，而赛普蒂默斯曾经打过仗呢。她的忆念，大都是幸福的。

她戴上帽子，穿过小麦田——究竟是什么地方呢？——登上丘陵，靠近海滨了，看得见船、海鸥、蝴蝶。他俩趺坐在巉岩之巅。在伦敦，他俩也这样坐着，梦幻似地，从卧室门缝里传来淅淅沥沥的雨声，喁喁细语声，干麦田里的窸窣声；她依稀感到海洋的抚摸，似乎把他俩裹在半圆形壳中，当她在那里安息之时，波浪在耳畔絮语，仿佛落红点点，洒在坟上。

"他死了，"她说，一面朝那监视她的可怜的老婆子莞尔一笑，那老妇人一双纯朴的浅蓝眼睛盯住了房门。（他们不会把他抬到这里来吧？）菲尔默太太轻蔑地"呔"了一声；嘿，不，嘿，才不呢！他们这就把他抬走啦！应当告诉她一下吧？夫妻应该待在一块儿嘛，菲尔默太太是这样想的。不过眼下，他们必须听医生的话。

"让她睡吧，"霍姆斯大夫按着她的脉说。她瞥见窗上映现他那粗壮的身影，阴森森的。噢，这便是霍姆斯大夫。

彼得·沃尔什认为，这是文明的一大胜利。当他听见救护车凄厉的铃声时，就自忖：文明的一大胜利。那救护车麻利地、飞也似地驶向医院，它迅疾地、富于人道地搭救了一个可怜虫：什么人被打昏了头，或者病倒了，或许几分钟前被车撞倒了，就在这样的十字路口，自己也可能碰上这种车祸哩。这便是文明。从东方归来后，他印象最深的是，伦敦的高效率、严密的组织、互助的社会精神。每一辆运货车或机动车都自动闪开，给救护车让路。兴许这样想有点病态，不过，人们对那载着可怜虫的救护车表示如此尊敬，总是令人感动的——那些急匆匆回家去的忙人，看见救护车疾驰而过时，立即会想起妻子，又会想到，自己也很可能在那车里呐，躺在担架上，身旁有医生与护士……嗐，一想起医生喽、尸体喽，思路就会变得病态、感伤；同时，这种幻觉又会令人感到一些兴奋的乐趣，一种过分的激动，从而提醒人们，不要再想这类事情了——对艺术极有害，对友谊极有害。不错。当下，救护车拐了弯，驶过托顿汉考特路，凄厉的铃声不断回响，隔条街都能听见，甚至再远些也听得见；此时，彼得·沃尔什又回过头想：这正是孤独的好处，一个人独处时可以随心所欲。要哭便哭，只要没人瞧见。然而，正是这种多愁善感，使他在印度的英国人圈子里落落寡合；他不会拣恰当的时机哭，或笑嘛。眼下，他伫立邮筒边，兀自寻思：我生来就有这脾性，此刻就要淌眼泪呢。为什么？天晓得。敢情是由于什么美感，或因为整天劳累过度；从访问克拉丽莎开始，天气那么热，又那么紧张，五花八门的印象接二连三，真叫他精疲力竭；那些缭乱的印象犹如水珠，一滴一滴，流入心田底层，凝固了，深邃，黑幽幽的，谁都永远摸不透。大概由于这一点，就是生活的奥秘，彻底的不可侵犯的奥秘，他觉得生活恰如一座陌生的花园，迷魂阵似的，令人惊奇；真的，有些时刻简直叫人诧异得喘不过气来；此刻，他站在不列颠博物馆对面的邮筒旁，便是这样的时刻，刹那间万物浑然一体：救护车，生与死。好像他的灵魂被汹涌的情感冲击着，升华到高楼之顶，而他的躯体空空如也，宛如白茫茫一片荒滩，惟有零零星星的贝壳。他之所以在印度的英国人圈子里落落寡合，正由于这脾性——多愁善感。

有一回，克拉丽莎跟他在某处乘公共汽车，坐在上层；那时，她很容易激动，至少表面上如此，一忽儿沮丧，一忽儿兴致勃勃，活跃得很，是个挺有意思的伴侣；她会从公共汽车上层望下去，认出一些古怪的小巧的景物、名称或熟人；当时，他俩常在伦敦四处逛荡，猎奇探胜，有时，从卡利多尼安商场带回几大袋珍贵的东西；那时，克拉丽莎有一种理论——他们有成堆的理论，正如一般青年那样，老是理论不离口。他俩的理论是要阐述那失望之感——不了解人，也不被人了解。人们怎能相互了解呢？你同某人每天见面，然后分离半年，甚至几年。他俩都认为，这是令人失望的，人与人之间多隔膜呵！然而，当她乘公共汽车，驶上谢夫茨伯里大街时，却说，她感到自己与万物为一，不是在"这里、这里、这里"（她拍拍座位的靠背），而是到处存在。车子驶上谢夫茨伯里大街时，她手舞足蹈。她这人就是这般模样。所以，要了解她，或任何人，必须找出和她性情相投的人，以至合她心意的地方。她有一种奇异的本能，会和她从未交谈过的人息息相通——街头一个女人，站柜台的一个男子，甚至树木，或谷仓。她终于形成一个先验论①式的观念；正因为她怕死，这一观念安慰了她，让她相信，或自称相信，她所谓的幽灵（即一般人所说的肉体），同无形之魂相比，是昙花一现的，而后者充塞于天地之间，因此可能永存，经过某种轮回，依附于此人或那人身上，甚至死后常在某处出没。也许……也许……

当他回顾两人之间漫长的友情时（将近三十年了），感到她的理论还真有些道理。他俩真正的相会是短暂的，断断续续，常常是痛苦的，因为他有时到外地去了，有时遭到干扰（比如今天早晨，他刚要开口同克拉丽莎叙谈，伊丽莎白闯进来了，像一匹小马，俊美而缄默），尽管如此，这些约会对他的生活起了难以估量的影响。有一种神秘的色彩。仿佛有人给你一粒谷物的种子，棱角尖锐，叫你拿着挺不舒服——那些幽会正是如此，时常使他痛苦不堪；可是，跟她分手期间，蛰伏了好多年后，在完全不相干的地方，种子萌芽了，苞放了，清香四溢，你不由

---

① 先验论，一种主观唯心论，崇尚直觉与性灵，认为理性和经验（或实践）是不足道的。这一学派由德国哲学家康德（1724—1804）倡导；在美国的主要代表是宗教家、学者、散文家与诗人艾默生（1803—1882），他曾创造"超灵魂"（或"宇宙之魂"）这一专门名词，以概括其学说。本书这一节内所云"无形之魂"等，类似上述观点。

地触摸、品味、环顾，尽量感受和理解。就这样，有时她忽然会到船上来跟他相会，或在喜马拉雅山间，都是受了最古怪的启示而冲动的（比如有一次，由于萨利·赛顿，那慷慨而热情的傻姑娘，看见蓝色的绣球花便想到他，克拉丽莎立即来找他了）。她对他的影响，比他认识的任何人都大。而且总是出其不意，没约好就来了，却又一副淑女模样，爱挑剔，冷若冰霜；也有罗曼蒂克的时刻，令人醉心，使人想起明丽的田野，或英国特有的收获季节。他多半在乡间而不是在伦敦与她幽会；在布尔顿，一幕又一幕的情景呵……

他回到旅馆，穿过大厅；里面摆满了浅红色椅子和沙发，点缀着花木，叶瓣尖细，看上去枯萎了。他掏出房门钥匙。年轻的侍女递给他几封信。他上楼去……以前，他多半在布尔顿同她相会，常在残夏时节；当时，他和熟人们一样，在布尔顿待一个星期，甚至半个月。起先，她跟他站在山顶，双手捐着头发，斗篷迎风飘舞，指点着，对他嚷道：她看见赛汶河在山下流呐。有时，他俩到林中去，她用水锅烧水——手可不灵巧呢；炊烟袅袅，在他们脸上缭绕，她那嫣红的面孔在烟雾中隐现；向一所茅屋中的老农妇要水喝，老人家还到门口看他俩走咧。他们总是步行，别人大都驾车出游。她对乘车厌倦了，并且讨厌一切动物，除了那只狗。两人沿路漫游，走了不知多少英里。忽然她岔开去，辨明方向，然后引领他回头走，穿过田野；一路上他俩争论不休，讨论诗，议论人，还谈论政治（那时她是个激进分子）；谈得对四周景物视而不见，除非她止步的时候，这才对一片景色或一株树赞叹不已，还叫他一起观赏呢；尔后再向前走，穿过布满茬儿的田野，她带头，忽而摘一朵花，说是给姑母的；她虽然娇弱，却爱步行，从不感到吃力；终于在暮色苍茫中，返回布尔顿了。晚餐后，那老头儿布赖科普夫掀开钢琴，弹起来，还唱呢，可毫无腔调；他俩舒舒服服地靠在安乐椅里，忍住笑，终于憋不住，笑出来，笑个不停——无缘无故地傻笑。他俩以为布赖科普夫什么都没瞧见哩。翌日早晨，她就在屋子前面跳来蹦去，活像一条摇着尾巴的小狗……

哦，是她的来信！蓝信封，是她的笔迹。他不得不看。又约他见面，肯定是痛苦的！念她的信真得费好大的劲儿。"我必须告诉你：见到你太高兴啦！"就这么一句话。

然而，这封信却叫他心烦，使他懊恼。要是她不写多好呵。他已经思绪纷乱，再来这样一封信，就好比肋骨被人戳了一下。她为什么不让他清静呢？说到底，她已经同达洛卫结婚，而且好多年来过得十分幸福嘛。

这种旅馆也够呛的。根本不能叫人舒泰。来往的旅客太多，帽架上不知挂过多少帽子了。再想一下，连苍蝇也在不知多少人的鼻子上叮过了。至于表面上使他眼睛一亮的整洁，其实并非整洁，而是光秃秃、冷冰冰，不这样才怪呢。每天清晨，一个瘦瘠的女总管要巡视一番，四处窥探，吩咐清教徒式的使女们把东西擦得锃亮，好像下一个顾客是一块腿肉，要用擦得一干二净的大盘儿来盛咧。睡觉嘛，一张床；要坐嘛，一只靠背椅；刷牙刮胡碴子嘛，用一只平底杯，还有一面镜子。他把书呀、信呀、睡衣呀，随意乱扔，同这冷漠而古板的气氛颇不协调。正是克拉丽莎的信使他悟到这一切的。"见到你太高兴啦，我必须告诉你！"他折起信纸，丢在一边，再也不想看了！

要让他在下午六点钟收到这封信，她必定在他离开后立即坐下来写，贴上邮票，叫人去寄掉。正如人们所说，她的脾气就是这样。他的访问使她心烦意乱。她必定感触很多，在吻他手的刹那间，觉得懊悔，甚至羡慕他，也许还想起他以前说过（从她的表情看得出来）：万一她嫁给他的话，他俩将改造这可恶的世界。如今她却是这般模样，到了中年，平庸得很；于是她凭着不可遏制的活力，迫使自己撇开这一切，不再顾影自怜，因为她有一股生命力，坚毅，有韧劲，足以克服任何障碍，使自己顺利地进展。这种力量简直无与伦比。诚然，他走出房间后，她会顿时反应。她将为他觉得十分难过，并且考虑自己究竟能干些什么，给他些乐趣（他总是缺少这个）；他能想象她泪流满面，赶紧到写字桌边，飞快地写下一句话，就是他看到的那一句："见到你太高兴啦！"这是她从心坎里感到的。

彼得·沃尔什解开靴带。

可是，纵然他们结了婚，也不会如意的。说到底，她倒是嫁给那个人，自然得多哩。

真怪，不过事实如此，许多人感到这一点。彼得·沃尔什干得相当体面，恰如其分地担任一般职务，讨人喜欢，但是人们觉得他有点儿怪，有时好摆架子——真怪，恰恰是他，尤其在他两鬓花白之时，却有一种怡然自得的神色，一种矜持的样子。正是这神态使女人觉得他富于魅力，看来他并非地道的男子汉，而她们喜欢这感觉。他有一种不寻常的素质，或者说，骨子里与众不同。兴许他有点书呆子气——每次来看望你，都会拿起桌上的书来读（此刻他就在读什么书，靴带拖在地板上）；或者说，他是一位绅士，这表现在他磕掉烟斗里烟灰时那副派头，当然还有他对女士们彬彬有礼的风度。然而，任何没有头脑的姑娘都能易如反掌地摆布他，这情景妙极了，却也可笑得紧。不过，那姑娘别以为得计，可能要上当呢。因为，尽管他非常随和，而且由于他有教养，性情愉快，跟他交往真有趣儿，实际上，这是有限度的。那天，克拉丽莎说什么来着……别想了，别想了，他看穿了。他受不了——说什么也受不了。有时，他会同其他男子一起开玩笑，大叫大嚷，摇来摆去，捧腹大笑。他真是个男子汉，可不是叫人敬畏的大丈夫——这样反而好；比如，戴西心想，他就不像西蒙斯少校那么威严，一点儿也不像；尽管她已经有了两个小孩，还常在内心比较两个男人呢。

他脱掉靴子，把口袋掏空，漏出随身带的小刀和戴西在阳台上拍的快照——戴西，一身缟衣，膝盖上蹲着一只狐狸①，妩媚极了，黑里俏，从未见过她这样美的。一切都来得那么自然，比克拉丽莎自然多了。没有神经质的激动。毫无麻烦。既不疙瘩，也不烦躁。一帆风顺。阳台上那可爱的标致的黑皮肤姑娘，她提高嗓门声称（他能听见她的声音）：当然，当然，她会把一切献给他的！就这么大声叫嚷（她毫无顾忌）：你要怎样就怎样！她嚷着，向他奔来，跟他相会，不管旁边有什么人在瞧。她只有二十四岁嘛。但已有了两个孩子。唔，哦！

嘿，嘿，到了这把年纪，还惹来这么些纠葛，真是一团糟。当他在子夜时分惊醒时，忽发奇想：跟她结婚如何？对他来说，再好也没有了，可是她呢？关于这问题，他曾对伯吉斯太太推心置腹地讲过，因为她是个规矩人，不是长舌妇。她认为，他离开英国期间（表面上是去找律师商量），戴西可能重新考虑，想想这究竟意味着什么。伯吉斯太太说，问题在于她的处境，社会习俗的阻碍，要放弃孩子，等等。无论如何，将来总有一天她会守寡的，于是在郊区徘徊，甚至可能不顾体面，什么都干得出来。（她说，这种涂满脂粉的女人会落到那步田地的，你懂嘛。）但是彼得·沃尔什对她这番话嗤之以鼻。他还不想死哩。他思忖，她必须自己判断，自己拿主意；他穿着短袜，在房间里踱来踱去，想着这些心思，一面把衬衫抚平，因为他也许要去参加克拉丽莎的宴会，也许上哪个娱乐厅去，或者待在家里，念一本引人入胜的书，作者是他以前在牛津的一个熟人。嗯，倘若他终于退休的话，这就是他要做

---

①狐狸，一种狗。

的——写书。他要重返牛津，到波特雷图书馆①去查资料。那可爱的标致的黑皮肤姑娘会跑到平台尽头，挥舞着手喊道，她压根儿不管人们怎么议论哩。可是一切都枉然。他仍然待在旅馆里，就是她认为了不起的男子汉，无瑕可击的绅士，那么魅人，仪表堂堂（至于他的年纪，她根本不在乎）；眼下他却在勃卢姆斯伯里区的旅馆里，刮胡子，梳洗一番，放下剃刀，拿起水壶，一面继续想：以后要到波特雷图书馆去查资料，弄清楚他感兴趣的一些琐事。随便碰到什么人，都要好好聊一下，谈得忘了时辰，愈来愈不准时进餐，连约会都忘了；当戴西要他吻一下，亲热一番（她会这样要求）的时候，他却三心二意（尽管他真心爱她）——总而言之，就像伯吉斯所说，她最好忘掉他才能幸福些，或者，仅仅在记忆中想起他在一九二二年八月里的模样，于暮色中伫立在十字路口；当时她乘着马车离去，紧靠着后面的座位，伸出手臂，眼看他的身影越来越模糊，缩小，变得遥远，以至消逝，尽管她仍然喊道：为了他，她什么都愿意干，不管什么，不管什么，不管什么……

他向来猜不透人们在想些什么。愈来愈难以集中心思。不过，他却一心想着自己的事；时而苦闷，时而快活；总是依靠女人；心不在焉，神情悒郁；他在刮胡子的时候想：真弄不懂，为什么克拉丽莎不肯替他俩找一所住宅，对戴西体贴些。要把戴西介绍给她。尔后，他就可以——就可以怎样呢？逍遥自在嘛（此刻他却在整理各种钥匙与文件），逛来逛去，品味一番，总之，保持孤独，自我满足；可是，当然，谁也没有像他那样依靠别人的（眼下他在扣上马甲），这是致命的弱点。他没法离开吸烟室，他喜欢那些上校，喜欢高尔夫球，喜欢打桥牌，而首

---

① 即著名的牛津大学图书馆，以16世纪重建者托马斯·波特雷爵士命名。其地位仅次于不列颠博物馆所辖的图书馆，珍藏手稿尤为丰富。

先，喜欢和女人作伴；她们那种细腻的友情，在恋爱中表现的忠贞、大胆与伟大的感情，虽然也有缺陷，却使他感到五体投地（此时，一堆信封上放着那照片，黑里俏，可爱的脸蛋儿），那是人生的山顶上苞放的无比灿烂的鲜花；然而，到了节骨眼上，他又三心二意了，总是绕圈子，不干脆（克拉丽莎把他内在的活力永远榨干了）；对于含情脉脉很容易厌倦，要求爱情多样化，尽管他会怒火中烧，要是戴西爱上别人的话，他真的会怒火中烧！因为他是嫉妒的，天生就不可遏制地嫉妒。他为此痛苦不堪！不过这时，要找出他的小刀、手表、图章、皮夹子，还有克拉丽莎的信（他不想再看了，但想起它是惬意的），还有戴西的照相呢？都在哪儿呀？一会儿，得吃饭了。

人们都在进餐。

顾客们坐在小桌子周围，桌上摆着花瓶；有些人穿着礼服，另一些人穿着家常便服，身边放着拎包与围巾，装出一副泰然自若的样子，其实看见一道又一道的菜，不免大惊小怪；然而，他们毫不着慌，因为有钱，吃得起；同时露出疲惫的神色，因为在伦敦跑了一整天，买东西呀，游览呀，一刻不停；他们还天然地好奇，比如一位仪表非凡的、戴着玳瑁边眼镜的绅士走进来时，大家都转身对他上下打量；这些食客本性善良，乐意为别人效劳，随便什么小事都愿意做，例如借一张时刻表喽，传播些有用的信息喽；他们在内心，下意识地渴望同别人拉关系，用什么方式都行，即便认个同乡也好（比如说利物浦①人吧），或者有个姓名相同的朋友也好；他们窥视四周，怪样地保持沉默；忽而只顾一家人欢乐，跟别人隔绝了；就这样，在人们进餐的时候，沃尔什先生走进餐厅，在帷幔旁一只小桌边坐下。

---

① 利物浦，英国西部港市。

他沉默寡言，因为他是孤独的，仅仅和侍者说话；然而，他看菜单的神情，用食指点一种酒的样子，紧靠餐桌的姿态，进餐时正襟危坐，毫无馋相——所有这些都博得了别人的尊重，不过，在进餐的大部分时间内，这种敬意没有表达的机会；直到快吃完的时刻，人们听见沃尔什先生说："来一点巴特雷特梨，"于是，尊敬他的心情在莫里斯一家的餐桌上充分表现出来了。其实，无论老查尔斯还是小查尔斯·莫里斯，无论莫里斯太太还是伊兰小姐，都不明白为什么沃尔什先生点水果的时候，语气那么温和而又坚定，好像一位老练的食客，理直气壮地点菜。不管怎样，当他独自坐在餐桌边，最后点"巴特雷特梨"之时，莫里斯一家人觉得，仿佛他在提出一项合法的要求，指望他们支持，仿佛他在拥护一种事业，而且立刻同他们休戚相关，因此用同情的目光望着他；最后，当他们和他同时走进吸烟室时，自然而然聊起来了。

谈话并不深刻——只不过谈些伦敦怎样挤喽，三十年来变化多大喽，莫里斯先生喜欢利物浦喽，莫里斯太太去看过威斯敏斯特的鲜花展览喽，还有，他们全都见到了威尔斯亲王。尽管如此，彼得·沃尔什仍然认为，世界上没有任何家庭能与莫里斯一家媲美，简直没有；他们一家人和睦极了，而且对上层阶级不屑一顾，他们有自己的爱好；伊兰正在接受训练，准备管理她家的企业；那少年已获得里兹大学①的奖学金；至于老夫人嘛（跟他年纪相仿），还有三个孩子在家里；他们已有二辆汽车，但莫里斯先生仍在星期天自己补鞋；总之，很美妙，妙极了；彼得·沃尔什这样想着，手里端着酒杯，坐在红色绒椅和烟灰缸之间，有点摇来摆去，一味自我陶醉，因为莫里斯一家人喜欢他。不错，他们喜欢一个在饭后点"巴特雷特梨"的人。他直觉地感到，他们喜欢他。

---

①里兹大学，英国名牌大学，仅次于牛津和剑桥等。

他要去参加克拉丽莎的宴会。（莫里斯一家人已离开餐厅，不过还会同他见面的。）他要去参加克拉丽莎的宴会，因为他想问理查德：在印度的那些家伙——那些保守派笨蛋在干些什么？眼下伦敦上演什么戏？有什么音乐会……唔，还有，闲聊罢了。

他兀自冥想：这就是我们的灵魂，自我意识，仿佛海底之鱼，在莫可名状的生物中间游弋，在树干一般硕大的海藻之间蠕动，在阳光闪烁的空间飘忽，尔后向下、向下，沉入阴暗的深处，冷漠，深邃，不可思议；蓦然，她窜出海面，在海风吹皱的波浪之上嬉戏；也就是说，灵魂迫切需要洗刷一下，擦一番，刮一阵，使精神振奋——通过聊天。我要问理查德·达洛卫（他会知道的）：政府究竟打算对印度怎么办？

那晚挺热，报童们在街上奔走，擎着布告牌，上面用特大红字报道：热浪席卷本市；因而旅馆的台阶边放着藤椅，悠闲的绅士们坐在那里，呷茶，吸烟。彼得·沃尔什也坐在那儿。虽然暮色已浓，人们却可以想象，仿佛这一天，伦敦的一天，正在开始哩。恰如一个女人，脱掉印花布衣衫和白色围裙，换上蓝衣裳，戴上珠宝首饰，白天也卸妆了，它脱掉粗糙的毛线衣，换上细洁的纱服，渐渐隐入夜色；又如一个女人，欢快地松了口气，把累赘的裙子抖在地板上，白天也褪去了尘土、热气与五光十色；车水马龙变得稀少了，笨重的运货车不见了，街上只有汽车，奔驰着，车铃叮当作响；浓阴匝地的广场上，叶缝中闪烁着耀眼的灯光。夜晚似乎在说：我要退隐了；于是她渐次消逝，在雉堞般的、高耸的、尖顶的旅馆、公寓和一排排商店之上消逝；她在说：我退隐了，我消失了；可是伦敦不答应，它把尖刀刺向夜空，捆住夜色，逼迫她投入欢乐的伦敦之夜。

打从彼得·沃尔什上次归国以来，威利特先生创立的夏时制引起了巨大的变化。对彼得来说，延长夜市是新奇的。更确切地说，是令人鼓舞的。小伙子们拎着送公文的小箱子，迈步而过，自由自在，快活极了，而且能在这出名的大街上漫步，心里觉得骄傲，感到一阵欢乐，尽管有人认为这是不足道的虚荣，小伙子们却十分开心，红光满面。他们也衣冠楚楚，穿着浅红色长袜、漂亮的皮鞋。他们要在电影院里消磨两小时。夜晚，黄蓝交织的灯光给他们刺激，使他们神清气爽；灯光照遍这都市，浓密的树叶在广场上闪晃着，反射出火红与青灰的光影——看上去仿佛沉浸在海水中。如此美景使彼得感到惊奇，并且鼓舞了他，因为此时，其他从印度回来的同胞凭着他们的权利，正聚集在东方俱乐部内（他认识许多这类人），暴躁地谈论世风日下，道德沦亡，而他却依然青春焕发；尽管如此，他对小伙子们是羡慕的，因为自己不能像他们那样欢度夏季，尽情娱乐；并且一个姑娘的闲话、一个女仆的笑声——无从捉摸的东西，却会使他不胜感触，以为等级森严的、金字塔一般的社会结构发生了变化，而在他年轻的时候，这个社会似乎是固定不变的。它压在民众头上，把他们压得喘不过气来，尤其是妇女，宛如一些花朵，被克拉丽莎的姑妈海伦娜夹在灰色的吸墨纸内，上面压着李特雷编的大词典，她自己则吃饱了晚餐，安坐在灯光下。她早已死了。克拉丽莎告诉过他，姑妈晚年瞎了一只眼。据说，那位老小姐帕里变得贪杯了，真是妙极了——大自然的杰作。她会像严寒中的一只鸟，抓住栖息的枝桠而归天。她属于另一个时代，可是那么完美，浑然一体；她将永远屹立在天际，像一块白石，晶莹剔透；像一座灯塔，标志着消逝的昔日，溶入这惊险的、漫长的、漫长的航程——这无限的、无限的生命之流（眼下他在口袋里摸一个铜币，要买一张报，看看萨里①和约克郡有什么新闻；他曾无数次掏出铜币买报——这一回，萨里又热闹起

---

①萨里，大伦敦的郊县之一。

来了)。板球可不仅是比赛而已。板球赛是件大事。他总是急于看板球赛的报道。他先看报纸付印时临时插入的板球赛的比分，再看关于今天酷热的新闻，然后看一桩谋杀案的特写。人们千百次地干各种事情，从而得到丰富的经验，不过同时也许暴露了他们的真面目。过去种种使他积累了丰富的经验，他也曾关怀过一些人，所有这些使他具有年轻人缺乏的老练的力量，作风干脆，我行我素，压根儿不睬人们的风言风语，独来独往，不存什么奢望(他把报纸丢在桌上，走开了)；尽管如此(他去拿帽子与外衣)，今晚却完全不同，因为他即将去赴宴；在他这一把年纪，心里却还认为，自己将获得一种新的经验哩。可是什么经验呢?

不管怎样，那是一种美感。既非一目了然的粗俗的美，也不是纯粹的美——贝德福德大街通向拉塞尔广场。当然是笔直的，可也是空荡荡的；还有匀称的走廊；灯光闪亮的窗子，钢琴，开着的留声机；一种享乐的感觉，隐隐约约，不过有时也露出来，譬如通过打开的不挂帘子的窗口，看得见一簇簇人坐在餐桌边，青年们翩翩起舞，男人和女人在密谈，女仆们懒洋洋地向窗外眺望(她们干完了活儿，就怪里怪气地评头论足)；高层壁架上晾着长袜，一只鹦鹉，几株花木。这生活的景象，如此魅人，神秘，无限地丰盈。宽阔的广场上，汽车接二连三，风驰电掣，神速地绕着弯儿；一对对漫步的恋人，打情骂俏，紧紧地拥抱，隐入浓阴匝地的树下；真是动人的场景，那么静，那么魅人，人们走过时不禁蹑手蹑足，怯生生的，恰如面对神圣的仪式，任何打扰将是亵渎的行径。意味无穷。就这样向前走，投入一片噪声和炫目的光海中。

他敞开着薄大衣，用一种难以形容的独特的姿态漫步，身子稍微向前伛着，轻快地漫步，双手交叉在背后，眼神仍然像鹰隼；他漫步穿过伦敦，向威斯敏斯特走去，一面观察。

看来，好像人人都去赴宴，或到店里进餐？只见男仆们打开门，让一位昂首阔步的老夫人走出来，她穿着扣紧的鞋子，头发中插着三根紫色的鸵鸟羽毛。另一扇门打开了，出来一位女士，穿戴得像一具木乃伊，披着绣花头巾，还有些不披头巾的女士。在高等住宅区，有些屋子里耸立着灰墁粉饰的柱子，门前有小花园，女人们从里面跑出来，穿着单薄，头发里插着木梳（她们匆匆奔出来，去照料孩子）；男人们等候着女伴，外衣敞开着，汽车开动了。人人都到户外。大门一扇扇打开，人们奔下台阶，朝外边跑，在这一片活跃的景象中，仿佛伦敦人倾城而出，乘上停泊在河畔的小舟，解开缆索，在水上漂浮，仿佛全城的人一片狂欢，在河上泛游。同时，白厅似乎蒙上一层蜘蛛网，镀银一般，弧形灯四周蚊蚋缭绕；天气燠热，人们驻足交谈。在威斯敏斯特，好像有一位法官，端庄地坐在门口，浑身穿着白衣，大概是在印度待过的英国人。

这边是一群吵吵闹闹的女人，喝醉了的女人；那边有一个警察，还有隐约呈现的房屋，巍然耸峙的高楼大厦，圆顶的屋子，教堂，国会，河上传来轮船的汽笛声，空洞而迷茫的呜呜声。这是她所在的大街，这条街，克拉丽莎的居处；街角上汽车在奔驰，宛如河水绕着桥墩潆洄；他依稀感到，那些车辆汇合了，因为它们都载着同一目标的人们，去参加她的宴会，克拉丽莎的盛宴。

这时，眼前一连串景象好似冰冷的溪水，看不清了，他的眼睛犹如一只满溢的杯子，里面的水在瓷杯四周淌下来，不留一丝痕迹。此刻，脑子必须清醒了。此刻，全身必须挺紧，走进屋子，那灯火辉煌的华屋，大门洞开着，门前停了许多轿车，艳丽的女士们纷纷下车；自己必须振作精神，耐着性子去周旋。他掏出口袋里的刀子，拔出大大的刀片。

露西一股劲儿奔下楼梯，她刚才飞快地跑到客厅去整理一番：抚平台布，摆正椅子，然后停一会，觉得不管谁进来，必然认为这里多干净、多明亮，整理得多么美观，因为他们会看到优美的银器、青铜拨火棒、崭新的坐垫，以及黄色印花布帷帘；当她察看每样物件的时候，听见一阵响声，客人们已经用过晚餐，在上楼了，她得赶紧溜了！

安尼丝说，首相要来了；她端着一盘酒杯进来时说，她听见客人们在餐厅里这样讲的。有什么大惊小怪的，多一个或少一个首相，有什么关系？！对沃克太太来说，在这夜深时分，这种消息根本不起作用，因为此时她正忙着擦洗哩：一大堆菜盘、平底锅、滤锅、煎锅，还有冻鸡、做冰淇淋的冷冻器、切开的面包片、柠檬、盛汤的盖碗、盛布丁的盆子，等等；尽管洗涤房里的人已使劲擦洗过，好像这一大堆东西仍然压在她头上，摆满在厨房里的桌子上和椅子上，同时炉火燃得正旺，发出毕毕剥剥的响声，电灯照得刺眼，还得准备夜宵呐。因而沃克太太只觉得，多一个或少一个首相，压根儿不关她的事。

女士们在上楼了，露西跑来说，她们在上楼了，一个接着一个，最后是达洛卫夫人，她叫人到厨房里传话："向沃克太太问好，"晚上就这么一句话。次日，夫人将同她一起回顾昨晚的菜肴——汤呀，鲑鱼呀，等等；沃克太太知道，像往常一样，鲑鱼烧得不透，因为她老是不放心布丁，要亲自做，便叫吉尼烧鲑鱼，结果总是半生不熟。不过露西说，有位戴着银首饰、头发金色的夫人，却赞美两道正菜间的小菜，问道：当真在家里煮的吗？可是，沃克太太仍然对那道鲑鱼感到心烦；她把成堆的菜盘擦来擦去，把风挡推进又拉出；同时，从餐厅里传来一阵轰笑声——敢情是女士们退席后，先生们正在放肆地开心呢。露西又跑来叫道：托凯酒！达洛卫夫人传话，把托凯酒端出去，就是在皇家酒窖中珍藏的正宗托凯酒。

露西从厨房里把酒端去，走的时候回过头来道：伊丽莎白小姐打扮得可爱极啦，穿着粉红色衣裳，戴着达洛卫夫人给她的项链，简直叫人看了又看哟。不过，吉尼一定要管好那只狗，伊丽莎白养的那只狴，因为它会咬人，一定要关起来；伊丽莎白却想到，它兴许要吃些东西哩。不管怎样，吉尼必须把狗看管好。然而，四周全是客人，吉尼不会上楼的。大门口已经来了一辆汽车！门铃响了——先生们却仍然待在餐厅里，喝托凯酒呢。

啊，先生们终于上楼了，那是第一批；接着宾客们会来得越来越快，珀金森太太（为了宴会而临时雇佣的）将把前厅的门半开着，厅堂里将挤满绅士们，等着进去（他们站在那里等候，一面把头发梳平），女士们则在过道边的衣帽间里，一个个脱掉斗篷；巴尼特太太在帮她们，就是跟达洛卫一家待了四十年的老埃伦·巴尼特，如今仍然每年夏天来帮女士们梳妆；对那些做了母亲的太太们，她还记得她们少女时的模样呐；她很谦逊，跟每个人握手，毕恭毕敬地用一种古风称呼"我之夫人"，此外她又有幽默的风度，俏皮地瞟着年轻的女士，并且十分老练地帮洛夫乔伊太太打扮，因为那位夫人束起紧身围腰来不太利落。洛夫乔伊太太和艾丽斯小姐不禁感到，巴尼特太太在帮客人们梳妆的时候，对她们母女俩特别优先照顾，因为她们认识巴尼特太太已有——"三十年了，我之夫人"（巴尼特太太提醒她）。洛夫乔伊太太道：想当年，她们在布尔顿做客的时候，姑娘们还不习惯搽口红呢。于是巴尼特太太道：艾丽斯小姐那么标致，不必搽什么口红嘛；一面用宠爱的目光瞅着她。就这样，巴尼特太太坐在衣帽间里，替客人们抚平皮斗篷，折好西班牙式披巾，把梳妆台揩干净；尽管那些太太小姐都穿着皮斗篷与绣花衣裳，究竟谁好谁差，她心里雪亮哩。洛夫乔伊太太边上楼边赞叹：亲爱的老太婆，克拉丽莎的老奶妈。

尔后，洛夫乔伊太太挺直身子，对威尔金斯先生道（他也是临时雇来当差的）："洛夫乔伊夫人与小姐。"那人举止得体，鞠躬如仪，再站得笔挺，鞠躬，再站直，完全不动声色地通报："洛夫乔伊夫人与小姐……约翰爵士与尼达姆夫人……韦尔德小姐……沃尔什先生。"他举止得体，家庭生活必然美满，不过，这样一个胡子刮得干净、嘴唇绿幽幽的汉子，怎么会莽撞地成家，养儿育女，简直不可思议。

"见到您真高兴！"克拉丽莎说，她对每位宾客都这么说。见到您真高兴！那是她最糟糕的作风——貌似热情洋溢，其实矫揉造作。彼得·沃尔什自忖：今晚来赴宴是个大错误，应该待在家里看书，或者上音乐厅去；应该待在家里，因为这些客人，他一个都不认识。

哎，糟糕，克拉丽莎打骨子里感到，这次宴会要失败了，彻底的失败，当下，亲爱的老头，莱克斯汉姆勋爵，站在她跟前道歉，说他太太在白金汉宫的游园会上着凉了。克拉丽莎却从眼梢上瞥见彼得，站在那儿，在那个旮旯里，看得出他对她不以为然。说到底，她究竟为什么要举行宴会呢？为什么要爬到顶上出风头，实际上在火堆里受煎熬？不管怎样，但愿火把她烧掉！烧成灰烬！然而，与其像埃利·亨德森那样萎缩、销蚀，还不如挥舞火炬，再使劲扔到地上，总比无所作为好些。真怪，只要彼得一来，待在角落里，便能叫她杌陧不安。他使她看清自己：夸张，做作。简直不堪。可是，他干吗仅仅为了指摘她而来呢？为何他老是取之于人，从不给予？为什么不能讲明渺小的看法而冒点风险呢？瞧，他游魂一般走开了，她非跟他谈谈不可。但没有机会。生活正是如此——屈辱，克己。莱克斯汉姆勋爵在解释：他太太着了凉，因为不肯穿皮大衣去赴游园会，因为"我的亲爱的，你们这些夫人都是一模一样"；——莱克斯汉姆太太至少七十五岁啦！真有意思，老两口儿恩爱着哩。克拉丽莎从心坎里喜欢那老头，莱克斯汉姆勋爵。她从心坎里觉得这是一桩大事，她的宴会，所以看到一切都不顺利，一切黯然失色时，心里着实难受。只要发生任何不寻常的事，即便爆炸、恐怖，都好，总比客人们无聊地徘徊好些，而眼下，人们都一簇簇地伫立在旮旯里，像埃利·亨德森那样，甚至懒懒散散，站得也不像样哩。

橙黄的窗帘轻柔地飘拂着，上面绣着天国的仙鸟，也在飘扬，仿佛振翅飞进室内，飞出来，又缩回去（因为窗子打开着）。埃利·亨德森心里想：敢情在吹冷风吧？她容易感冒。不过，即便她明天打喷嚏也没关系；她担心的是那些姑娘，都袒露着肩膀呢；她老是关心别人，这是由于年老的父亲的教导，老人家曾任布尔顿教区牧师，多年来患有慢性病，已经去世了。埃利感冒起来并不严重，从不影响肺部。她担心的是年轻的姑娘们，都袒露着肩膀呢；她自己一直是瘦小的，头发稀疏，身材干瘪；然而，如今过了五十岁，却开始闪现出一种柔和的光泽，由于长年累月地克己、无为而卓然净化了；可是，这纯净之光总是变得黯淡，因为她过于斯文，令人不快，并且极其胆怯，终日惴惴不安；因为她家里的收入只有三百镑，她本人则不会挣一个子儿，处于不能自主的境地，故而那么怯懦，年复一年，愈来愈没有资格同衣冠楚楚的绅士淑女周旋；那些夫人和小姐在社交频繁的季节，每晚都要赴宴，只需关照使女们："我要穿如此这般的衣裳，"就行了，而埃利·亨德森却心神不宁地跑出去，买几束廉价的淡红花，然后在黑色的旧衣服上披一条围巾。她是在宴会即将举行的最后一刻，接到了克拉丽莎发来的请柬，自然不怎么愉快。她感到，今年克拉丽莎本来不打算请她去的。

为何要请她呢？实在没什么理由，只不过她们从小就认识罢了。事实上，她俩是表姐妹。可是，克拉丽莎交际广阔，到处应酬，自然而然跟她疏远了。不管怎样，对埃利来说，赴宴是桩大事。单是看看那些华丽的服装，就够赏心悦目了。那不是伊丽莎白吗？长成个大姑娘了，发式挺时髦的，穿着浅红色盛装。她至多十七岁吧，出落得非常标致，美极了。然而，现代的少女初次参加社交活动时，似乎不像以前那样穿白色的礼服了。（她得记住每个细节，回去告诉伊迪丝。）如今，姑娘们穿紧身上衣，裹得紧紧的，裙子很短，露出一大段踝节。她自忖，这样打扮不太合适吧。

由于视力衰退，埃利·亨德森向前伛着张望；没有什么人跟她交谈，她并不在乎（因为不认识任何来宾），只觉得看看所有这些人颇有趣味；其中有些大概是政界人士，都是理查德·达洛卫的朋友；倒是理查德自己感到，他不能让可怜的埃利站在一边，在整个晚会中孤零零的。

"嗯，埃利，近来你的光景如何？"他像往常一样，和蔼地招呼她；当下埃利·亨德森局促不安，脸涨得通红，心里却感到，他多好呀，特地过来跟她谈谈；于是文不对题地说，许多人其实不太怕冷，倒是怕热哩。

"不错，是这样，"理查德·达洛卫道，"确实如此。"

还有什么话可谈呢？

"喂，理查德，"有人喊他，一面挽住他的手肘；噢，上帝啊，原来是老朋友彼得，老伙伴彼得·沃尔什。见到他真高兴——见到他实在欣喜！彼得一点儿没变，还是老样。两人走开了，一直穿过房间，彼此亲昵地拍拍肩膀；埃利望着他们走去，心想：看来他俩好久没见面了，她肯定认得那客人的脸相；中年人，身材颀长，眼睛乌黑，很俊美，架着眼镜。

绣着仙鸟飞翔图案的窗帘又在飘拂了，被风吹得鼓鼓的。克拉丽莎瞥见——她瞧见拉尔夫·莱昂把帘子扯好，继续和人交谈。唔，终究没有失败！一切都会顺利的——她的宴会。刚刚开始。开了个头。不过，还不太稳。此刻她必须站在原位。来宾更多了，似乎一拥而入。

威尔金斯拉长了声调通报：加罗德上校与夫人……休·惠特布雷德先生……鲍利先生……希尔伯里夫人……玛丽·马多克斯女士……奎因先生。克拉丽莎同每位来宾三言两语地寒暄后，客人们鱼贯而入，走进室内；进入具体的活动，并不空虚，反正拉尔夫·莱昂已把窗帘抚平了。

然而，对于她自己扮演的角色来说，太费劲儿了，她并不愉快。过于像——就像任何人一般，站在那里，任何人都会的；可是她又确实有些赞赏这样的角色，因为她不禁觉得，无论如何，这一切是她安排的；这宴会标志着一个阶段，她感到自己变成了一个角色；说来也怪，她完全忘记了自己的模样，只觉得好像是钉在楼梯顶上的一根木桩。她每次设宴请客，都有这种超脱的感觉，并且感到，每个人一方面是不真实的，另一方面要真实得多；她想，这有几个原因；首先因为宾客们都换了礼服，其次是他们不像日常生活中那样，再有是宴会的特殊背景；在宴会上，可以谈些在别的场合不能谈的话，这种谈话得费点劲儿，但比平时可能深入得多。不过，她却不能深谈，至少眼下还不行。

"见到你真高兴！"她照例说。那是亲爱的老哈里爵士！他认识所有在场的人。

最奇怪的感觉是当她望着客人们接二连三上楼的时刻：蒙特夫人与西莉亚，赫伯特·埃恩斯蒂，达克斯夫人……哟，还有布鲁顿夫人！

"您光临真是太赏脸啦！"她迎上去说，这可是真心话——不过，她总是觉得怪样，老是站着，望着川流不息的来宾，有些相当老了，有些则……

那位客人叫什么？罗塞特夫人？天哪，罗塞特夫人是谁？

"克拉丽莎!"那客人喊一声。那个声音!原来是萨利·赛顿!萨利·赛顿!真是久违啦!她从迷雾中赫然出现。克拉丽莎搂住这火辣辣的伙伴时,发觉她变了,萨利·赛顿,以前可不是这般模样的。想想看,她竟然在这里出现,在这个屋子里!不可思议!

两人抢着交谈,有点窘,欢笑着,话儿像连珠炮——萨利说她经过伦敦,从克莱拉·海顿那里听到信息,真是跟你见面的好机会呀!所以,就不请而来——不速之客……

以前她那么火爆的性子,现在却可以平静地应付她了。她已失去热烈的光彩。然而,与她重逢毕竟是不寻常的,她见老了,显得比过去幸福,却不那么可爱了。她俩在客厅门口吻着,先吻这边脸颊,再吻那边;然后克拉丽莎握住萨利的手,转过身,只见室内高朋满座,一片谈笑声,烛台晶亮,帷幔飘拂,还有理查德送给她的蔷薇。

"我有五个大胖娃娃啦!"萨利道。

她有一种非常天真的自我中心的作风,十分坦率地企望人们首先关心她,现在仍然如此,克拉丽莎就喜欢她这样。当下克拉丽莎嚷道,"我简直不相信!"她想起昔日的情景,乐不可支。

但是可惜,威尔金斯在喊了,要她去迎接贵宾;威尔金斯以极其威严的声调通报,仿佛在告诫全体来宾,并且把女主人从无聊的闲谈中召回来,他朗声喊道:"首相驾到!"

"首相,"彼得·沃尔什嘀咕。

首相?当真?埃利·亨德森心里纳罕。回去告诉伊迪丝,她一定感到惊奇哩!

他看上去像个普通人。人们无法嘲笑他。你可能把他看作一个站柜台的售货员,向他买饼干呢——可怜的家伙,浑身用金色饰带装扮着。然而,说句公平话,他举止很得体,起先由克拉丽莎、后来由理查德陪伴着，绕场一周。他装出一副大人物的样子。看起来挺有趣。实际上没有人瞧他。大家继续交谈，可是显然每个人都知道，从骨子里感到这位要人在面前走过，他象征着所有在场的人代表的机构：英国社会。布鲁顿老夫人翩然迎上前去，她也用饰带打扮起来，显出仪态万方的气派；两人退入一间斗室，门外立即有人窥探，也有人守护，总之，每个人都毫不掩饰地激动、兴奋：首相驾到嘛！

上帝啊，上帝，英国人委实势利！彼得·沃尔什站在旮旯里，沉思着；他们多喜欢用金色饰带装扮起来，对显贵们毕恭毕敬！瞧那边！那准是——天哪，的确是——休·惠特布雷德，在大人物身边转来转去；他发胖了，头发白些了，可敬佩的休！

彼得瞅着他，心里想：他看上去好像老是公务在身，一副有特权的模样，可又诡秘莫测，宛如他藏着什么机密，死也不肯透露，其实不过是些小道新闻，从一个宫廷侍从那里偶尔听来，明天就会见报的。他玩的就是这种小花样，年复一年，头发都白了，快老了，博得了人们的尊重与好感，他们有幸结识这位英国公学毕业的典型人物。关于休这种人，人们必然会编造诸如此类的轶闻，那是他的作风使然，他在《泰晤士报》上发表的令人钦佩的信也有同样的风格，彼得曾在几千里外的异乡看到那些信；感谢上帝，当时他远在国外，离开了恶毒的喧嚣的伦敦社交界；即使在印度只能听见狒狒啼叫、苦力打老婆的闹声，也比在那个圈子里好。眼下，有一个橄榄色皮肤的大学生站在一边，露出谄媚的神色。休肯定会庇护他，启发他，教他如何爬上去；因为他最爱做好事，经常关怀那些老太太，她们年迈体衰，痛苦不堪，以为自己被人遗忘，却得到休的安慰，不禁喜出望外；亲爱的休，他会驾车而来，陪老太太消磨一个时辰，闲聊往日情景，怀念一些琐事，称赞老太太做的家常糕点十分可口，尽管他可以随时陪一位公爵夫人吃蛋糕哩；瞧他那副架势，真像花了不少时间，惬意地陪伴贵夫人呢。审判众生而大慈大悲的上帝可能宽恕。彼得·沃尔什却不那么仁慈。人间必定有恶棍，可是上帝明鉴，在火车上把一个姑娘打出脑浆而被绞死的歹徒，也比好心肠的休·惠特布雷德少作些孽呐！瞧他此刻踮起了脚尖，雀跃一般迎上前去，对重新出现的首相与布鲁顿夫人鞠躬如仪，然后一脚擦地，后退几步，从而向所有来宾暗示：他有特殊的荣幸，在布鲁顿夫人跟前说几句话，一些体己的话。老夫人停住了，摇晃着端庄的脑袋。大约在向他表示感谢，因为他说了些奉承的话。她身边有几个拍马的人，政府机关里的小官儿，为她奔走，干些小差使；她不时请他们吃顿饭，算是报酬。反正她是十八世纪的老派人，没什么可指摘的。

当下，克拉丽莎陪伴首相在室内走动，步态轻盈，容光焕发，灰白的头发使她更显得庄重。她戴着耳环，穿一袭银白黛绿交织的、美人鱼式的礼服。她好似在波浪之上徜徉，梳着辫子，依然有一股天然的魅力；活着，生存着，行走着，眼观四方，囊括一切；她蓦地转过身，围巾绕在一位女客的衣服上了；她立即解开，朗声笑着，从容不迫，潇洒极了，如鱼得水，好不自在。然而，岁月已在她身上拂过了，恰如在清澈宁谧的薄暮时分，在波平似镜的海面上，美人鱼瞥见了夕阳。如今，她散发出温柔的气息，平素的严峻、拘谨、矜持都融化了，变得温馨了；宴会上有一位用金色饰带装扮的健壮的来宾，跟她尽力周旋；当她向他道别、祝他好运时，看上去雍容华贵，有一种莫可名状的尊严，优雅而和蔼，仿佛她祝愿普天下人万事如意；而此刻，当她处于红尘的边缘之际，不得不暂时告别了。她给那位先生的印象正是如此（不过他并未陷入情网）。

事实上，克拉丽莎感到，首相光临，不胜荣幸。她陪他在室内盘桓，而且萨利在场，彼得也在场，理查德又分外高兴，或许所有在场的宾客都有些羡慕她呢；此时此刻，她委实飘飘然，陶醉了；内心剧烈地跳动，似乎在颤抖，沉浸于欢乐中，舒畅之极——诚然，说到底，这一切都是别人的感觉；尽管她热爱这气氛，感到一阵激奋与爽快，然而，所有这些装腔作势、得意扬扬（亲爱的老朋友彼得就认为她锋芒毕露），都有一种空洞之感，好似隔了一层，并非内心真正的感受；或许因为她老起来了，反正这一套不像以前那样使她心满意足；忽然，当她看见首相下楼的时刻，边上乔舒亚爵士画的那帧小女孩的肖像（戴着皮手筒），使她顿时联想起基尔曼，她的敌人基尔曼。这一下她却满意了，因为那是真实的。嚯，她多恨基尔曼呀——火爆、伪善、腐朽，但有那么大的力量，居然能诱惑伊丽莎白；这个女人，偷偷摸摸溜进来，窃掉她的女儿，玷污这少女。（理查德却会说，这是胡言乱语！）她恨那女人，可又爱她。人需要的是仇敌，不是朋友——不要那些杜兰特太太和克拉拉、威廉·布雷德肖爵士及其夫人、特鲁洛克小姐与埃莉诺·吉布森（她瞥见她们正在上楼）。但是，他们却需要她，非找她不可。她是宴会的主人嘛！

瞧，她的老朋友哈里就在那边。

"亲爱的哈里爵士！"她边说边走向那好老头。不过，说实话，在圣·约翰森林画院所有的画师中，他最差劲了，谁都不会画得如此拙劣（他老是画牛——站在落日映照的池塘里饮水，有时还描绘牛跷起一只前腿，晃动双角，表示"牛见陌生人啦"，因为他有一套描姿态以暗示的花样；他的一切活动——到饭店里就餐喽，给赛马下赌注喽，等等，全是靠牛站在黄昏的池塘里饮水而维持的）。

"你们在笑什么？"她问他。此时，威利·蒂特库姆、哈里爵士同赫伯特·埃恩斯蒂正在一起欢笑。哈里爵士却说，不能把这种事告诉克拉丽莎·达洛卫（虽然他很喜欢她，认为在相同的贵夫人中，她最完美，还扬言要为她画像呢），那是关于音乐厂的笑话。不过，他却为这宴会跟她开玩笑，佯言酒宴上没有他爱喝的白兰地；还说，这些绅士淑女高不可攀。然而，他总是喜欢她、尊重她的，尽管她那种上流人士的文雅实在可恶，叫人不可亲近，使他不敢要她坐在自己的膝上哩。当下，希尔伯里老太太走过来了，她像飘渺的鬼火、闪烁的磷火，令人迷惑不解；此刻，她穿过室内，听见哈里爵士嘲笑的闹声（关于公爵及其夫人的笑话），便伸出手臂，表示同感；不过，谈起老公爵，又使她泛起一点儿愁思：有时她清晨醒来，便为此烦恼，甚至不想唤婢女端茶来了；老啦，人总是要死的。

"他们不愿告诉我们那些有趣事儿，"克拉丽莎道。

"亲爱的克拉丽莎！"希尔伯里老太太高声嚷道，并说：今晚你活脱像你妈妈，我初次见到她的那天，她戴着灰色帽子，在花园里漫步呢。

这一下真叫克拉丽莎热泪盈眶。妈妈，在花园里漫步！可惜，她得走开了。

因为，布赖尔利教授正在那边，跟瘦小的吉姆·赫顿[1]交谈；布赖尔利讲授弥尔顿[2]，而吉姆连参加如此盛大的宴会都不结领带、不穿背心，依然蓬头乱发；尽管她离他们相当远，也能看出两人在争吵。因为布赖尔利教授端的是怪人一个。他拥有不少学衔，荣获许多褒奖，开过一系列讲座，因而当他和涂鸦的文人（如吉姆之流）相遇时，立刻觉得气氛不对头，同他那古怪的脾性格格不入：他博学而又怯懦，有一种冷峻的魅力，毫不热诚，既天真又势利；如果他觉察一位女士披头散发，

---

[1] 即约翰·赫顿，"吉姆"是"约翰"的昵称。
[2] 弥尔顿（1608—1674），英国诗人，名著有史诗《失乐园》等。

或者一个年轻人套着异样的高统鞋，发出黑社会的臭味，便会感到：那无疑是些叛逆者，热情洋溢的青年；还有些家伙，略微昂起头，鼻子里嗤的一声，那可是未来的天才呐——哼！须知中庸之道才有价值，要有点古典文学的修养才能欣赏弥尔顿。克拉丽莎看得出，布赖尔利教授同瘦小的吉姆·赫顿(他穿着红袜子，一双黑袜子还在洗衣间里)谈论弥尔顿，并不投机。她便插嘴了。

她说自己爱听巴赫①。赫顿表示同感。这是两人之间的纽带。赫顿(很蹩脚的诗人)始终觉得，在所有对艺术有兴趣的贵夫人中间，达洛卫夫人首屈一指，超过别人一大截。奇怪的是，她多么严格。对于音乐，她完全抱着客观的态度。一个故作正经的女人。可是，看上去多么妩媚！她把家里布置得如此美妙，却喜欢邀请教授们，真是遗憾。克拉丽莎颇想把他拉过去，让他坐在后室内的钢琴边，因为他弹起琴来神乎其神。

"太闹啦！"她嚷道，"太闹啦！"

"宴会顺利的征象嘛，"布赖尔利教授彬彬有礼地颔首，温文尔雅地踅去了。

"他精通弥尔顿呢，"克拉丽莎道。

"真的吗？"赫顿说；他会在汉普斯代特区②到处摹仿教授的腔调：主讲弥尔顿的教授，宣扬中庸之道的教授，温文尔雅地踅去的教授。

眼下，克拉丽莎却说，她要去跟那一对谈几句了。她指的是盖顿勋爵和南希·布洛。

---

① 巴赫(1685—1750)，德国作曲家与管风琴演奏家，德、奥古典乐派的创始者。
② 汉普斯代特区，伦敦的一个大自治区。

那一对可没有明显地增加宴会的噪声。他俩并不(明显地)交谈，只是并肩伫立在黄色的窗帘边。一会儿，他们就要双双躲到别处去了，可是不管在哪儿，两人从来没多少可谈的。他们相互谛视，如此而已。够了。他俩看上去都那么洁净，那么健全。她敷上脂粉，显得分外娇艳。他则目光锐利，像鸟儿，能剥开表层，吃透核心；又像运动员，任何球都不会错过，任何打法都不会叫他惊慌；他跳跃，击球，万无一失，当场大显身手；也像骑手，他勒紧缰绳，赛马的嘴便会战抖。

他有各种荣誉，还有显赫的祖先的纪念碑，家中小教堂里悬挂着世家的旗帜。他办公务，管理佃户；母亲健在，有几个姐妹；那天，赴宴之前，他整天泡在勋爵俱乐部里；当达洛卫夫人走到他俩跟前时，他正在谈俱乐部内的活动——打板球啰，遇见表兄弟啰，看电影啰。盖顿勋爵非常喜爱达洛卫夫人，布洛小姐也对她倾心。她的风度多娴雅呵！

"你们来赴宴真是太赏光了——太美妙了！"达洛卫夫人道。她也喜欢勋爵俱乐部。她热爱青年，尤其是南希，穿着那么漂亮的礼服，准是花了一大笔钱，请巴黎第一流设计师裁制的，看起来仿佛只有绿色褶边缭绕着，自然而熨帖，更显得亭亭玉立。

"本来我想举行舞会的，"克拉丽莎道。

如今的年轻人不会谈恋爱。不过，为什么要谈呢？只要喊叫、拥抱、旋转就行了；他们清晨便起身，给马儿喂糖，抚摸可爱的中国种狗的鼻子，吻它；尔后，浑身一股劲儿，跃跃欲试，跳下水去，游泳。青年就是这样。他们不会领略英语的巨大功能，不会运用这丰富多彩的语言，它实在善于使人们交流感情。(她和彼得年轻的时候，就会整个晚上争论不休哩。)英语的各种手段能充实年轻人。然而，这些青年只会同庄园里的人交际，而且应酬得很好；可是单独的时候，也许乏味些。

"多可惜！"克拉丽莎道，"我本来想举行舞会的。"

不管怎样，他俩来赴宴真是太好啦！谈起跳舞嘛，各个房间都挤满人了。

老姑妈海伦娜也披着围巾来了。抱歉，克拉丽莎得离开他俩了——盖顿勋爵和南希·布洛。她要去照料年迈的帕里小姐，她的姑妈。

海伦娜·帕里小姐没有死，她还活着，高龄八十多了。她拄着拐杖，慢慢地攀上楼。她被安顿在椅子里（这是理查德吩咐的）。主人不断把七十年代去过缅甸的人领来见她。彼得上哪儿去了？老姑妈跟他向来是很亲密的朋友。只要一提起印度，以至锡兰①，她的眼睛（一只嵌了玻璃）便会徐徐地变得深邃，闪烁出蓝幽幽的目光，仿佛又看见了……不是异乡的人们，那些总督呀、将军呀、叛乱分子呀；对于他们，她毫无温存的怀念或引以为荣的幻想；此刻，她心目中瞥见的是东方的兰花，山间小径，自己驮在苦力背上，翻过孤零零的峰顶（那是在六十年代）；间或下来，去摘兰花（令人赞叹的鲜花，从未在别处见过），并且描成水彩画；一个刚强的英国妇女，尽管有时会烦恼，比如战争（一枚炸弹就掉在她家门口）打扰了她的沉思冥想，使忆念中兰花的情影，自己于六十年代漫游印度的幻象，都破灭了……瞧，彼得在这儿呐。

"过来，跟海伦娜姑妈谈谈缅甸吧，"克拉丽莎说。

可是，在晚会上，他和她尚未谈过一句话呢！

"咱们待会儿再谈，"克拉丽莎道，一面把他领到海伦娜姑妈跟前；她裹着白围巾，握着拐棍儿。

"他就是彼得·沃尔什，"克拉丽莎介绍。

老姑妈茫然，记不起了。

---

① 锡兰，现名斯里兰卡。

她却说：克拉丽莎请她来的。宴会太闹，使她厌烦，不过，既然克拉丽莎邀请，她不得不来。她俩——克拉丽莎与理查德——住在伦敦实在糟糕。即便为了克拉丽莎的健康，也是住在乡下好。不过，克拉丽莎喜欢交际，要热闹嘛，向来如此。

"他去过缅甸，"克拉丽莎提醒她。

啊！这一下她不禁回想起查尔斯·达尔文①了，他曾谈论过她写的关于缅甸兰花的小册子。

（这一点，克拉丽莎必须告诉布鲁顿夫人。）

如今，人们肯定忘掉这本书了，就是她描述缅甸兰花的著作，可在一八七〇年以前，曾经出过三版哪！——老姑妈告诉彼得。此刻她记得他了，还回忆道，他在布尔顿待过（彼得却想起：当时，有一天晚上，他和这位姑妈在客厅里；克拉丽莎叫他去划船，他拔脚就跑，对那姑妈毫不理睬）。

当下，克拉丽莎去和布鲁顿夫人酬酢了："理查德非常欣赏午餐会。"

"理查德真是个绝妙的助手，"布鲁顿夫人道，"他帮我写信呢。你好吗？"

"嗬，棒得很！"克拉丽莎答道。（布鲁顿夫人讨厌政治家的妻子患病。）

"喏，彼得·沃尔什也来啦！"布鲁顿夫人道，（她与克拉丽莎终始没什么可谈的，尽管很喜欢她。克拉丽莎有许多美好的品质，但是同自己没有任何共通之处。假如理查德娶了一个不那么魅人的妻子，兴许更好，因为比较平凡的女人会对他的工作更有帮助。而现在，他已失去

---

① 达尔文(1809—1882)，划时代的英国生物学家，进化论的创始人。

了当内阁大臣的机会。）"那不是彼得·沃尔什吗！"她嚷道，随即同那令人惬意的浪子握手；他很有才华，照理会成名的，可惜没有（老是同女人有纠葛嘛）；唉，老小姐帕里也在场呢。奇妙的老太太！

布鲁顿夫人站到帕里小姐的椅子边；老小姐像个坚毅的幽灵，穿着黑色礼服，邀请彼得·沃尔什去吃午餐；她很慈祥，可没有一句闲谈，丝毫不记得印度的风物。诚然，她在那里待过，同三位总督有过交情，认为印度某些老百姓好得很；但是多么悲惨——印度的境况！首相刚才和她谈过（老小姐帕里，裹着围巾，缩成一团，她才不理会首相讲些什么哩）；布鲁顿夫人则想听取彼得·沃尔什的高见，因为他刚从核心的圈子里来；她要设法请赛普逊爵士与他会晤呢；这些社交活动使她睡不着觉；作为一名武官的女儿，委实愚蠢，简直不堪。如今她老了，不中用了。然而，她有邸宅，仆役成群，还有好朋友米莉·布勒希——记得她吗？——所有这些都等着听她使唤——只要力所能及。布鲁顿夫人从不提起英格兰，然而这个养育众生的岛屿，亲爱的、亲爱的土地，却渗透在她的血肉中（虽然没读过莎士比亚）①；如果说有一个女人能戴钢盔，射利箭，以不屈不挠、大公无私的精神统治蛮族，最后安息在教堂一角，上面覆盖着没有尖端的盾牌，或在原始的遥远的山坡边，安卧在绿茵丛生的坟墓里，那准是米利森特·布鲁顿。尽管她是个女性，而且智力上有某种缺陷（她不会写信给《泰晤士报》），却总是念念不忘大英帝国，并且由于受到武装女神之感应，显得身材挺拔，举止粗犷，因而人们不能想象她死后会脱离故土，她也不会离开帝国管辖的远

①以上描述英格兰为"养育众生的岛屿，亲爱的土地"等，系根据莎士比亚历史剧《理查二世》第二幕、第四场中一段台词："这渺小的天地，养育幸福的众生；／这颗镶嵌在银色海洋中的宝石……／这块上帝保佑的土地，这一片疆域，这个英格兰！"

方疆土，虽然从精神上来说，米字旗已不在那里飘扬了。总之，即便她死了，要她不做英国人——不，不，办不到！

这当儿，罗塞特太太（即以前的萨利·赛顿）在思忖：那是布鲁顿夫人吗？那头发变得灰白的绅士敢情是彼得·沃尔什吧（过去跟他很熟呢）。这位肯定是老小姐帕里——就是老姑妈；想当年，自己在布尔顿作客时，老姑妈常对她恼火呐。她怎么也忘不了：自己赤裸裸地在过道里奔跑，帕里小姐叫人喊她去，训了一顿！嗬，克拉丽莎！啊，克拉丽莎！萨利紧紧抱住了她。

克拉丽莎在她们身边停下来。

"可我不能待在这儿，"她说，"一会儿再来，等着吧，"她边说边瞅着彼得和萨利；言外之意是，他们必须等到所有的客人都离去之后。

"待会儿我再来，"她边说边瞅着两个老朋友，萨利与彼得；他俩在握手，萨利在笑，显然想起了往事。

然而，她的声音不像以前那么圆润、富有魅力了，她的眼神也不像过去那样晶莹了；想当年，她抽雪茄的时候，或一丝不挂地在过道里飞奔着，去拿海绵袋的时候，眼光多么亮！那时，埃伦·阿特金斯问道：要是她碰上了一位先生怎么办？不过，每个人都原谅她。当她夜里肚子饿的时候，竟从食品柜里偷鸡吃呐；还在卧室里吸雪茄；有一次把一本异常珍贵的书丢在平底船上。尽管如此，大伙儿都对她膜拜（也许除了父亲）。那是由于她的热情、她的活力——她既会绘画，又会写作。直到今天，村子里有些老大娘还记得她，并向克拉丽莎问候"她那穿着红大氅的朋友，那个聪明透顶的姑娘"。萨利同所有的人都好，却偏偏责怪休·惠特布雷德（此刻，她的那位老朋友正在同葡萄牙大使交谈），因为她说妇女应有选举权，而他竟敢在吸烟室里吻她，还说这是对她胡言乱语的惩罚呢。当时她说，只有俗不可耐的男人才有这种行径。克拉丽莎还记得，那时不得不规劝她：不要在全家祷告的时候贬斥他；因为她很可能做得出的，那么肆无忌惮，喜欢闹剧式的场面，嬉笑谑浪，一心要成为大家注目的中心；克拉丽莎向来认为，她这样横冲直撞必然会有可怕的、悲惨的结局——横死，或者殉难；不料她却嫁了一个秃头：衣着讲究，外套上镶着大纽孔；据说，他是曼彻斯特一家纺织厂的老板哩。而且，她生了五个娃娃！

她和彼得坐在一起了，正在叙旧，那么自然而亲切。他们会谈到往日的情谊。过去，克拉丽莎同两人都有亲密的关系（比理查德更密切）：老家的花园，那些树木，老约瑟夫·布赖科普夫用蹩脚的嗓子唱勃拉姆斯的歌曲，客厅的墙纸，草席的气味，样样都勾起昔日共同的回忆。萨利永远同这一切分不开，彼得也属于这一切。然而，她得离开他俩了。要去应酬布雷德肖夫妇，尽管她不喜欢这一对。

她必须到布雷德肖太太跟前去，周旋一番（那位夫人穿着银灰色衣裳，活像一头海狮，在水池边摇摆着，力求平衡，一面吼叫着；正如她渴望得到邀请，会晤公爵夫人；真是个飞黄腾达的男人的妻子）；克拉丽莎必须去和她寒暄……

布雷德肖太太早已料到她会来迎接的。

"亲爱的达洛卫太太，我们来得太迟了，简直不像话，实在不敢进门哩，"布雷德肖太太道。

威廉·布雷德肖爵士仪表非凡，头发灰白，眼睛碧蓝；他说，确实来得太晚了，不过这宴会太吸引人了，非来不可。尔后，他同理查德谈开了，大概是关于一项议案，他们要设法使它在下议院通过。克拉丽莎自忖：为什么他和理查德谈话的模样使她肃然起敬？他是一位名符其实的大医师，在自己的行业中登峰造极，是个十足的强人，尽管看上去有些衰老。想想看，他得对付什么样的病例哟——沉入苦海深处的人，几乎疯狂的人，夫妻之间的纠葛，等等。他必须面对非常棘手的难题而当机立断。尽管如此，她内心真正的感觉却是，人们不愿让威廉爵士看到自身的苦难。不，不能让那个人看到。

"令郎在伊顿好吗？"她向布雷德肖夫人问候。

布雷德肖夫人答道：他暂时不能踢足球了，患了流行性腮腺炎；他的父亲比他更担心，其实做爸爸的还是个大孩子咧。

克拉丽莎瞅一下威廉爵士，他还在同理查德谈论；看上去不像个大孩子嘛——一点儿不像。

以前有一回，她跟某人去请他看病。作为医生，他无瑕可击，通情达理之极。可是天哪！——出来后，到街上松了一大口气！她记忆犹新：候诊室里有个十分可怜的病人，泣不成声。然而，她不明白威廉爵士到底有些什么过错，究竟是什么惹她厌恶。不过，理查德倒有同感："他那种趣味、那股味道，叫人受不了嘛。"话得说回来，他的才能是罕见的。眼下，他同理查德在商量那议案。威廉爵士压低了嗓音，谈起一个病例。这与他所说的炮弹休克后遗症很有关系。议案中必须有相应的条款。

此时，出于共通的女性的感受，以及对各自显赫的丈夫都感到自豪，都为他们过度操劳而担忧，布雷德肖太太（可怜虫——并不讨厌）急于同达洛卫夫人说些体己话，她喃喃地絮絮而谈，"我们正要上这儿来的时候，有人打电话给我丈夫：一个很惨的病例。一个青年自杀了（威廉爵士和达洛卫先生密谈的也是关于这死者）。他当过兵。"哟！克拉丽莎心里想：死神闯进来了，就在我的宴会中间。

她向前走去，踅入斗室，刚才首相和布鲁顿夫人就是上那儿去的。也许此刻还有人在里面。其实了无人迹。不过，两把椅子上仍然显出首相与布鲁顿夫人的身影：她尊敬地侧身谛听，他则威严地端坐着，一副庄重的模样。两人在谈论印度的情况。可是眼下杳无人踪。克拉丽莎思忖：光华焕发的盛宴一败涂地了；她穿着华美的礼服，独自走进斗室，真怪。

布雷德肖夫妇干吗在她的宴会上谈到死？管他们什么事？！一个青年自杀了。而他们竟然在她的宴会上谈论——布雷德肖夫妇提到死亡。那小伙子自杀了——可怎么死的？当她第一次陡然听到什么事故时，总觉得身历其境似的；比如有人讲起火灾，她便感到自己的衣服着火了，身子烧灼了。这一回，据说那青年是跳楼自尽的：猛地摔到底下，只觉得地面飞腾，向他冲击，墙上密布的生锈的尖钉刺穿他，遍体鳞伤。他躺在地上，头脑里发出重浊的声音：砰、砰、砰……终于在一团漆黑中窒息了。这是她想象的情景，却历历在目。他究竟为什么要自杀？而布雷德肖夫妇胆敢在她的宴会上谈论！

以前有一回，她曾随意地把一枚先令扔到蛇河里，仅此而已，再没有掷掉别的东西。那青年却把生命抛掉了。人们继续活下去（她得回到客厅去，那里仍然挤满了宾客，而且不断有新的客人到来）。他们（她一直在想起老家布尔顿、彼得与萨利），他们将变为老人。无论如何，生命有一个至关紧要的中心，而在她的生命中，它却被无聊的闲谈磨损了，湮没了，每天都在腐败、谎言与闲聊中虚度。那青年却保持了生命的中心。死亡乃是挑战。死亡企图传递信息，人们却觉得难以接近那神秘的中心，它不可捉摸；亲密变为疏远，狂欢会褪色，人是孤独的。死神倒能拥抱人哩。

那青年自尽了——他是怀着宝贵的中心而纵身一跃的吗？"如果现在就死去，正是最幸福的时刻，"有一次她曾自言自语，当时她穿着白衣服，正在下楼。

或许诗人和思想家也有这想法。假如那青年抱着视死如归的激情，去看威廉·布雷德肖爵士——一位大医师，可在她心目中，他是隐蔽的恶的化身，毫无七情六欲，却对女人极其彬彬有礼，又会干出莫名其妙的、令人发指的事——扼杀灵魂，正是这点——假如那青年去看威廉爵士，而他以特有的力量，用暗示逼迫病人的心灵，那青年会不会说（此刻她觉得他会说的）：活不下去了，人们逼得他活不下去了，就是像那医生之流的人；他会这样说吗？

此外（今天早晨她才感到），还有生之恐怖：父母赋予生命，要尽天年，宁静地走完生命之路，但没有这能耐，完全不能；她内心深处充满可怕的恐惧。即使现在，她也常感到自己会毁灭，幸亏理查德不时待在家里，看《泰晤士报》，她可以蜷缩着，像一只鸟儿，渐渐恢复元气，内心涌起无穷的欣悦的浪潮，欢腾着，与万物为一。她逃遁了。而那青年自戕了。

在某种意义上，这是她的灾难——她的耻辱，对她的惩罚——眼看这儿一个男子、那儿一个女人接连沉沦，消失在黑森森的深渊内，而她不得不穿上晚礼服，伫立着，在宴会上周旋。她曾使过诡计，也偷过小东西。她从来不是那么可敬可爱的人。她一心要成功，因而去巴结贝克斯柏勒夫人，等等。不过，昔日有一回，她曾在布尔顿的平台上，清静地独自漫步呢。

奇怪，不可思议，她从未像当年那样幸福。那时，任何事都不嫌太慢，因为一切都不是永恒的。她兀自寻思：往日，在布尔顿，当她摆正椅子，在书架上理书的时候，感到无比的乐趣，洋溢着青春的欢悦，沉醉于生命的流程中，从旭日东升到暮霭弥漫，都异常欣喜地感到生命的搏动。想当年，在布尔顿的日子里，好多次，别人都在谈话之时，她却独自去仰望苍穹；或在进餐时，从人们并肩而坐露出的空隙间，瞥见一线蓝天；以后在伦敦，深夜无眠之际，她便去眺望天宇。眼下，在斗室里，她又到窗口去了。

她觉得，乡村的天空，威斯敏斯特上面的天空，都与她的一部分生命交融，虽然这念头有些傻。当下，她拉开窗帘，向外瞧。哎，多怪呀！——只见对面房里，那老太太正盯着她哩！她正要上床去。至于天空嘛，看来将是森严的。克拉丽莎思量着，天色将变得黯淡，隐掉秀美的面孔。瞧，可不是——它显得惨白，团团乌云在空中疾驰，逐渐萎缩了。准是起风了。对面房里，那老妇人正要上床。克拉丽莎怀着极大的兴趣，凝视着她踱来踱去，那位老太太，穿过房间，到窗口来。她看得见我吗？真吸引人，窥见老妇人十分安详地、孤零零地上床去，而那边，客厅里，客人们还在畅笑、欢呼。须臾，她拉下百叶窗。钟声响了。那青年自尽了，她并不怜惜他，大本钟报时了：一下、两下、三下，她并不怜悯他，因为钟声与人声响彻空间。瞧！老太太熄灯了！整个屋子漆黑一团，而声浪不断流荡，她反复自言自语，脱口道：不要再怕火热的太阳。她必须回到宾客中间。这夜晚，多奇妙呵！不知怎的，她觉得自己和他像得很——那自杀了的年轻人。他干了，她觉得高兴；他抛掉了生命，而她们照样活下去。钟声还在响，滞重的音波消逝在空中。她得返回了。必须振作精神。必须找到萨利与彼得。于是她从斗室踅入客厅。

"克拉丽莎在哪里？"彼得问道。这会儿，他跟萨利坐在沙发上谈天。（他与她相熟了这么多年，实在叫不出口"罗塞特夫人"。）"这女人，上哪儿去了？"他接连问，"克拉丽莎在哪里？"

萨利猜想，彼得也这样想：兴许来了什么大人物，政客之流，克拉丽莎非去应酬不可，总得寒暄几句嘛；而这辈要人，他俩可不熟悉，除非在有图片的报纸上见过尊容。克拉丽莎多半和那号人在一起。然而，理查德·达洛卫并未入阁，不是什么大臣。萨利揣测，他大概没有飞黄腾达。至于她自己嘛，难得看报。只是偶尔在报上见到理查德的大名。不过——嗯——克拉丽莎会说，她生活在荒野里，孤陋寡闻，周围却有一批工商界巨头，他们毕竟干了一番事业。她也干了不少事呐！

"我有五个儿子！"萨利告诉彼得。

上帝呀，上帝，她变得多厉害！野姑娘变成温柔的母亲，为儿子扬扬得意呢。彼得回忆起，以前他和她最后一次见面，是在月华如洗的花椰菜丛中，当时她说，那叶子好似"粗犷的青铜"，她就喜欢来一点文艺腔嘛；那晚，她还采了一朵玫瑰。可是，在喷泉边，演完那套罗曼蒂克的把戏之后，她便逼着他兜来兜去，真是糟糕的一夜；他还得赶上半夜开的火车唰。天哪，他哭了！

眼下，萨利在想：那是他的老玩艺儿，拨弄随身带的小刀，他激动时总是拨弄那刀子。彼得爱上克拉丽莎的时候，跟自己也很熟，熟得很呐；还有那次忘不了的午餐，为了理查德·达洛卫闹得不可开交，可怕而又可笑。当时，她叫理查德"威克姆"①，干吗不叫？！克拉丽莎可冒火啦！从此，两人再也没有见面；事实上，在过去十年中，她同克拉丽莎相见不过五六次吧。彼得·沃尔什呢，到印度去了；她隐约地听说，他在那里结了婚，并不称心；不知他有没有孩子，又不便问他，因为他变了。看上去有点儿萎缩，但比以前和善了；她对他怀着真心的情谊，因为他与自己的青春是连结在一起的；至今她还藏着他送的艾米莉·勃朗特的小说，是小本子；很可能他要写作吧？当年，他是要写作的。

"你写了没有？"她问他，一面摊开手，那坚定而好看的手，搁在膝上，他记得这是她惯有的姿态。

---

① 原字是谐音的缩略词，意为"坏火腿"，即坏蛋。

"一个字也没写！"彼得·沃尔什回答，她笑了。

她仍然那么迷人，仍然是个人物——萨利·赛顿。可是罗塞特呢，此人究竟如何？彼得毫不熟悉，只知道他做新郎那天，在礼服上佩了两朵山茶花。克拉丽莎曾写信告诉他："她们家有成千上万个仆人，绵延不绝的温室；"诸如此类。萨利得悉后，哄然大笑，承认差不离。

"没错儿，我每年有一万镑收入呐，"这是缴所得税之前还是之后的数目，她可记不清了，因为这一切都是她丈夫为她效劳的；她还说，"你一定要跟他见面，你会喜欢他的。"

而过去，萨利向来穷困潦倒。为了到布尔顿去，她连曾祖父的一只戒指都当掉了，那是玛丽·安东内特恩赐的珍品哩——他大概没记错吧？

嗯，不错，萨利想起来了；可她赎回了那只戒指，至今还珍藏着呢，用红宝石镶嵌的，真是玛丽·安东内特赐给曾祖父的。当时，她一个子儿也没有，上布尔顿去一趟，总是东拼西凑，难如登天。然而，对她来说，到布尔顿去的好处可大啦——能使她明智而健全，在家里却着实烦恼呢。不过，所有这些都成了往事——烟消云散了。她还说，帕里先生死了，帕里小姐还健在。彼得道，他生平从未听到过这样惊人的消息！他还以为她确实死了哩。萨利随即问，那桩婚事挺美满吧？哦，那边，在窗帘旁边，穿浅红衣裳的，非常漂亮、非常冷静的姑娘，敢情是伊丽莎白咧。

（此时，威利·蒂特库姆在想，那女郎宛如一株白杨、一条溪流、一朵风信子。她则思忖：乡下比城里好得多呢，自由自在，要干什么便干什么！她在神往时听得见那可怜的狗又在叫了，没错儿。）彼得·沃尔什道，她一点不像克拉丽莎。

"啊，克拉丽莎！"萨利应声道。

萨利只觉得自己欠了克拉丽莎一大笔债。要知道，她俩是朋友，不是泛泛之交，而是亲密的朋友。此刻，她想起昔日，历历在目，克拉丽莎穿着一身白衣服，在布尔顿庄园内兜来兜去，手里捧满了鲜花——至今，烟草的气味仍然使萨利想起布尔顿。不过——彼得明白吗？——克拉丽莎毕竟有些缺陷。究竟是什么缺点？她有魅力，非凡的魅力。但是，坦率地说（此刻萨利觉得彼得是个老朋友，真正的朋友——他曾出国，有什么关系？！跟她分离，有什么关系？！那时她常想写信给他，写了就撕掉，但内心感到，他会理解的，因为不必讲明，人们都会理解的，犹如不必明言，人会觉得老起来了，而她确实老了，有了几个儿子，那天下午还上伊顿去看望小家伙呢，他们患了流行性腮腺炎），坦率地说，克拉丽莎怎么干出这种事——嫁给理查德·达洛卫？一个爱好运动的家伙，只关心那些狗儿。每当他走进房间，总是浑身发出马厩的臭味，这是千真万确的。还有这一套宴会，等等，有什么意思？！她挥舞着手说。

那不是休·惠特布雷德吗？他悠然自得地走过去，穿着白背心，胖乎乎的，看上去有些茫然，仿佛视而不见，忽视一切，除了自尊与舒适。

"他不会认出咱们的，"萨利道，她实在鼓不起勇气去……哦，那就是休！叫人佩服的休！

"眼下他在干什么？"她问彼得。

彼得说，他为国王擦靴子，还在温莎宫里数酒瓶。彼得这张嘴仍然那么尖刻！他还说，你得讲老实话。就是那次亲吻，休的吻。

她向他保证，只在嘴唇上碰了一下，是有一天晚上，在吸烟间里发生的。当时，她火冒三丈，径直去找克拉丽莎告状。克拉丽莎却道，休不会这样下流的！可敬佩的休呀！休穿的短袜漂亮极了，她从未见过这样好看的袜子……眼前，他穿的一身夜礼服，简直无瑕可击！他有了孩子吗?

"这里每人都有六个儿子在伊顿,"彼得对她说,除了他自己。感谢上帝,他一个儿子也没有。没有儿子,没有女儿,没有老婆。萨利道,唔,看来你并不在乎。她心里想,他看上去比谁都年轻呢。

彼得接着说,从许多方面看来,克拉丽莎的那桩婚事蠢得很,"她是个十足的傻瓜;"不过他又说,"我和她可过了一段开心的日子呐。"这是怎么回事?萨利直纳罕,他究竟是什么意思?真怪,认识了他,却又对他经历的事一无所知。他是由于骄傲才那样说的吗?很可能,因为说到底,那婚事毕竟叫他难堪呗(尽管他是个怪人,相当古怪,决非普通人);如今,他到了这把年纪,没有个家,没有归宿,必然感到很孤独吧。于是她说,你一定要到我们家来,住上几个月。他说,当然要来,他很喜欢跟她们在一起。后来,他果然去了。而这么多年来,达洛卫一家却一次也没去过。萨利同丈夫一再邀请他们。克拉丽莎(当然是她作主)硬是不肯来。萨利说,克拉丽莎骨子里是个势利鬼——人们必须承认这一点,她是个势利鬼。萨利坚信,她们之间的隔阂正是由于这一点。克拉丽莎认为,萨利嫁给那男人有失身份,他不过是个矿工的儿子嘛。萨利却感到自豪:她家所有的钱,每一个便士,都是他流了血汗挣来的;他小时候(说到这里她的声音发抖了),就扛过大麻袋哪!

(彼得觉得,她会絮絮叨叨,接连几个小时不停嘴:矿工的儿子喽,人家以为她嫁给那汉子有失身份喽,她有五个儿子喽,还有什么来着——哦,花木——绣球花、丁香花、木槿百合花,那是极为罕见的珍品,在苏伊士河之北从不生长,而她,在曼彻斯特的郊区,只雇了一个园丁,却拥有许多花坛的珍贵的百合花,简直数不清!所有这些个,克拉丽莎都逃避了,她本来不是个贤妻良母嘛。)

她是势利鬼?真是,在许多方面都很势利。眼下她在哪儿,怎么老是见不到她？时间不早了。

"嗯，"萨利道，"我听说克拉丽莎要举行宴会，便感到非来不可———定要跟她再见一面（我就住在维多利亚大街，是紧邻嘛）。这么着，我就不请而来了。"接着她压低了声音，窃窃私语："喏，告诉我，一定要告诉我，那是谁？"

原来是希尔伯里夫人，正在寻找门口。太晚啦！她喃喃地自言自语：夜阑人静，客人们一个个走了，便能发现老朋友了，还有安静的旮旯儿，无比美妙的景致。她说，主人简直住在仙境一般的乐园里，他们自己知道吗？灯光晶莹，花木扶疏，奇妙的湖泊闪闪发光，蔚蓝的天空。克拉丽莎道：只不过后花园里有几盏花灯罢了。希尔伯里夫人道：你真是个魔术师！把你们家变成公园啦……她对某些客人的姓名不熟悉，但知道他们是朋友；没有姓名的朋友，没有词儿的歌曲，那是最好不过的。然而，这里的门太多了，还有出乎意外的角落，她找不到出口了。

"那是希尔伯里老太太，"彼得对萨利说。那边是谁呢？整个晚宴上，她老是伫立在帷幔旁，沉默寡言，那位女士是谁？彼得觉得有点面熟，好像同布尔顿有什么关系。啊，她不是常在那庄园的窗口，在一张大桌子上裁剪内衣的妇人吗？大概名唤大卫逊吧？

"哎，那准是埃利·亨德森，"萨利道。克拉丽莎对她委实太苛刻了。她们是表姐妹嘛，尽管很穷。克拉丽莎待人太苛刻了。

彼得道，她确实相当苛刻。萨利却道，话得说回来，她对朋友多慷慨呵！萨利说这句话时，像往常一样感情激动，热情洋溢；以前彼得喜爱她这性子，眼下可有些惧怕，惟恐她过于奔放。萨利又说：慷慨是一种罕有的品质；有时她在晚上或在圣诞节，盘算自己有多少幸福时，总是把克拉丽莎的友谊放在首位。那时，她俩都很年轻，这是关键。克拉丽莎心地纯洁，这是要点。彼得却认为，她多愁善感。就算这样吧。这些年来，萨利逐渐感到，惟有内心的感觉，才值得谈。至于聪明嘛，反为聪明误。一个人必须说出内心的感觉。

"可是，"彼得·沃尔什道，"我弄不清自己有什么感受。"

萨利想，彼得多可怜。克拉丽莎怎么还不来跟他们谈谈？他渴望着跟她谈哩。萨利猜透他的心思，知道他一心只想念克拉丽莎，因而老是拨弄小刀。

彼得接着说，在他看来，生活并不简单。他和克拉丽莎的关系并不简单，它糟蹋了他的生活。（又说，他与萨利一直亲密得很，讳言是荒谬的。）还说，一个人不能接连爱两次呀。对此，萨利有什么可说的？！然而，曾经爱过，总比没爱过好（他又要认为她多愁善感了，那张嘴向来是尖刻的）。萨利道，你一定要来曼彻斯特，同我们待几个月。他说，一定来，无论如何，非来不可。他很喜欢和他们过一段日子，等他在伦敦办好必要的事务，马上动身。

萨利肯定认为，克拉丽莎对他比对理查德关心得多。

"不，不，不对！"彼得连忙否认（萨利不该那么说的——讲得太过分了）。那个好心肠的主人，瞧他待在房间的尽头，一如既往，仍然是亲爱的老朋友理查德。他在跟谁交谈，萨利问道，那个仪表非凡的客人是谁？她一向在偏僻的地方生活，因而怀着不知餍足的好奇心，要认识陌生人，弄清他们是何等样人。但是，彼得并不认识那客人。他说，敢情是个大臣吧，可他不喜欢那家伙的模样。他又说，在那批人中间，他认为理查德最好——最无私心。

"可他干了些什么？"萨利问道。也许是有关公益的事情吧。又问：他和克拉丽莎在一起幸福吗（她自己幸福到极点）；她承认，自己对他俩婚后的生活一无所知，只是像人们惯常的做法，匆匆得出结论而已；其实，即便对日常生活在一块儿的人，到底了解多少呢？我们不是都像囚犯吗?!她曾读过一个极妙的剧本,主人公老是在斗室的墙上抓来搔去;她觉得,生活正是如此——人们都在墙上抓来搔去。她对人与人之间的关系绝望了(人是那么难弄),便时常到自家的花园里,观赏鲜花,内心就宁静了,这是同男子或女子交往时,从未有过的心境。彼得却道,他不同意,他可不喜爱卷心菜什么的,他宁愿同人交往。萨利道,这话也对,年轻人真美,这时她凝望着伊丽莎白穿过室内。克拉丽莎在她那年纪大不一样呵!彼得能看透那姑娘吗?她守口如瓶呢。彼得承认,看不大透,现在还看不透。萨利道,她像一朵百合花,池边的百合花。不管怎样,彼得不同意萨利的看法:我们什么都不了解。不,我们了解一切,至少他对一切了如指掌。

那么,萨利低声道,正在走过来的一对(她心想,我得去了,要是克拉丽莎不马上来的话),关于那一对,仪表非凡的男人与相貌平常的妻子,他俩一直在跟理查德交谈——关于这类人,你能了解多少?

"这种人是该死的骗子,"彼得答道,一面随便地瞟了一眼。这句话逗得萨利笑了。

这当儿,威廉·布雷德肖爵士在门口停住,审视一幅版画。他仔细瞧画的角上,要看清版画家的名字。他的夫人也在鉴赏。威廉·布雷德肖爵士对艺术的兴味浓极了。

彼得说,一个人年轻时太容易激动,所以不能看透人们。如今老了,确切地讲,我五十二岁了(萨利道,她五十五啦,不过,这是表面上的年龄,她的心还像一个二十岁的姑娘哩),比较成熟了,便能观察人,了解人,同时并不失去感情的力量。萨利道,不错,确实这样,一年又一年地老起来,感情却愈来愈深,愈来愈热烈。彼得道,也许如此,感情越来越强烈,这是可悲的,不管怎样,应当为此而高兴——根据他的经验,感情是越老越强烈的。他在印度的时候,结识了一个女人。他很想对萨利谈谈她。他希望萨利认识她。又说,她结过婚了,有两个孩子。萨利道,你务必请她带孩子到曼彻斯特来——咱们分手之前,你一定要答应这个要求。

"瞧,伊丽莎白在那儿,"彼得说,"她的感情还不及咱们的一半呢,至少现在如此。"萨利注视着伊丽莎白走向她父亲,一面说,"不完全这样,看得出她对父亲的感情相当深哩。"她是从伊丽莎白走向她父亲的步态中,感到这一点的。

那姑娘的父亲老是在瞅她,一面同布雷德肖夫妇俩谈话,心想,那可爱的姑娘是谁?忽然悟到,是他的伊丽莎白嘛,自己却没有认出来;她穿着浅红色上衣,看上去多可爱!伊丽莎白和威利·蒂特库姆聊天时,感觉到父亲在瞅她。于是她走到他跟前,父女俩并肩而立;此刻宴会将近尾声了,瞅着宾客们离去,室内愈来愈空荡荡的,地板上杂物狼藉。甚至埃利·亨德森也要走了,几乎是最后一个,尽管没有人和她谈过一句话,她却要亲眼看看这一切,回去讲给伊迪丝听。宴会快结束了,理查德与伊丽莎白觉得高兴,父亲为女儿感到得意。他不想告诉女儿刚才没认出她,但不由自主地讲了。他说,刚才我瞅着你,心里纳罕:那可爱的姑娘是谁?原来是自己的女儿!她听了很快活。不过,她那可怜的狗在嚎叫呢。

当下,萨利对彼得说,"理查德比过去好了。你说得对。我这就去跟他谈一下,向他告辞。"罗塞特夫人站起来,一边说:"同心灵相比,脑子有什么用?!"

"我会来的,"彼得道,却仍然坐着,待了一会。他思忖:这一切——怎样的恐惧?!怎样的狂喜?!究竟是什么使我异常激动?

乃是克拉丽莎,他自言自语。

她就在眼前。

译文名著精选书目